北畑光男評論集

村上昭夫の宇宙哀歌

コールサック社

村上昭夫の宇宙哀歌

目次

Ⅰ　宇宙哀歌

II 大悲と衆生の幸せ

＊装画　大宮政郎「トゥオネラの白鳥」より

村上昭夫の宇宙哀歌

北畑 光男

村上昭夫

Ⅰ　宇宙哀歌

はじめに

我が国において、数年前から積極的平和主義という言葉が言われだした。戦争によって平和を得ようとする意味のようだ。戦争で平和は得られるのだろうか。本当にそうだろうか。それが私たちの歩んできた道であったとしても、憎しみ、怨念、悲しみなども積み重ねてきてもいるのである。と、言うことは戦争が決して最上の解決の方法ではないということも学ばなければ、人間性の欠けた国民や国家になってしまうのではないか。いつまでも、本当の平和を得られないのではないか。

信じること、愛すること、希望を持つことなどが便利、速いなどを売り物にする科学技術によって覆い隠された中で、私たちは不安、疑念、怨念、悲しみを裡に抱えて生きている。それが今日の私たちの姿ではないか。

このようなことについて、フランスの哲学者G・マルセルは近代の科学技術が人間性を失わせていると主張している。その失った人間性の回復に向かう人をホモ・ヴィアトールとよんでいる。旅する人の意味を持つ言葉である。

これから論じようとする村上昭夫は、幼少年期を戦争の時代に生きた一人である。戦争の時代は、多くの国民が戦争に強制的に組み入れられた時代でもあった。反対する者には投獄、拷問が待っていた時代である。

村上昭夫のことに入る前に筆者の調べた詩人渋谷《しぶや》定輔《ていすけ》について少し触れておきたい。村上昭夫より二十二歳年長、埼玉県でのことであるが、時代の様子が具体的に分るのではないか。（引用の詩は渋

〈谷定輔詩集『野良に叫ぶ』より〉

春だ
土手の焼け跡から
新しい草の芽の
ひびき割れる音！
〈「春きたる」部分〉

この詩の作者・渋谷定輔は、明治三八年（一九〇五年）埼玉県入間郡南畑村（現・富士見市）の農家に生まれた。芽吹きの音に敏感な詩人は、自分をとりまく社会の動きにも敏感であった。

——コケっぽな奴だねきみ　百姓なんて！
夜こんなにおそくなって糞尿なんかひきにいくんだからよ
〈「沈黙の憤怒」部分〉

糞尿は田畑の土を肥やし、作物を実らせる大切な有機質肥料である。（昭和三十年代頃まで、東京周辺の農家は農作物を大消費地東京に出荷し、東京の糞尿を貨車で運んだ。循環型農業の一つ）渋谷は糞尿の入った肥樽を荷車に積み、牛を曳いていたのである。道路ですれちがった同年代の若い男女の会話の一部として、詩に挿入されている。渋谷はこんな偏見にも負けない誇りを次のように書く。

……嘲笑と冷笑を浴びながら
内部にさか巻く熱い血潮と
魂の憤怒とをじっとこらえて
夜十時過ぎに停車場へ糞尿ひきにいく
おれは純粋の土百姓小作人
青年牛方　渋谷定輔だ！

〈「沈黙の憤怒」部分〉

熱い血汐とは、魂の憤怒とは何か。

小作人は、米の収穫量の半分を地主に納めなければならない。渋谷の南畑村は土地が悪くて米がよく穫れず、出来高は全国平均の半分で小作人に残るのは、一反（一〇《アール》）当り約一五kgであった。当時の日本は、殖産興業、富国強兵のもとに強圧、強権の政策を推し進めていた。外にあっては、ロシアの南下政策、イギリス、ドイツ、フランスの中国支配、アメリカによるフィリピンやハワイの併合などが行われていて、日本も列強にならうことで自国の繁栄を目指した。

庶民の暮らしが良くなることはなかった。戦場へ駆り出されて帰らぬ人となるものも出ていた。内にあっては、米価の異常な値上がりが米騒動にまで発展し各地に広がっていくのであった。

渋谷の家の田圃は旧荒川と新河岸川にはさまれた低湿地で洪水の常襲地帯であった。江戸時代は難《なん》波田《ばた》と書いた土地であったがよい字をえらんだ南畑と改めるほどの土地であった。小作料をいくらか引いてもらいたいと哀願したのに、一粒だって引いてくれなかったという。そのために一層、矛盾した社会が資本家や地主によってつくられているということを見抜く力を持つのだった。渋谷は社会体制の矛盾を、小作農民の立場から改善しようと運動した。地主に対して非暴力と話し合いをもって小作人の生活を守ろうとした。この、渋谷の農民運動に対して警察の監視が厳しくなってきたのであった。小作料を引き下げる運動をしていた渋谷であったが治安維持法が成立し、渋谷は警察によって留置場に入れられるのだった。満洲事変が起こり農村の不況は悲惨であった。

昭和七年（一九三二年）熊谷署に護送された渋谷らを奪還するために、数百人の農民が警官隊とにらみ合いになる事件があった。渋谷の妻・黎子《れいこ》は差し入れのため熊谷署に来るのだが、警官たちは「待ってたぞ」と黎子の髪をつかんで引きずり回し全身が傷と血にまみれるひどい拷問を受けた。この時の拷問がもとで黎子は二十五歳の生涯を閉じねばならなかった。

仲間よ
おれたちの生きようとする要求のみたされるまでは
死をかけてたたかおう
食物が無くなったら
この赤土をかじってでも
最期の日まで
たたかおう
最後の日まで

〈「虐殺者は誰だ」部分〉

新河岸川と旧荒川（びん沼川）に挟まれた湿地帯にあった渋谷の田。びん沼は蛭沼から転化したもの。ここでの農作業を書いた詩の一つを見てみよう。

四本の足に食い入ったヒルは
トウガラシのように真っ赤に赤らんでいる
（略）
腹までひたる深いどぶ田を
やっとこ　やっとこ
たいぎそうにのたくる
（略）
その姿は現代社会で下積みにされてる
無自覚なおれたちの姿そのものだ
（略）
牛よ
（略）
ただ（人間のためのみ）の生産に一生涯
ああ　生き血を絞り肉をそがれて死んでいく牛よ

〈「牛よ」部分〉

人間が人間を支配し、支配される人間が牛を使役する構図は、渋谷にとって命の持つ宿命的なものなのではない。牛は兄弟であるからだ。

あらゆる人間の生産の中で
もっとも高貴な生産に従事して
〈真実なる人間〉への道を
まっしぐらに進む
純粋な百姓青年だ

〈「ただの百姓」部分〉

黎は、古くは土を耕す意もあったが、後には耕す人々から転じて人民の意に変化している。この、人民に光あれ、農民に光あれの「黎光」は渋谷が少年の時に始めた回覧雑誌ではあるが、後に妻となり早逝した黎子への挽歌のようにも思えてきて仕方がないのである。

渋谷定輔（一九〇五〜一九八九年）埼玉県生まれ。家は自作農であったが、父が小作地を借りたために小作農も兼ねた。農業に従事しながら文学、農民運動をした。詩集『野良に叫ぶ』は農民による最初の詩集。著書に『農民哀史』『大地に刻む』『朋あり遠方より来る』『この風の音を聞かないか・渋谷黎子』『農民哀史から六〇年』ほか。

1　村上昭夫の幼少時代

ぼくという旅人

海がなつかしいのは
海の向こうに見知らぬ国があるからだ
山がなつかしいのは
山の向こうに見知らぬ町があるからだ

空がいとしくて仕様がないのは
空の向こうに
見知らぬ次元があるからだろうか

見知らぬ国があるかぎり
見知らぬ町があるかぎり
見知らぬ空があるかぎり
ぼくは何処までも何処までも歩いてゆくのだ

このように書いた昭夫であったが、彼は病に臥せなければならなかったために、実際には歩いて遠くまでの旅はできなかった。そんな彼の歩いてきた道を作品から見てみたい。

村上昭夫の生涯を振り返りながら昭夫の旅（ヴィアトール）をとおして昭夫の発見と問いを探ってみたい。昭夫は長男で、和夫、貞夫、達夫、成夫、睦子の兄弟がいるが和夫、貞夫、達夫の三人はすでに昭夫のいる世界に旅立った。十四歳下の成夫が『北の文学』第六十五号（「岩手日報社」刊）に書いた『「動物哀歌」の詩人・村上昭夫』の文章は家族でしか知りえないことがあるのでその部分を引用させて戴く。

「昭夫の父・三好は、気仙郡矢作村諏訪（現・陸前高田市矢作町）の屋号中霜という村上家の出。昭夫の母・タマカは、東磐井郡大原町（現・一関市大東町大原）の屋号を清水田《すずた》という鳥畑家の出。両家は長い歴史の歩みの中で気仙郡と東磐井郡の肝入、大肝入（名主・庄屋）の郡務を度々果たしながら、次第に婚姻による姻戚関係を深めていきます。そして何時の頃からか、お互いの所領財産を守るための血族結婚が当然のようになっていました。昭夫の祖母ミユキは中霜村上家の娘で鳥畑家に嫁ぎ、明治四十年九月二十六日昭夫の母・タマカを出産します。

村上家にはその三年前に歳の離れたミユキの弟（三男）で昭夫の父・三好も生まれていました。年齢の三歳しか違わない叔父と姪は生まれた時から許婚の宿命を背負わされていたといいます。

タマカは二十歳で三好に嫁ぎ、昭和二年一月五日に長男昭夫を出産。所領財産を守るための血族結婚が当たり前のように行われていた因習の終焉期に村上昭夫は生まれていたのでした。

昭夫が生まれた昭和二年当時、本家の中霜は三好の兄が継ぎ、昭夫の父は分家の中郷《なかさと》家の当主となっていました。

それでも所有する田畑や山林もかなりなもので、農林業の殆どを小作人にまかせ昭和三年には一関区裁判所藤沢出張所の所長となります。（略）細身で虚弱体質といってもいい少年期の昭夫は勉学もあまり好きな方ではなく、教育熱心だった父との勉強も叱られながらの繰り返しだったようです。

幼少期に培われた昭夫の感性の原点は間違いなく父母の組み合わせにあるはずです。旧家の地主の家に生まれ育ち、当主としての振る舞いが当たり前のようだった父。息子たちへの教育や躾もかなり厳しかったようで、恐い親父だったと話していた兄達を思いだします。欠点は酒好き、家には知人、友人、親戚と逗留する人が絶えず、必ずといっていいほどに酒盛りがはじまっていました。やりくり上手の母は有り合わせの物を工夫しては嫌な顔一つもせずにもてなしていたものです。社交的だった母は何事にも鷹揚で、度の過ぎる子供達の悪戯も巧みに処理しながら泰然と見守っていたようです。けれども、父母をそして兄を敬うといった家族の掟に関しては父よりも数段厳しい母でした。（略）」

母・タマカの実家には、伊達藩からの掛け軸が残っている。それには、飢饉のとき備蓄していた米

昭和2年、父・三好、母・タマカと。昭夫が初子だから撮ったという（陸前高田にて）

を放出して大原からは一人の餓死者も出さなかったことへの感謝の言葉が書かれている。伊達藩の重臣たちの連名になった大きな掛け軸は、昭夫も母の実家に遊びに来た時に見ているはずである。あるいは、その意味を教えられたり、自分でも考えたりして育ったのだろう。長い夏休みなどには、泊りがけで昭夫はよく遊びに来ていた。

昭夫の精神の形成は両親の影響はもとよりであるが、母の育った鳥畑家の環境も大きいのではないか。昭夫を詩の道に導いた高橋昭八郎によれば、父方の祖母には特に可愛がられて育ったという。祖母の可愛がりようは盲愛に近く昭夫は《お婆ちゃん子》であった。

昭夫が小学校に入ったばかりの頃、祖母は原因不明の突然死に襲われ、あっけなく他界した。この日を境に昭夫は急に静かな子になり、親類や近所の人たちまでも怖れさせたという。

母・タマカの実家にあった伊達藩の掛け軸

《お婆ちゃん子》は甘えることの出来たお婆ちゃんを失うと、心を許す人がいなくなってしまう。まだ幼いこともあって対処の仕方ができなくなってしまったようだ。昭夫もそのような子供のひとりであったのかもしれない。

昭夫は初めての男児であり当時はまだ家制度がのこっていた。父の願いは子への期待となって勉学や家父長制の押し付けとなってしまったようだ。厳格な父の言うことは母にとっても絶対であったという。期待に応えられないところもあったかもしれない昭夫。それでも昭夫は真面目に受け止めたようだ。学年が進み、時に、父に対して自分の考えを主張した昭夫。昭夫の葛藤を思うのである。

昭夫の育った時代の我が国は領土の拡大をはかり、思想統制、徴兵制が敷かれていた時代である。昭夫は八歳まで藤沢町に住んでいた。そのころの昭夫を感じさせる詩があるので紹介したい。

七つの時だった
藤沢町を兵隊が通って行った
幾十幾百と列が続き
近くシナを征伐するのだと言った
びっこをひき
つかれたようにうつむきながらふりむきもせず
そして馬に乗ってふんぞりかえっているのもいた
町のうしろは愛宕山

村上昭夫が生まれた母・タマカの実家（一関市大東町大原）

山の向こうは何処なのか私には分らなかった
なんだかとほうもなく大きな穴がありそうな気がした
兵隊たちの列は続き
兵隊たちは消えて行った
まるでその夜の影のように
愛宕山を越えて
誰も知らない山の向こうへ
あれからもう三十幾年もたって
私はもう四十にもなろうというのに
兵隊たちは何処へ行ったのか
愛宕山の向こうに何があったのか
今でも思い出せない

〈「愛宕山の向こう」〉

「三つ子の魂百までも」とは昔からよく言い古された言葉であるが、真実を言い当てているのだと私も思う。昭夫はこの町で家族と一緒に一歳から八歳までの七年間を過ごしている。幼かった昭夫は知っていたかどうか定かではないが、江戸時代、寛永十六年にはキリシタンが三百人余処刑された殉教の地でもある。

藤沢町の歌人、三嶋洋は『「詩人を育てた土壌」村上昭夫と藤沢町』を昭夫の没後五ヶ月目に次のように書いている。

「東に室根の麗峰そびえ、西に奥羽の連山を望むところといえば、一応景勝の地でもあるかのごとくに聞こえるが、実は、丘ともまごうような山々の起伏と、飛び越えようと思えば越えられそうな数条の小川と、その間に点在する段々の耕地をもって形成され、地理的にも陸の孤島ともいうべきところ、それが県南の小邑わが藤沢なのである。（略）彼の同級生や登記所の近所の人たちに記憶の糸をたぐってもらったら、彼は温厚で人目につくようなことはなかったが、作文は特にうまかったということである。これらの人たちさえ多くは、当時の『昭夫ちゃん』と過日天才詩人として惜しまれながら昇天した『村上昭夫』とのイメージが、どうしてもダブってこないといって首をかしげていた。それらを要約し、さらに思考を前進させてみるとき、藤沢にも詩人を育てる土壌があったということを、私はとても貴重なことのように思うのである。また別の観点から考えるとき、藤沢の人たちの純朴ではあるが、よそ者には容易に胸襟《きん》を開こうとしない排他的な町民性が村上昭夫を孤独感に追いやり、その結果として、もの言わぬ動物に、異常なまでの愛情をかたむける結果となったのではなかろうか。だとするとはなはだ哀《かな》しいことではあるが、やはり私は、村野四郎氏言うところの、神秘的な物質の鉱脈が文学の荒れ地といわれるとここ藤沢にも伸びてきているのだと、率直に信じたいのである。」（『岩手日報』昭和四十四年三月十二日）

昭夫の母が回想として語った挿話がある。

「ある日の夕刻、昭夫が自宅の前で群れになった雁の渡りを見ていた時、通りかかった人にも見るよう勧めたが、その人が、首の火傷の後遺症で空を仰ぐことができないことに気づいた昭夫は、家に戻って茣蓙を持ち出し、それに座らせて見せていた」という。幼児を過ごした藤沢町で見聞きしたという山の彼方に消えた鳶の舞う空、金色の鹿、雁の声などを次のように表現している。

鳶が舞うと空が荒れてくると
野良着を着た土地の老人が言うのだ

僕の部落はとても寒くて低い原野のなかにあるのだから
それで無数の鳶が舞うのだ
僕の魂は低い原野の部落のように
こごえてさびしいから
鳶の舞うのがよく見えるのだ

僕がまだ幼い子供だった時
鳶の舞う別の空の下で
北の国へ行く兵士を見送ったことがあった
今ではそれよりももっと寒冷な戦場へ行く兵士を
やはり鳶の舞う空の下で送るのだ

やはりあの時と同じように
行ったきり帰ってこない
ぼくの兵士を

鳶が舞うと空が荒れてくる
それは幾年たっても変わらない
ぼくの毎日送り続けるかなしい兵士が
永遠に帰ってこない以上

〈「鳶の舞う空の下で」〉

次の詩は盛町の奥に聳える五葉山に棲む鹿の詩である。鹿にまつわる伝説が幼かった昭夫にどのように映っていたかが覗えるようだ。

金色の鹿を見た
金色の鹿を見たと言っても
誰もほんとうにはしてくれない

ぼくが頼りにならない少年だったから
ぼくのなかの目立たない存在なのだから

誰もそっぽを向いては
足早に行ってしまう

でもその山ならばたしかにある
みなが五葉山と呼ぶ山で
東は直きに太平洋で
広がる午前の雲を背に深く負いながら
あの鹿はどの方向へ向ったのだろう
そのことをどのように説いたなら
ぼくが分ってもらえるのだろう

鹿が死んでしまうと
ぼくのなかの宝珠が死ぬという
言い伝え
ぼくはそのことを
夕凪の便りのように聞いた筈なのに
雁の声を聞いた

〈「金色の鹿」〉

雁の渡ってゆく声は
あの涯のない宇宙の涯の深さと
おんなじだ

私は治らない病気を持っているから
それで
雁の声が聞こえるのだ

治らない人の病いは
あの涯のない宇宙の涯の深さと
おんなじだ

雁の渡ってゆく姿を
私なら見れると思う
雁のゆきつく先のところを
私なら知れると思う
雁をそこまで行って抱けるのは
私よりほかないのだと思う

雁の声を聞いたのだ
雁の一心に渡ってゆくあの声を
私は聞いたのだ
〈「雁の声」〉

どの詩も書かれたのは成人後とはいえ、その作品を貫く心は、幼くして何かを求めている求道的なものがある。祖母の亡くなる以前からも、昭夫は静かな性格であったようだ。祖母の死は昭夫に大きな衝撃であったのだと思う。

昭夫が八歳の時に、父は遠野区裁判所盛《さかり》出張所長として転任。『昭和十年七月三十一日昭夫も盛尋常小学校三年生に編入してきた。ちょっぴりはにかみ屋で、丸坊主の小柄な少年が藤沢から盛尋常小学校の三年生に編入。昭夫と同じクラスだった鈴木正二さんは「おとなしくてもの静かな子どもが転校してきたなって記憶があります。在学中は、格別目立った存在ではなく、鮮烈な印象はないが、やはり作文が上手でしたね」と当時の昭夫を振り返る。また、住田町の森谷璋子さん（旧姓・佐藤）は「学校帰りに、一緒にかくれんぼをしたのを覚えています。結核になり、サナトリウムで療養中に親しくなり結婚した夫人のふさ子さんと偶然にも岩手師範学校で同級生でした。昭夫さんの死後、奥さんからいただいた詩集を今でも大切に持っています」と、一冊の本を見せてくれた。それは紛れもない『動物哀歌』。

詩集にはさんでいた少し色あせた新聞の切り抜きには『あかあかと今生の柿　夫に買ふ』（昆ふさ

子）の歌。昭夫が晩翠賞を受賞した時、入院中の夫に代わって式に出席した時の作品という。六年生の卒業まで、昭夫と村社の境内でよく遊んだという水野仁さんは「一見、おとなしい性格だったが、ひょうきんな所もあった」（『東海新聞』平成七年一月一日）と懐かしむ。

昭夫の子供時代を語るとき、多くの人は、作文が上手で、家で読書をするおとなしい子であったと言う。気を許すと明るくひょうきんでもあった、とも。

2　私立岩手中学校入学

父が強く勧めた一関中学校であったが一関中学の受験に失敗（あえて不合格になる答案を出したかもしれないと弟の成夫は話している。父とはいろいろなところで対立もしていた）した昭夫は昭和十四年、盛岡市にある私立岩手中学校（現・岩手高校）に進学。学校に近い同市仁王小路の佐々木守彦方に下宿している（ここなら、父との距離も遠くなり離れて暮らせる、と思ったか）。

佐々木守彦は父の知り合いで気仙郡盛町出身の銀行員である。入学後まもなく、牟岐《むき》喆雄《てつお》が受け持つ漢文の授業で、「釈迦は生まれたとき何と言ったか」と生徒に質問したところ、皆黙っていたので昭夫は思いきって「天上天下唯我独尊」と答えた。このことについて弟の成夫は家にいっぱいあった「キンダーブック」にでも載っていたのを読んでいたので答えることができたのではないか、と言う。同じ頃、作文で乃木将軍を尊敬している、と書いている。部活動は剣道部に所属し、心身を鍛えた。生来、運動は得意な方ではなかったが、剣道の稽古には熱心に、真面目に取り組んだ。一月には寒稽古もあり、朝早くから励んだ。試合にも出たがあまり勝ったことはなかったようである。

昭和十六年、父が盛岡裁判所に転勤になり昭夫も家族と一緒に生活するようになった。最初は今の天神町五地割にある二階建ての長屋で便所や井戸などは共用であった。昭夫は二階の部屋にいた。その後、天神町三地割（旧・加賀野中道二七番地）の一戸建てを借りて住むようになった。この家でも昭夫は二階の一部屋に住んでいる。兄弟では昭夫だけが部屋をあたえられたのであった。静かな住宅地で、家をとりまくように田畑があった。用水路には小魚が群れ、夏には蛍が乱れ飛んでいた。

盛岡市加賀野の自宅。昭夫は二階の一部屋にいた

昭夫は物静かで目立たなかったが、弟の和夫は学業、運動ともに優れていた。貞夫は腕白で親分肌、学業も優れていた。特に貞夫は通学している国民学校の床下に潜り職員室の床下を叩いて先生方に大目玉を食らったことがあった、と三番目の弟の達夫は述懐したのだった。このことについては貞夫の作文に詳しい。弟三人（貞夫、達夫、成夫）はそれぞれ城南国民学校の六、三、一年生であった。

中学校では、各校に陸軍の将校が配属され、軍事教練が行われていた。軍事演習では本物の銃を使用した。ある時、昭夫は演習に行く前日にその銃を持ち帰ってきた。達夫が銃を見せてもらおうと昭夫の部屋に行くと、部屋に招き入れ、床の間に立て掛けてあった銃を手にとって操作を教えてくれた。また、演習から帰った昭夫は家族に演習の様子を話したが、空砲を撃つ時に石なども詰めて撃ったりして面白かったと話した。

3 昭夫の作文

岩手中学校での作文に昭夫は乃木将軍を尊敬していると書いているが、軍国主義の我が国において、当時の少年達が乃木将軍を尊敬するのは一般的であった。

日露戦争のとき、旅順の東鶏冠山《とうけいかんざん》と爾霊山《じれいざん》（二〇三高地）の戦いで乃木希典は多くの部下を失うがついに勝利した。ここでの激戦の跡は弾丸の痕も生々しくそのまま保存され観光地になっている。このロシア側の要塞は、中国人にトンネルを掘らせたもので各所に砲台を構えている。この要塞を掘った中国人三千人は全員、旅順港の沖合でロシア軍により船ごと沈められた。要塞の内部構造が外部に漏れないようにしたのだ。このため今でも大連ではロシア人が一番嫌われ、親日的な人が中国一多い地域なのだという。

昭和十六年（一九四一年）、十四歳の時にパラチフスのため休学したため一級下の学年に入った。

東鶏冠山。乃木将軍の戦った跡

留年である。そのため卒業は一年遅れた。学籍簿には「腸チフス（十六年度の二学期）」と明記され、年度末判定欄に、留年を意味する〈落〉の文字が明記されている、と歌人で同級生の岡澤敏夫（歌人・小泉とし夫）は氏の個人誌『どらみんぐ』五号に書いている。

また、昭夫の故郷、気仙郡からの出身者は当時全学で四名と少なかった。方言の言葉も異なり年齢も違う。もちろんクラスには気仙地方からの生徒もいなかったようだ。

昭夫は旧・伊達藩。学校のある盛岡は旧・南部藩で気風、風俗習慣なども違っていた。そんなこともあり、クラスにはあまり馴染んでいなかったようだ。学年は進んだといえ、おとなしく内向的な昭夫の性格はあまり変わることはなかった。

4　学徒動員でのこと

「昭和十九年七月十五日県公会堂第一講堂には盛岡中学、福岡中学、岩手中学、盛岡商業、岩手商業の各校生徒が参集。知事代理の伊藤内政部長から壮行の激励を受け、海ゆかばを合唱し、公会堂前で壮行分列式を行いそのまま行進して盛岡駅に向かった。私たち六十三名が乗車した汽車は十二時十三分発の臨時列車でした。翌日の『岩手日報』に「学徒は征く―光栄の生産戦場へ」の横大見出しの下に

二〇三高地。砲弾の跡

昭和18年、昭夫16歳

四段におよぶ写真がでかでかと飾られていた。動きだす臨時列車の車窓から体をのりだす動員学徒等に、学校の後輩や家族達がさかんに帽子や手をふっている写真でした。私も昭夫も、どこかの車窓からこの光景を眺めていたに違いなかった。

三時頃、臨時列車は一関駅から一関中学、一関商業の五年生を受け入れ一路上野をめざしたが、途中停車をくりかえし上野に着いたのは翌朝六時だった。西郷さんの銅像前で持参した握り飯を食べ、動員先の職員に誘導され、電車を乗り継ぎ、臨港線武蔵白石駅の日本鋳造（日鋳）本社にたどり着いた。日鋳は日本鋼管系列で、本社（川崎）工場は昭和十二年に竣工した新鋭工場でした。」（岡澤敏夫の個人誌『どらみんぐ』七号）

宿舎の紫雲寮は川崎市にあり電車で通勤した。

5　紫雲寮でのこと

紫雲寮は玄関前に皇太后行啓記念のお手植えの松がある、二階建ての立派な建物であった。定員六名の部屋が五十室と大広間や食堂がついていた。

同時期に紫雲寮には岩手商業（現・江南義塾盛岡高校）、寒河江《さがえ》中学（現・山形県立寒河江高校）、

山形師範学校（現・山形大学）などの生徒も宿泊していた。十一月になるとアメリカ軍の空襲が激しくなり、寮から工場に向かう途中で爆撃されたところなども見るようになる。

誰かが「日本は戦争に負けるのではないか」と言ったとき、黙って聞いていた昭夫は「こんな時だからこそ勝たなければならないのだ」というようなことを突然言ったのだった。普段はおとなしく、一歳上の昭夫の発言だけに同級生の一戸成光はよく覚えていて筆者に話してくれたのだった。金沢源一は学徒動員でのことを「空襲の下、煤と鉄粉と土埃にまみれて作業した工場や、ノミ、シラミに悩まされながらも空腹に耐え故郷に夢を結んだ」。小野智保は「紫雲寮には我々人間以外の動物も共存していた。深まり行く秋とともに、それまで野外で餌を漁っていた野ネズミ達は、餌があって住み良い人家に入ってくると言うが、先ず米があって比較的暖かく、昼に人のいない寮は恰好の隠れ家であったのであろう。夜な夜な押し入れの中で、大事な米を齧る音がしだした。（略）ネズミの姿を見失わないように追い出したまでは良かったのだが、一瞬ネズミが姿をくらました。一同我と我が目を疑い探索していたその時、首謀者の一人菊地君が、実に奇妙な声を発した。何事ならんと振り向くと、彼はただただ足をバタつかせて声にならない声を出すばかりでいる。『窮鼠反って猫を噛む』まさにその通り。

逃亡に必死のネズミ君は、一番こわい恰好をして待機している菊地君のズボンの中を最も安全な場所として選択したのであろう。右足から入ってシンボル部の存在するセンターをモゾモゾと通り、左のすそから一直線に降下して逃げた。その間叩くわけにもつかむわけにも行かず、ただ呆然と眺めるより仕方がない。以来紫雲寮のあったあの場所を一度も訪れたことはないし、動員に持参した所持品や、滞在中の物品がどうなったものかも、今もって不明のままである。」また、中村一雄は「ある夜、此の辺一帯の空爆となり、猛火に包まれてしまった。その火の勢いたるや凄まじいもので、竜巻を起こし火に包まれた電柱（当時はすべて木製）が空へと舞い上がる情景を固唾を呑んで見ていたのであったが、そのうちに我々の愛する（？）紫雲寮もまた猛火の餌食となって一瞬のうちに眼前で崩れ落ちたのであった。そして矢継ぎ早に落下する焼夷弾に、もう逃げる術もなく、小さな防空壕の中で運を天に任せるのみで、人間はこんな窮地においこまれると不思議なもので恐怖心が去り、度胸が据わって、お互いを励まし合って急場を凌いだのだった。一夜明けると見渡すかぎり瓦礫の山、また山で、昨日の夕方まで悠然と佇んでいた『紫雲寮』は焼け野原となりなお燻ぶり続けていた。」などと『わがゲートルの青春』に書いている。

当時、寒河江中学の生徒であった詩人の安達徹も同じ寮にいたが全く他校とは交流がなかったという。日本が戦争に負けるのではないのか、という疑問の声をあげる寒河江中学の生徒は一人もいなかったという。また、岩手中学と同じ一階には山形師範学校が入っていた。

三月頃、満洲から満洲国官吏の募集に来た。戦局が険しくなり満洲国籍の官吏たちは相次いで逃亡していたためであった。引率の教頭は満洲に行くよう全員に強く働きかけたようである。昭夫たち五

昭和18年頃、岩手中学時代。加賀野の自宅近くで家族や近所の子どもたちと。中列右から二人目が昭夫

人が応募し全員即合格した。なお、合格した一戸成光は家族の反対にあい満洲に行くことを辞退したため実際に渡満したのは四人であった。

6　昭夫の闇に迫る

教育熱心だった若い父は自分の思ったことを押し付けるところがあった。一関中学受験もそうであった。躾や勉強に対しては特に厳しくあたったようだ。長男の昭夫に向かって、父の願い、父の期待が前面にでた。顔にビンタしても母は父の意見をとおした。昭夫は長男だけに良くも悪しくも一番強く父の風を受けていたのであったか。昭夫兄さんは可愛そうだった、と弟たちは言う。

江戸時代から近代国家に移行して六十年ばかりの昭和二年に昭夫は生まれている。封建制の色濃く残っている時代。気仙郡矢作村でも同じであった。長男は家督を相続した家に象徴される諸々の財産や土地のしきたりなどを継承するのが当たり前であったのだ。そのために、長男の昭夫に寄せた父の期待は弟たちより大きく働いたのは当然だったのかも知れない。

弟の和夫、貞夫、達夫たちは学業成績が昭夫より優れていたため家督を弟に譲ろうとした気持ちが昭夫に働いたのか、昭夫は自ら満洲に行き父の影響から離れようとしたのか。あるいは、中学校の学徒動員で来ていた紫雲寮でのこと、「こんな時だからこそ、（戦争に）勝たなければならないのだ」と皆の前で発言した自分の立場を守るためであったのか、西欧の列強がアジアに進出していたことに対する当時の日本人は、これらの白人によるアジア侵略から黄色人種の同朋を守る、という考えもあった。昭夫も共鳴していたからか。昭夫の満洲行きは、どれも本当でこの一つが原因ではない、と筆者は思っている。昭夫は頑なに自分を守っていたのであったか。

父に相談しないで満洲行きを決めた昭夫に、父は「勝手にしろ」と激怒したという。それだけ父は昭夫に強い期待を持っていたのだ。

昭和二十年とはいえ、まだ、満洲の方が日本本土よりも安全であった。同年代の給料も満洲では日本本土の二倍ぐらい多かった。日本人の食事も本土より良かった。このようなことなどを考えると、長男であるから、もし日本が焦土になっても満洲で村上家を再興しようとしたのか。

一番星は空の悲哀の子だ
あとからどんなに沢山の星が出てきても
一番星は慰められない空の孤独の子だ

一番星は空のかたくなの子だ
あとからどんなに愛の言葉を投げかけても
一番星は救われない空のかたくなの子だ

一番星が出てくると
にわかに空は暗くなる

それから沢山の星が集り
一番星の不幸な孤独を監視する
誰もがそれになりたくはないから

一番星は最初の不安を空にもたらした
それゆえに何時までも世間にとけこめない
空のひどいかたくなな
不良の放蕩の子なのだ

〈「一番星」〈一番星はどんな星〉〉

一番星に自分の姿を重ねてみた昭夫は兄弟に相談することもなく孤独であった。教頭の強い働きかけが満洲行きを決めるきっかけにはなったのかもしれないが、これらに優先して、自分が満洲に行くことは、自分自身の大義名分もたつのではないか。真実は昭夫にしかわからないが、誇り高い昭夫は同級生のなかでも自分の発言に責任を取ることで、誇りを守ろうとしたのではないか。

クラスでも寮でも孤独であったようだが、集合写真には「何処からか現れては写真におさまっている昭夫」であった、と同級生の岡澤敏夫は記している。クラスのみんなにとけ込むことはなかったが、自分もクラスの一員だよ、と写真に写ることで暗に、みんなに覚えていて欲しいといっているような昭夫でもある。

7 渡満

昭和二十年（一九四五年）十八歳で岩手中学（現・岩手高校）を卒業し満洲国に向かった。岡澤敏夫は昭夫と一緒に行動した山内健一郎からの話をもとに渡満時の様子を次のように推定している。

「三月二十七日夜に下関空襲があり、宿泊先の伊藤旅館から防空壕に逃げ込んだ。空襲のため下関港は使用できなくなり博多に移動した。博多港出発は三月末で釜山から二泊三日で新京《しんきょう》（現・長春《ちょうしゅん》）に着いた。釜山、平壌を通り新京のある満洲に渡ったのは同級生の山内健一郎、古舘敏夫、浜田彪《ひょう》、村上昭夫の四人であった。」

新京の南嶺大同学院付属中央訓練所で、約一ヶ月間に及ぶ訓練を受けた。その主な内容は一緒にいた山内健一郎によれば「満洲事情」と「漢語」の勉強であったという。

首に不気味な傷があったと
腕が固く硬直していたと
むごたらしくて見ておれなかったと
ぼくにそれ以上のなにを書けようか

私は思い出す
私が中国大陸に行った時

釜山から新義州まで続いた
朝鮮の美しかった山河と古びた町を

私はいくらでも思い出す
私が長春の訓練所にいた時
あなた達だけを凍えさせはしないと言って
人の二倍もみそぎの水の中に飛びこんでくれた
雄々しかった朝鮮の教官のことを

馬鹿の李珍宇よ
首になわの傷があったと
腕が固く硬直していたと
仙台までの風景をあかず眺めていたと
朝鮮人だと馬鹿にされ続け
遂に殺人の罪を重ねた李少年よ
安らかな死顔ではなかったと
朝鮮語を無性に話したがっていたと

汽車の窓をトンネルのなかでもしめなかったと
それほど外を
はるかな朝鮮を見たがっていたという
李少年よ
ぼくにそれ以上の
なにを書けようか
〈「李珍宇」〉

一九五八年（昭和三三年）に東京でおきた高校生李珍宇による殺人事件。未成年であったがこのころまでは実名報道されていたため、昭夫も新聞記事で知ったと思われる。

三月下旬から四月上旬の新京（現・長春）は雪が斑に残り池や川の水は冷たい。この詩からは水の中に入って禊《みそぎ》をしたように感じられる。まず朝鮮半島系の教官が手本を示したようだ。南嶺の地形は長春駅の南方約八キロメートル付近にあって一段と高いところである。当時は、遥かに広漠とした畑地と密生した泥柳の林が点在する眺めであった。

8　ハルビン（哈爾濱）

大同学院での基礎的な訓練を終えた昭夫たちは赴任先をいわれる。山内健一郎は北安《ほくあん》省公署開拓庁産業課、古舘敏夫も北安省公署総務課、浜田彪は熱河《ねっか》省公署人事課、昭夫は濱江《ひんこう》省公署交通庁運輸課

（ハルビン）に着任。宿舎はハルビン市馬家《まあじゃあ》区巴陵街《ばりょうがい》七六の濱江寮であった。巴陵街には寮らしき建物がまだ残っていて、筆者が見たのは一九四五年以前からの建物であるという。楡の街路樹があり、当時は今よりも落ち着いたたたずまいの街のようであった（太い楡の木は老楡といって中国人は尊敬の意味の老をつけるのだという。老人を大事にする習慣の根本は日常のなかで培われているのだと思った）。ただし現在の番地は当時の番地とは異なっていると言われた。寮はこの辺ではないかと何となく私は想像したのであった。

現在のハルビン駅

　当時のハルビン市の人口は約八十万人。満洲人（中国人）五十余万人、ロシア人七万人、日本人七万人の他に世界四十数か国の人が居住する国際都市であった。東洋のパリとも言われた。その頃家に届いた葉書には公署の仕事やハルビン市の印象、今までの両親への恩返しとして給料を送ることなどが記してあった。家族思いの長男の心情が出ているハガキである。

　濱江省公署は「濱江警察署」「ハルビン憲兵隊本部」「ハルビン警務統制委員会」「ハルビン日本特務機関」などとも近い距離である。そのためか、筆者がハルビンに行った時、昭夫はスパイではなかったのか、と問われた。筆者が説明して、スパイの疑いは晴れたようであるが、（戦後、六十一年後の事である）緊張していた戦争末期の状況がどのようなものであるかを推察することにもなったのであった。

五族協和、王道楽土を唱えた満洲国の実態は日本の傀儡国家であった。満洲国皇帝・溥儀は新京で幽閉されていた。溥儀の隣室には日本の憲兵が見張っていたのである。溥儀への命令はその憲兵から伝えられた。ハルビンには日本領事館、生体実験をした七三一部隊があった。特務機関やハルビン学院（ロシアなどへのスパイ養成機関）もあった。

日本現代詩人会名誉会員且つ先達詩人で澤野起美子基金をもとに設定された日本現代詩人会主催の第四回現代詩人賞（『長編詩・石の譜』）の原《はら》子朗《しろう》は昭和十九年、ハルビン学院に入学を考えてハルビンに五～六日間滞在し学院やハルビンの様子をみたというが入学はしなかった。

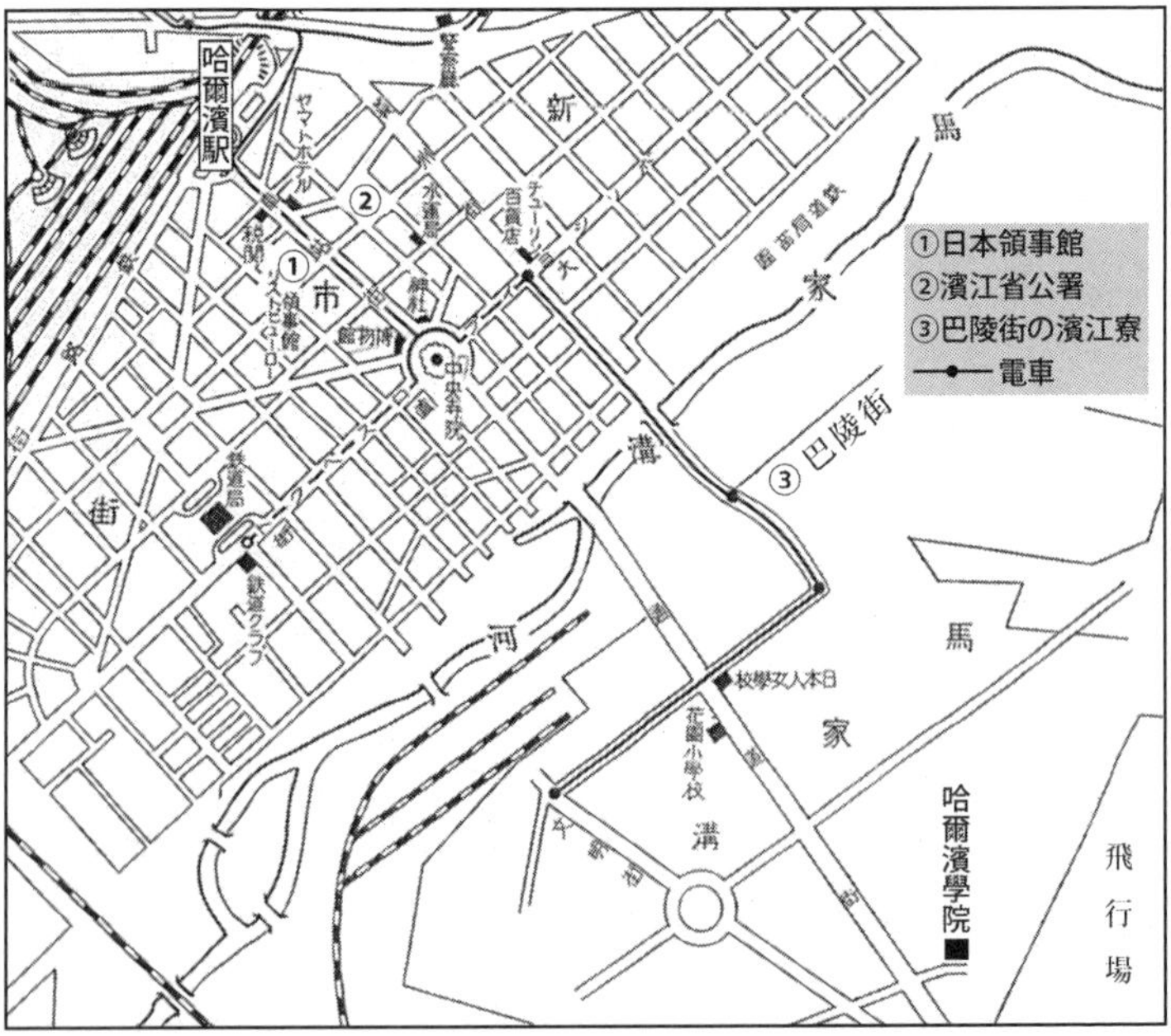

ハルビン駅周辺地図（昭和 13 年）

詩集『サンチョ・パンサの帰郷』で日本現代詩人会主催の第十四回H氏賞を受賞した石原吉郎と昭夫は昭和二十年、ハルビン市内でも近くにいた。街のどこかですれちがっていたのかもしれない。お互いにまだ詩も書いていなかった。当然であるが面識もなかった。因みに昭夫のH氏賞受賞は第十八回である。昭夫の詩について石原吉郎は「避けて通れない詩人」といっている。

満洲への移住は日本人五百万人の計画があった。大半は開拓であった。茨城県には満蒙開拓指導員養成所・幹部訓練所（現・鯉渕《こいぶち》学園）や、満蒙開拓青少年義勇軍内原訓練所などがあり、積極的に満蒙開拓者を輩出した。原野を切り開く開拓かと満を持して渡った土地の殆どは現地人が農業を営んでいたのである。日本本土で訓練した開拓とは全く異なり、実際は現地の農民から、強制的に安く土地を国が買い取ったり、奪ったりしたのが実態であった。土地を奪われた農民たちは日本人開拓者を襲ったが、日本人開拓者は彼らを匪賊《ひぞく》と呼んで恐れた。また、満洲には日本に大豆、大豆粕（窒素肥料にした）、石炭などの資源を送る役割を担わせた。実際の場に行って昭夫は満洲人や朝鮮人に日本人と同じように接していたのだが、日本人の上司からは彼らに頭を下げてはいけないと叱られている。国のいう五族協和、王道楽土を信じている昭夫は「みんな同じ血が流れているのに」（『皿』№９「答も愉し」岩手県詩人クラブ編）と強く思ったのではないか。

孤独で求道的な昭夫だからこそ他者の痛みが理解できたのではなかったか。そういえば、盛岡から博多に来る途中のこと。「混雑している列車の中で、人の足を踏んでそれが朝鮮人だという理由で車外にたたき出されていた男があった。出て行く列車に向かって『天皇陛下はひとつなのだ』と泣くようにしてうったえていた。辛いと思った。勇気のない自分が情けなかった。（略）怒鳴っている方も怒鳴られている方も同じ同胞であった。」（「咎も愉し」）

9　『無刑録』芦東山のふるさと

母・タマカの育った東磐井郡大原町（現・一関市大原）の近く渋民からは、江戸時代に活躍した儒学者の芦東山《あしとうざん》が出ている。芦の著書『無刑録』は庶民や弱い立場の人に寄り添い「刑罰は見せしめや懲らしめではなく、更生させるものでなければならない」というものであった。最初からの悪人はいない、人間は善の力を持っているというのである。『無刑録』は十八巻もの大著。母・タマカの鳥畑家は芦家とも家系的につながっている。人的にも強い風土である。

芦東山の芦家と山を越えた気仙郡矢作の村上家との関係はどうであるか。芦家も大肝入であり、昭夫の四番目の弟・成夫が『北の文学』六十五号に書いているように、大肝入の家を守るためには、大肝入同士での婚姻関係がおこなわれてきた、ということと一致しているか。（筆者は昭夫の母・タマカの鳥畑家のことを調べるために大原に行き、芦東山の記念館にも行ってきた。）帰ってきて、資料を整理していた時に、昭夫三番目の弟・達夫から戴いた村上家の系図にも芦東山との姻戚関係にあることが載っているではないか。昭夫の育った人的風土の広がりと深さを感じた。鳥畑家は芦家とは近い距離でもあったので姻戚関係は当然のこととして、山を越えたところの村上家も姻戚関係があったのだ。

10　昭夫のハルビン生活

昭夫のハルビンでの希望に満ちた生活、それを裏切るように同じ日本人の上司によって人間平等の意識がどんどん壊され始めてもいたのであった。現地で採用された中国人や朝鮮人の上長には頭を下げるな、とまで日本人上司には文句を言われている昭夫。何が何だか昭夫にもその意味が理解できなかったのではないか、と思う。寮から役所までは徒歩でも通勤できた距離。楡の並木を見ながら歩いて通勤していたのだろうか。春から初夏までの間わずか三ヶ月にも満たない期間が昭夫の一番楽しい時間であったか。

11　すべての日本人は侵略者であったのか

あえて書き残しておかなければならないのは、満洲の将来を担う指導者養成の使命を持った満洲建国大学のことである。建大と呼ばれた大学は、日本、中国、朝鮮、モンゴル、白系ロシアの五民族が学び、学問の内容も自由であった。当時の日本国内では禁止されていたマルクスの「資本論」も読むことが許されていたという。夜食後の「座談会」では発言の自由もあった。そのために中国人や朝鮮人の学生から、満洲国や朝鮮半島での日本人による差別や暴力への批判が噴出したと

昭夫が在住した巴陵街

いう。日本人学生の多くは、建国大学が掲げる理想と現実のあまりにもの大きな違いに挟まれ苦悩し続けたのであった。

日本人のなかには「満洲っこ」といって、差別意識のない人々もいた。満洲で生まれ育った人、満洲の人たちのために心血を注いだ人もいた。すべての日本人が差別したわけではないのだ。彼らの誇りを認めていた日本の良心もあった。

興農合作社というものがあった。坂本進一郎によれば満洲版農業協同組合であるという。

現在、茨城在住の岡田源は坂本に興農合作社について次のように語っている。

「満洲の人口の八割を占める農民の民生を安定させるには、生産増大と農民の福祉向上の二つが必須の要件であった。そこで、ノミ、シラミに苦しめられながら農村工作（下屯工作）をした。なぜなら領主のような地主が『地主─商人─高利貸』の三位一体で糧桟《りゃんざん》という流通権を握っていて、その糧桟を潰して流通機構を近代化するため、まず金融合作社、続いて農事合作社がつくられ、そのもとで『交易場』が運営され、そのあと興農合作社に改組された。これに対しては地主や糧桟側の抵抗も凄かった。しかし、興農合作社は、満洲国そのもの、協和会（五族協和）と並んで、満洲国を支える三本柱の一つで、我々は五族協和のため合作社運動に情熱を傾けたものだ」と。

同様のことは岡田ばかりでなく何人かの合作社同人が坂本に話してくれたという。

興農合作社は支社を含めるとどんな山奥にもあった。敗戦後、日本人開拓農民は暴民に遭ったが、合作社の職員は山奥にいても何ら被害を受けることはなかった。ソ連軍が侵攻してきたとき、満洲人の農婦が「あなた合作社の人でしょう、こちらにきて隠れていなさい」と言って納屋に案内され一命をとりとめたという。

「農村は満洲の農村であっても、今や満洲国の農村ではない」と坂本は記している。（満洲農業の近代化に貢献した興農合作社・坂本進一郎『農民文学』二九六号）

協和会や興農合作社も傀儡政権のものと一言で片付けるのはあまりにも一方的である。

坂本正博は『合作社運動と野川隆の文学表現』で、「呼蘭県農事合作社で理事まで務めた日本人の野川隆は当時の様子を次のようにとらえている。全人口の八割が農民であり、大家族を擁した大農経営の富農とそれに隷属する多数の貧農、雇農が存在していた。佐藤大四郎、野川隆らが組織した合作社は、富農だけではなく担保なしに貧農、雇農にも貸款し、生活用品も安く供給した。関東軍は合作社を危険だとみなしていた」と書いている。

現地の弱い立場にいる住民がどのような状況であるかを把握したうえで住民の生活が住民自らにとって少しでも納得のいくように努力した組織なのだ。

ここで少し、協和会についても触れておきたい。協和会の発会式の執政訓示は「政党政治の現今時代に適せざるを鑑み、この会を設立」云々とあり、政党としての性格を否定し、また政権獲得を目的とする政治団体ではないことを示唆したのであった。一九三二年「協和会設立の理念」には「君主専制政治及び議会専制政治は満洲国に適せず、結局満洲国内に堅実な唯一の政治団体を結成して民衆の支持を獲得し、これにより国家の根本政策を決定すべし」とあり。よく吟味すれば、政党ではないが政治的団体としての政治目的達成の志向を示している。

たとえ理念はそうではあっても、現地の弱い立場の住民には、興農合作社や協和会の日本人が当時の満洲の人々にどのように受け止められていたか、を如実に示しているのではないか。弱い立場の住民たちに信頼されていたのである。

個人として信頼を受けていた昭夫。組織として信頼を受けていた興農合作社や協和会。傀儡政権の満洲国と一言では断定しにくいほど複雑に組織化されていたと言えばよいのだろうか。日本の指導層の中には満洲人による独立国を目指し実践していた石原莞爾のような人もいた。石原は軍人であったが、田中智学のつくった国柱会会員で、レーニンへの崇敬の念を明言して憚らなかったという。

国柱会は『宮澤賢治語彙辞典』（原子朗）によれば「宗教団体名。『純正日蓮主義』を主張し、立正安国の実現を目指す。在家仏教の団体。天皇崇拝、国体護持の思想が色濃い。一九一四年（大正三年）、田中智学により創設された」と、ある。宮澤賢治も国柱会の会員であった。

個人、組織のいずれでも現地の弱い立場の多くの人に受け入れられ、信頼されていたとしても、歴史からは満洲国は傀儡国家であった、と言われるであろう。中国では偽満洲国と呼んでいる。厳密に見れば中国は漢族が中心の国であるが満洲は「満人」といって女眞族の地であった。清王朝は女眞族がつくっている。清王朝の最後の皇帝は溥儀。因みに、現在の中国は五十六の民族があり、漢族は九五％以上を占める。今では、中国国内のいたるところに漢族が進出しているのが現状である。

12　楡の青葉の街ハルビン

ハルビンの街の印象を昭夫は小説で次のように記している。

「楡の青葉で色取られた六月のハルピン（筆者注・当時の日本人はハルビンをハルピンと称した）は美しかった。やっと冬を越した嬉しさと（略）春になっても桜の咲かない異国の地は、なんとなくうら淋しい感じがしそれが又火をそそぐように望郷心をそそるのではあったが、日本の桜にもましてロシヤ風の建築が点々と並ぶ市街を一面に緑一色でぬりつぶしたあざやかさにはやっぱり美しいなと思うのである。何処からか教会の鐘の音が聞こえてくる」（小説『浮情』）

ハルビンの街はロシア革命を逃れてきたロシア人が造った街である。それ以前は松花江《スンガリー》沿いのほとんど家のない小さな漁村であった。

13　官吏挺身隊

着任して三ケ月になったかならない七月初め頃、昭夫は官吏挺身隊員として動員された。動員先はハルビン市の郊外にある孫家《そんじゃ》の飛行機組み立て工場であった。ここの飛行機組み立て工場には鮮系（朝鮮人）、日系が半分ぐらいずつ居たようだ。

現地の満洲人たちは日本の敗戦を感じ取り工場からいなくなって、そのために日系の若手職員が労働力の足りない軍需工場に派遣された。山内健一郎、古舘敏夫も動

巴陵街の老楡

員されていた。ここで、キー8・4という戦闘機の組み立てに従事した。（義父の門間秀雄は満洲国軍中尉で、たしかに戦闘機の組み立ては行ったが設計などの重要機密にあたることは満洲ではやってないと裏づけの証言をしている）宿舎は二段ベッドで昭夫が上段、山内が下段であった。八月のある日、広島が新型爆弾でめちゃめちゃになったという情報を耳にした山内が「日本はもう駄目だな」と小声で昭夫に話した。すると昭夫は「こんなときこそ、勝つ方法を考えるべきだ」と憤然と反論してきたという。挺身隊に入隊（実際は動員であった）したのも積極的であったと理解すれば昭夫の戦争に対する言動などは納得できる。学徒動員時の時と同じで、まだ気持ちは軍国少年のままなのだった。

「八月九日の夜はひどく暑い夜で、昭夫らは工場の原っぱで酒を飲みながら涼んでいると、ハルビンの空に五、六機の飛行機が旋回していて、パッと照明弾を落としたのを目撃した。その瞬間、ソ連機だと気がついた。翌日、ソ連の侵攻を知り、大騒ぎになった。その日から工場長の指示で兵器づくりが始まりました。兵器といってもジュラルミンの竹槍のことで、これで敵兵と刺し違えでもするということだった。その作業中に金属の破片が目に刺さり、山内はハルビンの満鉄病院に入院することになった。工場はソ連の侵攻によって閉鎖されることになり、八月十三日頃、官吏挺身隊の人達はそれぞれの役所に戻ることになった。昭夫は誰よりも早くハルビンの公署に帰任したとみられます。」（岡澤敏夫『どらみんぐ』十二）

14　敗戦直後の昭夫

昭夫の文章のなかに次のような箇所がある。「赤紙が来て臨時招集兵になり、やがて三ヶ月余りの流浪の抑留生活と、再びハルビンに帰ってからの一年余りの生活を通じて、どれほど中国の人達や朝鮮の人たちのお世話になったか分からない」（「答も愉し」）

考えてみると、満洲国政府は八月十八日に溥儀が皇帝を退位し十九日には日本へ亡命の途中、奉天《ほうてん》（現・瀋陽《しんよう》）でソ連軍に逮捕され、二十日に満洲国解散の発表をした。この間の八月十三日以降、数日の間に昭夫に赤紙が来て臨時招集兵になってもおかしくはないだろう。このようなことも当時はあったという。官吏挺身隊員であった昭夫は住所も同じ市内、臨時招集兵とされてもすぐに応じることが出来たのではないか。この段階では志願兵の意識が強く働いたのかもしれない。この当時の昭夫の言動からすれば志願兵になっても不思議ではない。

領事館も日本の敗戦により招集兵に対応するだけの十分な余裕がなかったがゆえの臨時招集なのではないか。そんな中で、領事館は重要な機密書類の処分に追われていたのではないかと推測される。

15　領事館に隠れた昭夫たち

八月十八日夕方には、ソ連軍がハルビン市内にも入ってきた。市内の治安を守るという名目で日本兵や日本のあらゆる施設、機関などを本格的に調べたのは翌日からである。

昭夫には安全と思われた領事館に隠れたが、そこから拳銃が発見された。当時、満洲にいた財部鳥子によれば「実際は、ソ連軍が注意深く領事館内部を調査したと考えられる。隠れるには一番危険なところであるという認識を持っていなかったのではないか」そのため拳銃の所有者と疑われ、ソ連軍の方に連れていかれたのであった。高橋昭八郎によれば、ピストルの所有者は自分ですと名乗り出た昭夫であった。取り調べは厳しかった。殴られたり、タバコの火を押し付けられたりした。鎖に繋がれたまま拷問を受けた、そのままコンクリートの床に転がされていた。他にも領事館に隠れていた者は拷問を受け、拳銃は自分のものではないと何度否認してもさらに拷問が続いた。昭夫の耳にも一緒に逃げ込んだ誰かがソ連兵に拳銃で撃たれたような音が聞こえた。もう駄目だ、と諦めかけた時、かつて一緒に働いた満洲人や、朝鮮人たちが押しかけてきて「村上さんはそのようなことをする人ではない。本当の犯人はこの人です」（岡澤敏夫によると、新京に行っていた領事が翌日帰ってきて、事情を説明し、昭夫は解放になったのではないか、と推理している）と差し出したのであった。昭夫は釈放された（これは筆者が昭夫の母タマカから直接教えていただいた。タマカは昭夫可愛さのあまり、誇張して伝えたのではないか、昭夫の弟である達夫、成夫は話している）。ふくしのりゆきは「このときの拷問を受けた傷跡が残っているんです。」と発言している（『北流』一二号）。多くの日本人と異なり、昭夫は、相手の人格を尊重して差別をしなかったことが命の助かった理由か、と筆者は考えたのだった。ほとんどの日本人は、（自らを天皇の赤子と考える）朝鮮人や満洲人にたいして人を人とも思わないように接していたのではなかったか。まだ、昭夫は、理想郷満洲国を創ろうと実践をしていたのかもしれないのだ。

16　男狩りをするソ連軍

ソ連軍はハルビン市内の治安維持を口実に九月初めまで男狩りを行った。

狩りだされた男は二万六千人に及ぶ。当時、ハルビンにいた作田和幸は『ハルビン物語』の中で、次のように書いている。

「ソ連第一極東方面軍参謀長シェラホフ少将率いる空中降下部隊百二十人が先遣隊として輸送機で乗り込み、無血接収に入ったのは八月十八日の夕暮れだった。

日本兵は武装解除されて捕虜となり、郊外の香坊《こうぼう》にある青少年義勇軍訓練所に引き立てられていった。（略）家の中からそのままの姿で狩り出されたのか、丸首シャツにステテコの者、下駄ばきの者、浴衣着の者、抵抗でもしたのだろうか、頭から血を流している者もまじっていた。敗戦国民への、男狩りが始まったのだ。」（現地の人によると、香坊は一九四六年から一九八〇年代までは原野だった。ここは子供たちの遊び場であった、という。今は大都会のハルビン市内になっている。）

男狩りされた人達は、さらに牡丹江《ぼたんこう》に連れて行かれた。この中に昭夫もいたと思われる。牡丹江で強制労働をさせられた後、十月ごろ突然釈放されて再びハルビンに戻るのは十月末になってからである、と作田は書いている。当時、牡丹江で強制労働をさせられ、収容所にいた小貫雅夫によるとソ連軍の方針で二十歳にならない男は突然解放したのだという。小貫雅夫は新京第一中学の生徒であった。

ただし、スターリンは八月二十三日に五十万人の捕虜をシベリアに送れと命令している。捕虜に関わったソ連軍の軍人によっては小貫のような扱いをした軍人もいたようだが、捕虜に連れて行こうと考えたソ連の軍人はシベリアに向かう捕虜専用の列車に年齢に関係なく強制的に乗せたのであった。

ソ連軍の軍人によっても管理する捕虜への対処が違ったようだ。

昭夫の身長は一七〇㎝ぐらいあった。当時の日本人としては、身長は大きい方であった。筆者の想像であるが、体格の大きい昭夫は牡丹江で解放されなかったのではないか。臨時召集の兵士といえども兵士なのだ。昭夫は牡丹江から列車でシベリアに連れて行かれそうになったのではないか。

17　列車から脱走した昭夫

「列車が止まった時に脱走してシベリアにはいかなくて助かった」というようなことを筆者は母タマカから聞き取りしている。後に、母親は昭夫のことについては、昭夫可愛さのあまりいろいろ脚色して研究者に伝えているようだ、と弟の達夫や成夫からも聞いているが、タマカは筆者以外にも、ふくしのりゆきにも同じことを話している。その間二年以上も時間があるのにもかかわらず全く同じことを言っている。ふくしはそれをそのまま『村上昭夫　作品と生涯』に書いた。筆者が思うに、母タマカは昭夫の言ったことをそのまま教えてくれたのだ、と理解すれば何も疑問はうまれない（臨時招集兵になったとき昭夫を見送る人は誰もいなかった、とも母タマカは語っているが、それは昭夫がハルビンにいたからである。子を思う母のせつない気持ちが、昭夫を見送る人は存在したのに見送る人がいなかった、と言わしめており、誤解されかねない発言ではある）。

繰り返すが、当初、ソ連軍は昭夫を軍人と決めつけたのではないか。そのため、牡丹江の強制労働（ここでは牡丹江の戦いの片付けなどをさせられたのかもしれない。列車が通れるように線路の整備もあったかもしれない）が終わった後、二十歳に達していなくても軍人としての扱いでシベリア送りになったのだ、と思う。

このように理解すると次に掲げる詩の意味がシベリア送りになった時、脱走したことと一致するのである。文学作品だから虚構だと言い切ってしまえばこの論は成り立たないが、勤務先の全逓盛岡郵便局の機関誌に載せた作品である。作品の成立時期が昭夫の最初の詩作品であることを考えると、ほぼそのまま事実と理解していいのではないかと思う。

「友に捧ぐ」にでてくる村田悌一氏はカダラ地区ハラグン収容所で死亡。ロシアが公表している。このことを筆者が知ったのは平成二十七年（二〇一五年）であった。

友に捧ぐ

君の霊が私を導いてくれたのか
何気なく村田という表札を見て
ごめんくださいと入った
私の網膜に
心光院の白木に
くっきりと
黒い文字が

線香の煙と共につきささった

今の今まで
無事に生きているものと
君の元気な姿を信じていた私は
何という呑気な
頼りない男だったんだろう
北満の田野を
ソ連軍の猛撃の前に
追われ追われて
逃避行を続けた時
君はまだまだ元気だった
やがて私は無事日本に帰り
ジャラントンの戦場で
捕虜となった君は
命の続くを固く信じて
シベリアへ行った

零下四十度のチタ洲で
君の肉体は寒さに
木の葉のように震える
永住の地を見出したに
違いない
何一つない殺伐とした
ガダラの地に
君は懸命にも穴ぐら生活を続け
糧食を搾取する特権階級のために
もろくも栄養失調となった
やがて一個の頼りない肉体は
不気味にむくんで
骨と皮ばかりに痩せほそり
故郷の山河も夢見ず
お母さんとも呼ばず
ただもう白米の飯が食いたいと
それだけをつぶやいて
死んでいった

チタ洲ガダラ地区ハラグンに
君の身体は生焼けのまま
墓標の下に永遠に眠る

東風吹く風よ
飛ぶ雲よ
行きて祖国にとく伝え
雪原深くうずもれて
同胞此処に眠れるを

たった一人の息子を失って
君の両親は半信半疑のまま
「残った写真はこれだけでした」
学生時代の姿を見ていた
それが人生であろうとも
私はなんとも言えない
自らなぐさめる言葉も知らず
君と酒を飲んだ話をして

なおさら両親を悲しませた
友よ心ない私を許せ
やがて再び極寒のおとずれる
大シベリアの広野に
安らかに眠る悌一君の
はるかなる故国より
君の冥福を祈ろう

ジャラントン（扎蘭屯）はハルビンより遙か西方四〇〇キロメートル以上の大興安嶺山脈の方角、内モンゴルにある。当時の満洲の面積は日本の三倍以上も広い地域である。

牡丹江での強制労働を終え、ハルビンまで帰れると思った昭夫。だが、二十歳に満たない昭夫は軍人とみなされ、捕虜となってシベリアに送られる列車に乗せられたのではないのか。

詩の中に出てくる村田悌一は上等兵（日本では兵士が死亡したあとは階級が一つ上がった）。歩兵一七七連隊所属。昭和二十一年（一九四六年）二月四日にチタ洲ガダラ地区ハラグン収容所にて死亡。一七七連隊をはじめ多くの兵士が死亡している。臨時召集された昭夫は同じ隊にいた村田悌一と親しくなったと思われる。とくにこの時点では両人とも死を覚悟していたのではないか。お互いに日本での住所を教え合っていたのだ（盛岡市加賀野の住所になっている）。生きて帰った昭夫は村田悌一宅を訪ね、死亡報告を受けていた村田家の人から悌一の死を告げられたのだ。

昭夫の小説に牡丹江での戦いのあとを生々しく書いてある部分がある。牡丹江での強制労働は激しい戦争で一部、鉄道などが破壊されたためにその復旧の仕事などをさせられたと思われる。

昭夫は牡丹江からハルビンに帰る途中の様子を次のように見ている。

「一寸したはずみで戦闘心を湧きおこし、にくめない各国人の間に、その波瀾を巻き起こすのはその国の支配階級じゃないか。ありもしない事を国民の間にばらまいて敵愾心をあほりたてる。

牡丹江省の山道で雨風にごろごろとみにくい屍をさらしていた兵隊の姿が彷彿としてまぶたに浮かんでくる。ザクロのように砲弾の破片で飛び散った顔が半ば腐れかけて真黒くなっていたっけ。血でべっとり汚れた階級章が何ものかを暗示しているようであわれだった。いつまでも服にこびりついて離れない屍臭がたまらなかったな。（略）靖国神社の大鳥居が戦争の実態を見たならドギモを抜かしてひっくりかへるだろう。牡丹江の戦場から軍用トラックが何百台とひっくり返っている山地を命懸けの逃避行をやった苦しさが思いだされてくる。」（小説『浮情』）

ここでも脱走した昭夫が出てくるが、詩の中での脱走と小説での脱走での違いは、脱走した場所が違うようにも思われるが次のようにも理解できよう。昭夫は牡丹江からシベリアに向かう途中で脱走したと思われる。村田悌一はジャラントンの戦場で捕虜になり列車に乗せられチタ州ハラグンの収容所で死亡した。

シベリア送りの列車に乗せられた昭夫。牡丹江を発車して山の中を走っていた時、列車は一時停車したと思われる。この夜、一人で脱走した昭夫。当時の列車は何かの折に一時停車（数時間～数日間）もあったが、その時に運よく脱走できたのかもしれない。母タマカによると、「脱走は夜間で列車が止まっていた時」であったという。ソ連兵の見張りの隙をみて脱走をしたのだ。昼は高粱《こうりゃん》の畑に隠れ、人の目を避け、夜間に歩いてハルビンにたどり着いた昭夫。北満の秋は短く、寒い。

牡丹江からハルビンまで二七〇㎞と仮定（坂本正博『村上昭夫の詩』）して、夜間二〇㎞徒歩で進むとすれば、単純計算で十四日間あればハルビンにたどり着ける。筆者の体験では一日当たり四〇㎞ぐらいは進むことができる。これは、平和時の日本でのことである。実際にはジャラントンに行く前に脱走したのではないか。歩いてハルビンに帰ることは可能と判断できる。十一月に新京で山内健一郎と出会っても不思議ではない。

この時期の昭夫については、事実ははっきり分からない。ただ、はっきりしているのは、満洲での過酷な体験が昭夫の時代を捉える見方に大きな影響を与えていることは事実である。中国人、朝鮮人たちの世話にもなっていることで、戦争肯定の立場が少しずつ否定の立場に転換したのである。

満洲に行き、聖戦（欧米の白人からアジアを守る）を遂行するという日本国家の考えに共感し、その思想に塗り込められていた昭夫ではなかったか。

それはしかし、満洲での中国人、朝鮮人の実態を知るにつけ民族に違いはあっても人間はみな同じ感情を持っていることを強く実感したのであった。このように考えが人間そのものをみるのが大事であるというのは母・タマカの影響が大きいと思われる。この平等の意識はタマカを培った人間的風土、芦東山の性善説的な人間把握にも遠い源を求めることができるのではないか。

満洲でのさまざまな昭夫の体験のなかで「ひとりひとりの人間はみな自分と同じ血が流れているではないか」と感じ取ったのだ。母譲りの、あるいは両親から受け継いだ人間平等の気持ちが、その気持ちの種子が芽生えたのだ。そして、帰国してからは、戦争の本質、人間を人間と思わない実態をさらけ出した戦争の完全否定へと成長していく。正義の戦い、などという言葉は一部の支配者の言う都合のよい論理であって、その論理は、当初、昭夫のなかでは首肯されてもいたのではなかったか。

戦後、満洲での戦争などは軍部の独走であったことが研究で明らかになっている。

18 ソ連軍の侵攻

日本とソ連の間には日ソ中立条約があったが、当時の日本はそれを信じていたわけではなかった。実際に八月七日以前にもソ連軍が国境近くに集結しているのがわかっていた。だが、南方での戦争は負けることが続き、満洲にいた関東軍も南方に移動させなければならなかった。その結果、満洲国境の警備にあたったのは中学生や開拓農民であった。開拓農民は、明治時代に北海道で行われた屯田兵のような役割も負わされていたが軍人としての能力はなかったといってよい。軍隊としての装備もなかった。せいぜい鉄砲があるぐらいであった。ほとんど無防備状態のソ満国境になっていた。終戦直前の一九四五年二月、ソ連はヤルタ会談で、ドイツ降伏後三ヶ月以内に日本に侵攻するという約束をしていた。日本の敗戦濃厚になった八月九日、ソ連は日本との中立条約よりもヤルタ会談の約束を履行したのであった。その理由は明白である。戦勝国側になった場合、ソ連は戦勝国の権利を得ることができるのだ。日本は敗戦が濃厚になったのであった。日ソ中立条約を守るよりもはるかに得策と判断したのである。

緯度の高い位置に国境を持つソ連は太平洋側に不凍港を持つことが自国の発展にとって絶対に必要なことであると考えていた。この考えはソ連がロシアになった現在でも一貫している。

余分なことだが、このまま温暖化が進み北極圏の氷が溶けだして来たら、ヨーロッパの船は最短距離で太平洋に航行できるようになるだろう。その時は、また別のさまざまな問題が生じてくるであろうことは明白である。

19　新京（長春）へ移動し再びハルビンに戻る

ハルビンより日本に少しでも近い新京（長春）に移動した昭夫。街頭で十一月頃、中学の同級生・山内健一郎は偶然、昭夫に遇っている。

「昭夫が街頭でタバコ売りをしているのを見た。声をかけると、昭夫は〈変わりない〉と返事した。しかし一度きりだった。同じところで商売をすると日本人狩りに遭うから、場所を変えるわけだ。」（山内談）ハルビンは治安が悪くて新京に脱出をしてきたのではないかと山内は推測する。山内はこのとき仕事に向かう途中であったため立ち話で終わった。タバコ売りをしていればどこかで再会できると思ったという。しかし実際には、タバコ売りをして街頭に立っているのは新京でも日本人男狩りにされる危険があった。ここでの男狩りは捕虜としてではなく苦力《クーリー》としてただで使役するためだったという。今日どこそこで男狩りをしているという情報がしょっちゅうあったという。

昭夫にとって、帰国が叶うのは新京よりも以前住んでいたハルビンで帰国を待つ方が安全と考えたのではないか。ハルビンなら長春より街を知っている安心感もある。中国人や朝鮮人の知人もいる。それなら帰国に近い港からは遠く離れるが、長春よりハルビンにいた方が安全かも知れない、と昭夫は判断したのではないか。本人の文章のなかに「一年余りのハルビンの生活を通じて」（「答も愉し」）という箇所がある。危険を感じた昭夫はタバコ売りをやめて、ハルビンに戻った、と判断すれば昭夫の文章も理解できるし、長春で見かけなくなったという山内の言葉とも一致するのではないか。

生きるためにはいろいろな仕事に従事したと家族に話している。砂糖大根を原料とした砂糖製造の手伝い、八路軍《はちろ》（毛沢東軍）の荷物運び、溝の掃除、印刷工場などでの労働の話などがわかっている。印刷工場にいたときは百科事典もあり、勉強などもできたようだ。多くの日本人は農家の薪割り、水汲み、ロバの世話などをして一日を生き延びるのが必死であった。体力の落ちた時はニンニクを食って健康を守ったこともあった。

20　八路軍との出会い

八路軍は毛沢東の率いる私設の軍隊である。軍服はなく、それぞれが思い思いの私服を着ていた。当時の正規軍は蒋介石の率いる国民党軍であった。毛沢東と蒋介石は対立し、戦争を行っていた。毛沢東軍が勝ち、国民党軍は台湾に逃げたのであった。

昭夫は毛沢東の率いる八路軍に助けてもらっているようだ。このことが、昭夫をして共産主義に近づき共感していくことになる。八路軍の荷物運びなどに参加していた。

兄弟
お礼などはいりません／日僑の護衛任務を果しただけです／困っている人達からは／物をもらうなお金をもらうな／借りたものはわらくずでも返せと／毛沢東が言いました〃一九四五年北満の秋／きたないぼろきれのように不恰好な／若い農民兵士はそう言うのだ／それならばと出した一本の煙草でさえ／決して取ろうとはしないのだ〃元気でお国へ帰られるよう／向こうに見える山はもう蔣匪の軍です／でも悪いようにはしないでしょう／兄弟なのですから／私達も戦いたくありません／兄弟なのですから〃このぼろきれのような兵士の何処から／このような言葉がでるのだ〃毛沢東よ／シナ人だと馬鹿にしていた軽蔑を／心から中国人と呼びたくなったのはそれからだった／あなたもおそらく知らないでいよう／おそらくあれから革命の戦いのなかで戦死したであろう／ぼろきれのような兵士〃お国へ帰られても／中国のことを忘れないで下さい／私達も日本の方達を決して忘れません／兄弟なのですから〃日本軍とソ連軍と／イギリス連邦軍とアメリカ軍を通じて／敗戦のむなしい胸のなかに消えない火をともしてくれた／ぼろきれのような兄弟である

心情的に毛沢東の軍に共感した昭夫である。まず第一に心のつながりを尊ぶ昭夫である。

21　帰国へ

昭和二十一年（一九四六年）に帰国事業が始まり、運よく昭夫も帰国できた。昭夫は十九歳であった。帰国名簿には八月二十八日帰国と記載されているとのこと。弟の成夫の調査によって最近明らかになってきたことであった。

達夫は「一年余りも音沙汰なく、この世にいないものと諦めていた家族のもとに、カーキ色の服（軍服？）を着て、くたびれた戦闘帽をかぶり、大きなザックを背負って帰ってきた昭夫」（「悲しみのアルトルイズム」）と書いている。臨時招集兵であったことをうかがわせる文章である。

この時の様子を弟の成夫は「帰国・新たなる出発」として次のように書いている。

「昭夫からの音信もまったくなく、もうこの世にはいないものと諦めていたそんなある日、晩酌をしていた三好が突然『昭夫に申し訳ない、可愛そうなことをした』と言って号泣したといいます。兄たちにとっては父が泣くという衝撃的な出来事でした。三好は自分の意にそわなかったとはいえ、追い出すかのように昭夫を送り出した自分を責め続けていたのです。」

昭和二十一年の秋の朝、その昭夫は突然盛岡に帰って来ます。玄関で「ただいま」と襟を正すかのように直立不動で立っている昭夫。父に「勝手にしろ」と激怒された昭夫は家に入っていいという許可を父から言われるのを待っていたのではないか、と成夫。その許可のおりたあと、「成夫」だな、とばかりに抱き上げられたのが僕の兄との思い出の始まりです、と話してくれた成夫である。

その頃、勤めていた盛岡裁判所を辞していた父・三好は、食糧不足の足しにと友人と共有していた土地での畑仕事が朝からの日課となっていました。「昭夫兄さんが帰ってきた」息せき切って走ってきた次男・和夫の連絡に、鍬を投げ出した父は踊るようにくるくる回ったといいます。どんなに嬉しかったのでしょう。家には前年八月に誕生した妹の睦子が、出ない母乳の代わりに脱脂綿に含ませた砂糖水で育てられながらかろうじて一歳の誕生日を乗り切っていた。成夫の兄、達夫は同じように次のように書いている。

「睦子が生まれた時、母タマカは産褥のため危険な状態になった。母が死ぬのではないかと思い、家の前の道を行き来しながら意味も分からずに念仏を唱えて祈った。時々母はもう死んだのではないかと、庭の方から様子を窺っていた。数時間後、家に詰めていた近所の人に、もう大丈夫だから家に入るように言われた。生まれた睦子には母乳もミルクも無く、その後の幾日かは、脱脂綿に含ませた砂糖水を吸わせて育てたが、これで生きていけるのだろうかと心配した。」

22　父との氷解

満洲に行くまで父とぶつかっていた昭夫であったが、帰国してからは、父との葛藤は氷解していた。父の自我の強さや代々受け継いできた封建的家父長制の家風もあったのは事実だが、昭夫も積極的で冗談を言う明るい性格になってきたこともあるだろう。ただ、昭夫の頑固な性格は変わらなかったようだ。日本の敗戦によって異郷になってしまった満洲国。敗戦した国民は積極的に行動しなければ生きて帰国もできなくなることを思い知らせるものでもあった。

昭夫の中学時代までしか知らない者は家族を含め全員、昭夫の性格が積極的で明るくなったことにびっくりしたようだ。

昭夫が父のことを書いた詩があるが、戦後の父は昭夫の望むような生き方をしたようだ。弟の成夫によれば父は昭夫を見て学んだようである、という。良いと思ったらすぐに自分を変える。昭夫に対する父の愛である。そんな父の姿を書く昭夫。

郵便局に勤めた昭夫は、労働運動にも積極的であった。労働者と資本家の対立構造を説くマルクス主義にもひかれていく昭夫の素地は毛沢東軍との交流にあったようだ。労働を尊ぶ姿こそ昭夫の望ましい姿であった。父は昭夫の帰国に深く喜ぶ。勤務先もやめて風呂屋を開業したのも昭夫のためであったが、昭夫は、車をひく父の姿に共感している。肉体を使い自ら車をひく。その尊さにこそ重きをおいた昭夫。

車をひいて行くのだ
みながエナメルの机で頬杖を突いている時
父はうすぎたない車をひくのだ

みなが冷めたい侮蔑の目を向ける時
父は苦しい姿で車をひくのだ
父の重量をひいてゆくのだ

みながナイロンの傘で行き過ぎる時
父は雨に濡れながら車をひくのだ

父に降る雨のなかをひいてゆくのだ
みなが甘美な幸いに酔いしれている時
父は父の悲しみをひくのだ
地を這うような痛ましい姿で
地から這い出たような重いまなざしで
轍の音を軋ませながら
息詰まる息にあえぎながら
暗くて誰も見分けようともしない
知ろうともしない限りのない道を
父の車をひいてゆくのだ

〈「車をひく父」〉

戦後、裁判所の書記官を辞任した三好。その後、東北電力に勤務していた。農地解放などで多くの農地（前出のように昭夫の家は渋谷定輔とは異なり大地主であった）を小作に安価で売り渡し、財産を失った父に、昭夫は助かった人たち（小作人）がいるのだから、これでいい、と父を慰めるのであった。父・三好の態度も見事に昭夫に倣っている。そんな父を昭夫は「車をひく父」にしっかりと受け止めていた。昭夫の健康が回復したら、自立できるようにと考えた末、銭湯「玉の湯」を盛岡市の赤袰《あかほろ》（現・西青山）に開業した。

（私事になるが、札幌にいたとき、昭夫が亡くなったことを自分の配達している新聞で知った。まだ、どんな詩を書いている詩人かは知らなかった。その後、『動物哀歌』が書店にも並び、初めてその詩の凄さに衝撃を受けたのであった。やがて、昭夫は自宅近くの「玉の湯」の人であることを知った時の驚き。後に知ることになるが、菩提寺も墓地も一緒であった二重の驚きと喜び。筆者の家には風呂がなかったため「玉の湯」にはよくお世話になった。）

この詩にでてくる車はリヤカーである。製材所から出るおがくずや製材した残りの切れ端などを風呂釜の燃料にしていたのを覚えている。筆者は中学生であった。番台に昭夫がいたような記憶もあるが、番台には座ったことがないと家族は話す。退院していた時の昭夫は風呂の釜焚きと風呂掃除をしていたようだ。昭夫に会っていたのかもしれない、などと勝手に思っている。そう思うと不思議なもので、自然に昭夫の顔が浮かんでくる。

23　盛岡郵便局へ就職

昭和二十二年一月十八日盛岡郵便局に事務員として採用されている。昭夫は二十歳であった。同年春、岩手青年師範学校に合格したが、弟たちの進学のため入学を断念した。昭和二十三年（一九四八年）九月三十日、盛岡郵便局郵政事務官になっている。この頃のことについての証言があるので、紹介したい。昭夫の同級生である岡澤敏夫、赤澤征夫、昭夫の岩手高校の後輩で文学研究者の仲村重明（本名・中村重夫）らの調査によるものである。

郵便局のそばに「飲食店カフェー・文化」という喫茶店があり昼休みや就業後は度々訪れていたのだという。盛岡の数少ないクラシックのレコードも鑑賞できた店で、昭夫はドビュッシーの曲が特に好きであったようだ。さらに、当時昭夫の同僚であった石川徹（昭夫の同窓生、管理職）によればワーグナーの「ジークフリート牧歌」も好んだかもしれないという。店には野村胡堂（『銭形平次捕物控』など）、鈴木彦次郎（『常磐津林中』など）、森荘已池（『山畠』、『蛾と笹舟』で直木賞。宮澤賢治の紹介者）、高村光太郎（『智恵子抄』など）も花巻から出てくることがあった。

昭夫、石井徹（岩手中学の卒業生）ら職場の同僚五人は花巻温泉から高村光太郎宅に向かう道の途中で、黒ゴム長靴の光太郎に偶然出くわし、立ち話ならぬ〈道端すわり〉でしばしば会話した。昭夫は光太郎も好きであった。昭夫に大きな影響を与えたのではないか。昭夫の俳号「鈍牛」は光太郎の詩から引用している。

昭和 22-23 年、盛岡郵便局時代

「飲食店カフェー・文化」は戦後の盛岡の文化、芸術の復興発展になくてはならない場であった。

職場では合唱団（交声会）に入っていた昭夫。周囲からの他薦でＮＨＫのど自慢に出演、鐘三つを鳴らした。さすが（合唱団の）リーダーと言われた。その頃流行っていた「異国の丘」や軍歌などを口ずさんでいたという。組合の機関誌を出してそこには昭夫も小説や詩を載せていた。昭夫が読書で推奨していたのは横光利一（川端康成、鈴木彦次郎ら新感覚派文学）の小説で、特に「山並みなどの自然風景描写が優れている」と評した、と言う。何事にも「出しゃばる」ことのない、中学の頃からのおとなしい性格であったが、頼まれ事は引き受ける男気を時に発揮し、司会なども上手く、周囲からの人望が厚かった。また、声も良くハンサムだったので若い女性たちからも信頼があり、組合活動での協力も得て仁徳もあった。

鈴木彦次郎には講演依頼にいき、受けていただいていたため交友が深かった。鈴木彦次郎の勧めもあり、組合機関誌『意吹』には小説「腕」、「浮情」、「赤い戦車」なども発表している。

水を得た魚のような昭夫。しかし、仕事や文化活動も長くは続かなかった。

24　昭夫の発病

「ここのところが腫れて色が変わっているのだが、なにかの病気かもしれない。」と昭夫は達夫に胸の脇を見せたのだった。達夫はよくは分らなかったが、大変な病気になったのではないかと心配したのだった。医師の診断は肋骨カリエス（結核の一種で肋骨に発病したもの）だった。その後の長い闘病生活の始まりだった。引き揚げ時の無理がたたったのか。昭和二十五年（一九五〇年）二十三歳春、結核はまだいい薬がなく死に至る病といわれた時代であった。

入院したくてもベッドが空かないため自宅療養を余儀なくされた。六月頃、映画「きけわだつみの声」を見ている。その中に挿入されていた宮澤賢治の「ああ、マジエルさま、どうか憎むことのできない敵を殺さないでいいように、早くこの世界がなりますように、そのためならば、わたくしのからだなどは、何べん引き裂かれてもかまいません。」（『注文の多い料理店』の中の「烏の北斗七星」の中の、からすの大尉の言葉）に感動した。同じ死ぬことでも、憎むことのできない、敵を殺さないでいいようになるためならば自分のいのちを差し出す、という宮澤賢治童話の精神は、過酷な体験をしてきたものにとってはどんなにか大事であることか。つけ加えておきたいのは、賢治の言葉を受けとめる心が昭夫のなかに存在していた、ということである。賢治の言葉は昭夫の心を具体的に方向づけしたものである。ひそかに宮澤賢治のような心を持ちたいと決意する昭夫であった。

25　病院で俳句に励む昭夫

昭和二十五年（一九五〇年）秋まで自宅療養をしていたが、二十三歳の秋、やっとベッドに空きができたため、盛岡市下米内にある岩手医科大付属岩手サナトリウムに入院した。

軽症の人は十九人の大部屋。昭夫もこの部屋に入った。同じ部屋にいた中條惟信というひとは皆に一目置かれていた。「病気になったからといって、何もしない奴は元気になっても何もできない奴だ」と皆に話していた。これを聞いた昭夫は内心ひそかに発奮した。

病院内では俳句が盛んで昭夫も院内俳誌「青空」に投句した。

昭和 27 年、岩手サナトリウムにて。相撲の星取り表で優勝した昭夫（中央）

黒土に病む手ふれたし春の雨

積もっていた雪が、春の雨で融け黒土があらわれてきた。あらわれた黒土に手で触りたいが病人なのでそれもできない、そんな心境の句である。

遠蛙病む一日に終わりなし

病気がいつ治るともしれない身にはカエルの鳴き声が一晩中なく。その声が治るあてのない自分の病にかさなってくる。

秋の蝶死ぬべく深き空を持つ

寒さのしみる秋である。こんな時期の蝶は飛ぶさまも力がない。死んでいくだけの蝶である。自分もまた同じようなもの。どこまでも青く深い秋の空は蝶のあの世でもあるようだ。

とんぼうの翅透き行きつくところなし

トンボの翅がだんだん透明になっていく。その果てのない透明感にひかれるがそれは死の向こうの

ようなものかもしれない

雁渡る街灯昼をともしつつ

雁が渡っている。高い空だ。だが街灯を消すことを忘れている。日常のもっとこまごましたことに振り回されている人々がいるが、雁は高い空を渡っていく。

病と死への怖れがある俳句からだんだん諦めとはちがう世界にうつっていく昭夫の心である。雁渡る俳句などは見えにくいものを見る発見がある。トンボの翅が透けて行きつくところがないという俳句もまた病に取りつかれている昭夫の心が巧みに表現されている。既に俳句でも動物を通して死の向こうを見ている昭夫。昭夫は俳句を作っても一流の俳人として通用したのではないか。

26　高橋昭八郎入院・詩の道を歩く

昭和二十六年（一九五一年）七月、詩人の高橋昭八郎が入院してきたので昭夫は自分のノートに書きためていた詩を見てもらおうとノートを差し出すのだった。開いたノートの詩があまりにも稚拙な作品であったために高橋昭八郎は、この人は本当に詩を書けるのだろうか、と思ったそうである。

それからは昭夫にいろんな人の詩を見せた。なかでも田村隆一、とりわけ高橋新吉などの作品に興味を持っていたようだ。

心はどこにあるともいえぬ　どこにもある宇宙間に瀰漫《びまん》している
心は大小を越えている　心は無くならないわが身死んでからも心はある
心からいえば死ぬということも無いのだ
この心はわれわれの生まれぬ先からある
心は生まれることも無いのだ
心以外に何もない
有るものは皆心である
心は有るともいえぬ
しかしながら　歴々分明に動いている
これがそもそものはじまりである
心はいつもはじまりにある
そして常に終わっている
万事心に外ならぬ
始終一糸毫もへだてず
〈高橋新吉「始終」〉

「この詩に紫山老子からは『為君安心了間雲九十叟』という書蹟がとどいた。仏教は唯心論であって、唯識論だと、言えなくはない。（略）私が座禅をして知りえたことは、『我とは、たちどころにして非有である　本質的に無我である』ということだ。」
　このころの高橋新吉は次のような詩も書いていた。

日が照っていた／／いまから五億年前に　〈「日」〉

見ることの中に　宇宙の法則は流れてゐる／／世界は一つではない、いろいろなものが集まって成っている／／その色々なものがあることが世界である　〈「世界」〉

昭夫はこの年に『首輪』同人になっている。『首輪』二号に「からす」を発表。昭和二十六年十月、昭夫は左胸郭成形手術を受けた。肋骨を何本も取る大きな手術であった。

27　母の願い

　入院先のサナトリウムは加賀野の自宅から三㎞ほどの近いところであった。母は洗濯物などを届けるために頻繁に

昭和27年頃、岩手サナトリウムにて高橋昭八郎と

歩いて通っていた。その都度、通院の途中にある上米内の薬師神社に詣でて、昭夫の治癒の祈願をしていた。さらに御百度参りを行い昭夫の病気回復を願った。

頼まれて、弟たちが病院に洗濯物をもって行くと、受け取るや否や、早く帰れとばかり言う昭夫であった。兄、昭夫との話をしたいと思っても話はほとんどできないのだった。病気がうつるのを心配していた。病をうつさないように人類に向き合う昭夫であった。

見舞いに来た叔母が帰る姿を、ベッドで横になりながら手鏡に映して見ている昭夫の姿が可哀そうだったと聞いたことがあると話すのは達夫である。

母のタマカが昭夫の回復を願ってお祈りした薬師神社

28　昭夫の退院

院内俳誌「草笛」の昆ふさ子と親しくなるのは昭和二十七年（一九五二年）。昭和二十八年（一九五三年）二月、病気が軽快になり岩手サナトリウムを退院。自宅に戻る。昭夫は一階の四畳半の部屋に移り、二階は他家が移り住んだ。闘病中の昆ふさ子は重症患者であった。ふさ子を見舞い励ます。

岩手芸術祭で「荒野とポプラ」が入賞。翌年岩手県詩人クラブ（会長・佐伯郁郎）が結成され会員になる。事務局長は大坪孝二で大坪の家は旅館であったため、頻繁に出入りしやすい環境でもあった。『岩手日報』への投稿が目立つようになってきた。

29　愛犬クロ

加賀野の自宅に棲みついた野良犬である。全身真っ黒の子犬であった。向かいの斎藤さんの家で数日を過ごしていたようだった。昭夫の家でも食事を与えるようになっていつの間にか家の縁の下に居つくようになった。保健所に飼育の届けを出していなかったので、野良犬捕獲員の巡回があると、昭夫は犬と共に物置に隠れて通り過ぎるのを待つのが常であった。それでも、クロは捕獲員に捕まってしまい保健所に連れていかれた。

それを知った昭夫は保健所に行って飼育の手続きをし、クロを連れ戻したことがある。他に二頭のチャコとチビというノラ犬が棲みついていたがいつのまにかいなくなってしまった。捕獲員に連れていかれたのかも知れなかった。クロは昭夫が病気で仙台の病院に入院した後も加賀野の自宅にいたが、赤褎（現・西青山）に転居した後は一晩だけ赤褎にいて、次の日は一〇㎞離れた加賀野の自宅に戻り、その後は近所の人達の世話になっていた。その数年後に死んだと聞いた。

宇宙を隠す野良犬

野良犬はなぜ生まれてきたのか
それが分る時
宇宙の秘密が解けてくる

それはなぜ好かれないのか
その肌はなぜ悪臭に汚れていて
なぜみなに追われるのか

それはなぜ痩せているのか
消えそうにも痩せていながら
なぜなおも撲殺されようと
つけねらわれているのか

それはなぜ尻尾をたれるのか
人の姿を見さえすると
なぜおびえた痛ましい目を向けて

逃げ去ってゆくのか

そして野良犬は
これからも生れるのだろうか
生れて誰にも好かれはしないのに
何時も固い棒で追われるばかりで
かど立った石で打たれるばかりで
何時も暗くて際のない死に
おびえていなければならないのに
野良犬は
なんべんも生れるのだろうか

それが分ってくる時
宇宙の秘密は解けるのだ
宇宙の端が一体なになのか
その先がどうなっているのか
一匹の地に飢えた野良犬が
雨に濡れながら逃亡を続ける野良犬が

それをしっかりと
隠しているのだ

　五月は私の時

五月には
私は帰らなければならない
今の仙台の病院から故郷へ帰って
私の犬へ予防注射をしてやらねばならない

私の犬は雑種のまた雑種であって
大変みにくくてきたない犬だから
誰も注射に連れて行ってくれる人はいないのだ
父でも母でも妹でも
およそ私の恋人でもそれだけはできないのだ

犬はもともと野良犬だから
私を忘れてしまっているだろう

動物哀歌の元になった犬クロと。盛岡市加賀野の自宅にて

私を忘れてしまって何処ともあてもなく
さまよい歩いているだろう
私は私の犬のさまよい歩く処なら
ちゃんと知っているのだ

それは世界のめぐまれない隅や
またきたないたまり場や
およそ野良犬として人に好かれない処など
おろおろおろおろ歩いているのだ

だがそういう犬ならば
人は誰でも持っているのだ
持っているから人は何処へ行っても何処にいても
あってもなくてもせつなく故郷を思うのだ
村を離れれば村のことを
国を追われれば国のことを

五月は私のそういう時なのだ

私の犬に私ひとりだけしかできない
私の犬が狂ってしまわないように
注射をうってやらなければならない
時なのだ

昭夫はクロを可愛がり外出の時はいつもクロを連れていた。

昭和三十年（一九五五年）病気休職から、願いにより免職となる。冷厳な事態に烈しいショックを受ける。昭夫二十八歳であった。近くの岩山に登り逍遥するのであった。休職中は支払われていた給料もなくなり、家族思いの強い昭夫だけに、弟たちに何も買ってやることのできない自分に対して情けなく辛い思いをしなければならなかった。詩の活動は活発に行うことができ、創作面では充実していた。

昭和三十四年（一九五九年）一月。昭夫三十二歳。レントゲン検査の結果、前に成形手術をしていなかった右肺に空洞ができていたことが判明。手術を覚悟、安静自重を期して詩人クラブの活動からも手を引くことにした。五月には仙台厚生病院（旧住所・仙台市北四番町六四）に入院。

クロは昭夫にとって動物哀歌の原点であった。『動物哀歌』はクロに教えられて書いたようなものですから、と昭夫は語っている。

30　存在を問う昭夫

戦争がないこと、人を憎まなくてもよいことのためならば自分のいのちは捧げてもいい覚悟をしている。賢治に憧れて詩を書きたいと思った昭夫。矛盾するかもしれないが、生身の昭夫は自身の生命の終わりにじっと耐えるよりほかなかったのではないか。存在を問う昭夫は存在証明をしたかったのではないのか。絶対的な証明をしたかったのではないのか。

死を自分の終わりと考えれば、もっと長く生きたいと考えるのは当然のことである。死の向こうに何があるのかを思うことは自身の時間が消える怖れや不安から生まれてくる。そればかりではない。病気による肉体的苦痛もある。これらからどうやって自分を解き放てるか。若いがゆえに、存在への問いは鋭く強い。凝縮した昭夫の問いである。自分の命を懸けた問いである。

年齢は一歳上だが、当時岩手県詩人クラブ事務局長をしていた大坪孝二に「仙台の病院（仙台厚生病院）で手術しているとき、詩は何の救いにもならなかった。死の見えるところまで行っても、詩は何の救いにもならなかった。どうしてくれるんだ」というようなことを言って大坪を責めたという。一九六二年（昭和三十七年）昭夫三十五歳の時である。昭夫は長男であったがためにこのように大坪に甘えてもいる。昭夫は一歳上の大坪を兄のように慕っていたのである。

同人誌にも属していた昭夫であるが、詩の発表の大半は『岩手日報』に発表している。『岩手日報』は学芸欄が充実していて詩の選者は村野四郎であった。

村野は『今日の詩論』のなかで「二十世紀前半におけるノイエ・ザハリヒカイト文学は、その方法

――形式の上において、一つの飽和の状態を生んだことは人も知るところである。再びその母体的理念に立ち返ることによって、別に、新しい飽和の状態に向かって、出発が企てられなければならない。それは今日のもっとも緊急な現代的要求である。

×

この理念の、今日の詩的現実へのメタモルフォゼは、どんな方法によって行われるのだろうか。

×

私たちは、この文学的モラルの底に横たわる一つの存在観から、今日ひき出されるいくつかの文学的容貌を予想することが出来る。それは不安、孤独、死などの情緒であろう。

人間にははじめ本質はない、ということは、人間が無限に自由の中にあるということとおなじである。そして不安は、こうした自由の中で己のいく道をえらび、そこへ突入するときに感じる基本的な感情である。孤独という心の状態は、神が存在しないということの結果を徹底させるところから生じる心の状態である。人間は自分だけの力で、その本質をつくって行かなければならない。責任を負わせるべき神などというものはどこにもないということ。彼一人によってつくられる未来があるだけだという心の状態。(サルトル)

×

存在に対する果てしない配慮に、決定的なまとまりをつけるのは死の現象である。私たちの存在は「終末への存在」Sein zu Ende あるいは「死への存在」Sein zu Tode と考えられるとき初めてまとまったものとなる。死とは現存在の、存在することが全然不可能であるという可能性である。つまり死というものは、現存在の最も本格的な、他と没交渉な、確実で不定な、そして追いこすことの出来ない可能性である。(ハイデッガー)

×

こうしたもっとも人間的な感情をまといながら、それは決してニヒリズムの感傷に流されない。なぜなら、この思考の中から引きだされるものは、必然的な人間の責任と良心とであるからである」と記している。

昭夫は村野四郎の実存的な思考と詩に同質のものを感知していた。『岩手日報』詩欄への投稿は志向性が似ているだけに昭夫にとっても、村野四郎にとっても真剣勝負でもあった。

村野四郎が影響を受けたハイデッガーやサルトルに大きい影響を与えているのがキェルケゴールである。さらに、キェルケゴールはヤスパースの実存哲学やバルト神学の成立に根本的な影響を与えている。また、リルケやカフカなどにも深い影響を与えた。第二次世界大戦後は前述のサルトルやカミュの実存主義文学を育んだ。

キェルケゴールのことを昭夫は知らなかったと思われるが、晩年の昭夫は詩人哲学者とも言われたキェルケゴールに近いものがある。二人のことについては、後で論じたい。

昭夫は大きな悩みのなかから億年以前という時間、星雲という空間などを悪戦苦闘の末に発見している。死の恐怖からの解放は、昭夫にとっては永遠を自分の心に取り込むことであったのではないか。ならば永遠とは何か。永遠の時間など無いに等しいのである。無いことを自覚していくその過程こそ昭夫の闘いなのだ。

五億年の雨が降り
五億年の雪が降り
それから私は
何処にもいなくなる

闘いという闘いが総て終りを告げ
一匹の虫だけが静かにうたっている
その時
例えばコオロギのようなものかも知れない
五億年以前を鳴いたという
その無量のかなしみをこめて
星雲いっぱいにしんしんと鳴いている
その時

私はもう何処にもいなくなる
しつこかった私の影さえも溶解している
その時

五億年の雨よ降れ
五億年の雪よ降れ

〈「五億年」〉

闘いという字は戦争の戦いではない。闘病の闘いである。いかに病からの解放を願っていたか。病を持つ自分との闘いを克服していくかに苦しんでいたかを窺い知ることができるのではないか。そしてこの病の中で次のことを見つけている。

私らの苦しみは
黒いこおろぎの黒い足のつま先の
一万分の一にも値しない

私らの考えていることは
黒いこおろぎの黒い足のつま先の
一万分の一にも値しない

私らの持っている不治の病も
かさなる願いごとも

私らの死でさえも
あの秋を鳴く黒いこおろぎの
細いつま先の
一万分の一にも値しない

世界はまだできあがらない
黒いこおろぎなのだ

〈「黒いこおろぎ」〉

こおろぎをして、世界はまだできあがらないという。出来上がる前の未完の世界が私たちであるという。だから、こおろぎの足のつま先の一万分の一にも値しないのだという。それが私たちだというのである。キリスト教では罪の自覚であり、仏教では慚愧の自覚といえばよいか。いずれも自覚、自分の深い罪を意識すること。それがこおろぎの足の一万分の一にも値しないことをはっきりと理解するのだ。このことは、罪の自覚とか慚愧の自覚などという以前に存在する空をあるいは神を明らかにして現在を生きること。しかし、本当にこのようなことが可能なのだろうか。精神がここまで到達することができるのだろうか。昭夫は苦しみや不治の病、願いごと、死などは全て一万分の一にも値しないという。これらはすべてこおろぎの中にあるのだというのだ。

これらの作品には高橋新吉からの影響が如実に表れている。時間、痛みの感知に対する自我の認識の仕方などである。

昭夫の詩は知的な感性を取り込んだ立体的な作品になっている。詩作品としてみれば高橋新吉の作品は言いたいことだけを平面的で直截に差し出しているのに対して昭夫の詩は骨格を持った作品になっている。立体的になっているのである。こおろぎは無量のかなしみをこめて鳴いている。億年以前から鳴いているのだ。この認識は日常を越えた鳴き声である。心霊的な認識といってもいいと思う。心霊的とは何か、見えないものをみること、聞こえない声を聴くこと、感じないものを感じること、直観的という言葉があるがそのようなものかもしれない。人間が生物として脳に、本来持っているものかもしれない。人間の内奥に共通の記憶のようなものなのかもしれない。天台教学の八識（感覚、思考、感情）の次の九識（直感）は、生命体に賦与された宇宙の叡智によりもたらされる仏陀の智慧に等しいと説く。ユングは心の最深層すなわち無意識の最も深いもので自然と接する境界に付置されたあるもの〈元型〉は意識に対して積極的に働きかけることが出来る。意識が無関心でもそれを動かす力を持っている、と説いている。宮澤賢治が詩の中でこれを取り入れている。

風よたのしいおまへのことばを
もっとはっきり
この人たちにきこえるやうに云ってくれ
〈「曠原淑女」部分〉

風はあちらの世界とこちらの世界、両方の世界を行き来している。（この人たち）はこちらの世界にいる人たちである。風は宇宙の智慧の言葉をこちらの人たちに伝えるのだ。

昭夫の心霊的のなかには時間や空間に宇宙がはっきり意識されている。ということは宇宙誕生以前の時間空間が意識されていることにもなる。それは空とも神とも表現できるのではないか。昭夫のみならず人類否万物が即宇宙誕生以前というものなのだと、昭夫は言いたいようなのだ。黒いこおろぎであると。

31　震災体験と人間共通の記憶

ユング心理学と文学との関連

ユング心理学と文学との関連について水野るり子は次のような指摘をしている。

「ユングは《文学と心理学》の中で、文芸作品を、単なる心理的な所産としてのものと、幻視的なそれとに分類している。そして、幻視の体験とは心の現実であって、物質的現実に劣るものではなく、それは真正の原体験であり……真の象徴であり、すなわちそれは未知の存在に関する一つの表現であるといっている。芸術家とは、個人をはるかに超出して人類全体の精神と魂を代表して語る者であり、このように集団の無意識の深みを垣間見る事のできる者こそ、真の詩人であり……未生の名付けがたい深淵を人にのぞかせる者であると。（実の世界そのものが、すべて無の影であることを実証した）（心霊的で、しかも造形的な文学）と、村野四郎がいうところの村上昭夫という詩人は、まさにこのような意味での幻視の詩人ではなかっただろうか」と。（「幻視の人《村上昭夫》その作品の諸特性」）

震災体験から（岩手県山田町）

岩手県下閉伊郡山田町に住む福士博は『遠野物語』のなかに「明治三陸大津波で妻を失った山田町の福二という人の物語があると指摘している。心霊体験が文学を誕生させるかもしれないのだと。福二は夏の夜の渚で妻に出会い話を交わすのである。妻は亡くなっているが福二と会話するのです。」と。ここには時間と空間を超えた心霊的なものがある。

次に紹介するのは、この山田町の若い警察官吉田朋史さんが東日本大震災で体験したことである。「今まで経験したことのない大きく長い揺れは、非常事態であることを十分に物語っていました。直ちに着替え交番へ向かうと、外では町の防災無線のサイレンが鳴り、『地震による大きな津波に警戒せよ』という広報がながれていました。

私に与えられた任務は山田湾の防潮堤で潮位変動の観測と報告、周辺住民の避難誘導でした。（略）地鳴りのような音が聞こえ、それが急に大きくなった時でした。ついに波は防潮堤を越え、陸側へと溢れ出してきました。それはあっというまに私たちをのみ込みました。背後からの圧力を感じた瞬間、体の自由が奪われ、つないでいた漁師の手も離れてしまい、別々に流されていきました。『死んだな……』、そう思いました。その後、一瞬記憶がなくなりました。

（略）４階建てのビルの屋上まで避難したが、迫りくる火の手から逃げられず亡くなった若い母親でした。私は対面したとき、言葉を失いました。その御遺体は火災により損傷がひどく、判別ができないほどであったにもかかわらず、確実にその両手で1、2歳になる我が子を抱いたままで亡くなっていたのでした。その方の恐怖や無念さを思うと、助けられなかったことの悔しさや自分に対する無力感が大きくなり、私はただその場に立ち尽くし泣くことしかできませんでした。」

捜索活動中に、救助した男性の家族に偶然会った時のことをこのようにも書いている。「その後の容体はどうですか」と尋ねたら、その家族は私を見るなり明るい表情になったので、「元気になりました」という返事が返ってくると一瞬期待していたら「あの後、息子は容体が悪くなり亡くなりました」という。その警察官は愕然とし、全身から力が抜けその場に崩れ落ちた。その家族から次に出た言葉は「でも、あの時助けてもらったおかげで、息子と最後に言葉を交わすことができました。本当にありがとう」というものだった。

これは山田町のホームページ「3・11百九人の手記」でも読むことができる。

心霊体験・幻視

部屋にはこおろぎがいるのだ
秋になるとどの部屋にも
きまってこおろぎがでてくるのだ
こおろぎは世界のすべての恐怖や
死や病いや離別やその霧の彼方とかいうものと
同じ深い方向からくるのだ

それをこおろぎというのだ
〈「こおろぎのいる部屋」部分〉

既に病んだ人には
じゅうしまつははっきりとその姿を見せる
病みかかっている人には
じゅうしまつはその僅かな声を聞かせる
そしてまだ病まない人には
じゅうしまつはそのまだ見えない姿を
かすかに覗かせるのだ
〈「じゅうしまつ」部分〉

金色の鹿を見た
金色の鹿を見たと言っても
誰もほんとうにはしてくれない
〈「金色の鹿」部分〉

金色の鹿には筆者も遭ったことがある。深い川に潜っていた時であった。奥の方に光が射していた。その方向に泳いでいくと射した光の中に金色の鹿がすっくと立っていた。気付くと夢幻のなかであった。あることを思い詰めていると見えてくるものなのだ。

だがそのいずれの時も鶴は
それ等の認識のはるかな外を
羽もたわわに折れそうになりながら飛んでいたのだ
降りることもふりむくことも
引返すこともならない永劫に荒れる吹雪のなかを

〈「鶴」部分〉

熱帯鳥は永劫の海の上を飛んでいるのだと
思うようになった
それは黒い巨大なうねりの海を
（略）
それは腹を空かした貪欲な魚のなかの海を
熱帯鳥は黒い海の上を飛んでいる
白い鳥だと思うようになった

〈「熱帯鳥」部分〉

心霊体験・幻聴

カラスの火が燃える

プルルプルルと
空が冷めたく暮れる時には
殊更に冷めたく燃える

そのために空が極まりないかのように
プルルプルルと
そのために白い雲が
一層輝いてくるかのように
プルルプルルと

空がまっかに輝く時には
殊更にまっかに燃える

河の深さは螢の火ほどなのだから
螢は沈めない
けれども螢は
その火を鋒のようにして沈んだ
シュウシュウと音がした

〈「カラスの火」〉

螢が飛んでいる
億兆億の螢だ

〈「宇宙について2」部分〉

私はあざらしを見たこともないのだが
それを聞いてあざらしが分るのだ
世界にはあざらしがいる
世界にはカラカラ　カラカラと鳴る海があって
そこにあざらしという
いきものがいる

その海があざらしを話す人のなかで
永遠に鳴り続けるのだ

〈「あざらしのいる海」部分〉

雁の渡ってゆく声は
あの涯のない宇宙の涯の深さと
おんなじだ

私は治らない病気を持っているから
それで
雁の声が聞こえるのだ

〈「雁の声」部分〉

じっと、病床で死のことを思っているとさまざまなものが昭夫に見えたり聴こえたりしてきたのである。詩の本質はそのものになりきることであるという詩人がいる。昭夫もその一人である。

32　昭夫の愛について

このころの昭夫は既に一・七メートルあったが痩せていた。当時とすれば長身である（お母さんは小柄であったが、お父さんは長身であった。身長は父親似なのだ）。

昭夫の初期作品は俳句から始まるがほとんどが病に関するところから書かれる。

鬼やんま飛ぶ病室や山近く

静臥すや森の新緑日々に濃く

遠蛙病む一日に終わりなし

かきつばた活けて妻の座定まりぬ

灯蛾死に死にても女等よく笑う

杖つく日までも老婆の菅の笠

これらの作品に、愛について特に論究するほどのものはない。それなら、もう少し時間がたってから本格的に書き始めたという詩はどうか。

昭和二十七年（一九五二年）頃には俳句を作っていた昆ふさ子と親しくなる。昭夫の病は軽くなり退院するが、ふさ子は重症患者であった。髪は抜け痩せていくふさ子。毎日、昭夫はふさ子の回復を願い水垢離《みずごり》をとって祈ったという。あろうことか、ふさ子の病状はどんどん良くなり、職場復帰できるまでに回復した。

後に、昭夫は病状が重くなる。ふさ子は昭夫の見舞いに訪れる。昭夫が亡くなる一年八ヶ月前、父三好から、両名の心情を哀れに思い「昭夫と結婚してやってくれないか」との要請があり、ふさ子は快諾をした。このとき昭夫は、成夫によれば、「心が通じ合っていればそれでいい、社会的に結婚という形をとらなくてもいいのだ」と言って猛反対したという。

デンマークの詩人哲学者と言われたキェルケゴールは『哲学的断片』の「教師にして救い主なる神

詩の試み」の中で「不幸とは、愛し合う者同士が添い遂げられないところにあるのではない。むしろ、互いの心が通じ合えないことこそ不幸なのだ。そしてこの悲哀こそ、俗にいうあの不幸に比べれば、限りなく深いものなのだ。（略）愛し合う者同士がこの過ぎゆく世で添い遂げられないということなど、まるで茶番に過ぎないのだ。そしてこの無限に深い悲哀は、本来、ふたりのうちで勝った立場にいる者が負わねばならない。なぜなら、彼だけが互いの心の通じ合っていないことを見抜くからである。それゆえ、あの無限の悲哀は、本当の意味では神ただひとりが負い給わねばならないのだ」と語っている。

晩年の昭夫は、自分の健康問題や経済的問題、もうじき自分は死んでいくことが予感できることもあって、結婚という形式に反対したのかもしれない。それはまた「無限の悲哀」を背負って神に接するキェルケゴールのように世界をひとりで歩いていくことでもあったのだと思う。

昭夫がふさ子と知り合って二年位経ったころ次のような詩を書いている。

ふさ子氏へ

くらいとげのような風が
びゅうびゅうと海を渡ってくる
吹き荒れる砂丘

幾重にも厚さの知れない
ねばりつく夜の壁
その中に
ぼくら手をつないで立とう

海の吠え　荒れる暗い夜の壁に
僕らの燃える火を
ぬりつけて　塗りつけて進もう
やがて　天高く戸を開ける音の
夜明けの方向に
砂丘を越えて

この作品は昭和二十八年（一九五三年）ふさ子という人に対象を絞って書いた詩である。まだ昭夫は比較的元気な頃であった。このような作品はきわめて少ない。何故か。それは昭夫の病が確実に死に向かっていることを自分の中で自覚してきたためであった。

岩手県詩人クラブ機関誌『皿』四十九号（村上昭夫追悼特集）にふさ子は次のように書いている。

私には四十度を越える高熱と、一日おきの膿胸穿刺、喀血の毎日がやってきた。髪も眉も脱落し、

昆ふさ子（昭和36年撮影。当時38歳）

死神と急速に仲良しになって了った私の言葉が、彼の胸を、どんなに痛ませたことか。彼は退院してからも、ずっと病床の私を見舞い続けてくれた。生涯をともに、という思いは、既に言葉にでて了っていた。私が仙台の病院に移る時、病床の整理をしてくれ、駅まで送ってくれたのは彼であった。

いよいよ全剔《ぜんてき》手術を受ける時、毎夜、水をかぶって水垢離《みずごり》をとって呉れたという彼。

或いは、その後の村上の再発の一因は、私にあったのかも知れない。この深い切ない罪の思いがあったからこそ、私は幻のような初恋を、生涯を賭けて頑なに守り通した。

死神との対話に疲れきった重症の頃の私は、『まだ海を見たことが一度もないのよ。一度もよ。私が死んだらあの髪は、海に捨てて下さい。』と言っては、彼を幾度も悲しませた。お互いに『死んだら海にね――。』『灰は、岩山か岩手山だ――。』と、くだくだひとりごとを言い乍ら、くたびれきって、海にも山にも行きかねて、一つ石の下に、吹き寄せられた落ち葉の様に、永眠りするのであろうか。

秋の蝶死ぬべく深き空を持つ　　昭夫

翅ひらき秋蝶は死を誇りけり　　ふさ子

盆すぎてからお墓にお参りしてきた。岩手山がよく見えるお墓で、二人はずっと一緒だ。

晩年の昭夫は、詩を書くことによって自分を鼓舞している作品が多い。

私等が生まれる以前から
ひとつの星しかもっていなかったのだ
その星の名をなぜとうになるまで忘れるのか
なぜはたちになるまで失うのか
（略）
私等はゆかなければならない
うさぎがいばらの道をゆくように
渡り鳥が暗夜の空を旅するように
〈「ひとつの星」部分〉

耐えられないような顔をして
私は出家した
〈「出家する」部分〉

このように多くの作品で、進行形の表現をしている。愛についての捉え方も進行形なのである。なにか大きな愛に向かう修行僧の姿が昭夫の詩を貫いている。

坂本正博と齋藤岳城の調査によると、昭夫は仏典（『現代語訳仏教聖典改訂版』『仏教聖典改訂版』

『阿含経講和』）などに含まれている法華経、般若心経、観普賢菩薩行法経、そして弥勒菩薩立像の写真などに大きな関心を寄せている。昭夫の黒い手帳に挟んだ厚紙には弥勒菩薩立像が貼り付けてあり、その状態から推察すると礼拝していたのではないか、と思われるという。

病の苦しみからどうやったら逃れることができるか。昭夫はキリスト教や仏教にも救いを求めていた。さまざまな仏教の経典を読んだが、そのほとんどが昭夫の病の苦しみを救ってはくれなかったという。唯一、般若心経が救ってくれたとも言っている。

般若心経は、生から死への過程のなかに仏があれば生や死はないのだ、と説く。それならば仏とはなにか。生きていれば死ぬことは必然であり、すべての生き物に共通することである。そのことを受容したとき、生や死が瞬間瞬間の貴重な存在と感じられるのだ。今が重大な時間であると明らかになることが仏の世界なのではないか。すると、今、同じ世界に存在する動物や植物もかけがえのないものにみえてくるのではないか。天を仰げば雲が流れている。それもまた今なのだ。暗くなれば星が

昭夫の手帳と挟んであった弥勒菩薩立像の写真

瞬くが、それも一瞬の光であり、何かを訴えるように感じられるのだ。慈悲、慈愛の光であるか。

昭夫は宿痾《しゅくあ》の結核である。他者に感染する病なのだ。お見舞いに行くと、昭夫は「早く帰れ」とお見舞いに来た人に話したという。お見舞いに来てくれた人に失礼のようにも感じたのかもしれないが、昭夫にすれば、感謝しながらそれでも心では泣く泣く言わなければならなかった言葉なのではなかったか。

33　人類に向き合う昭夫

「早く帰れ」は昭夫が人類に対して向き合ったところから発せられる言葉なのだ。自己のみに固執するのではなく、自己の存在を問いつづけている過程から発せられた言葉なのだと思う。

進行形の表現は問いによって自分を納得させようとしている存在の旅でもある。どこか自分のすがたに重なって見えるいのちのさまざまな姿。孤独な昭夫の問いは空に、あるいは無に接しているともすべてを創造した神に接しているともいえるのではないか。昭夫は孤独であり単独者である。単独者はやがて慈悲となり昭夫自身に還る。

小熊の星のまっすぐ上に
むせぶように光っている星がある
あれはね
賢治の星ともいうのだ

ぼくは賢治のことをよくは知らない
でも賢治の星なら知っている
　あらゆるけものもあらゆる虫も
みんな昔からの兄弟なのだから
決してひとりを祈ってはいけない
賢治の星ならばよく分る

さそりの針を少しのばすと
おののくように光っている星がある
あれはね
賢治の星ともいうのだ
（略）
もっと目をあいて大きく見ようよ
北からも南からも
限りなく光ってくる星がある
あれはね
みんな賢治の星と言ってもいいのだ

そうしてあなたたち
ひとりひとりの星だと言ってもいいのだ
〈「賢治の星」部分〉

昭夫の詩は暗いが、そのはるか向こうに星がまたたいている。銀河とか星雲とか表現するときもある。困難ななかでも希望を見ようとしているのだと思う。

34　再びキェルケゴールと昭夫

デンマークの詩人哲学者セーレン・オービュエ・キェルケゴールはレギーーネ・オルセンと婚約をしていたが結婚することは本当に愛していることかと自分に問い、婚約を破棄する。愛の欲望のままに生きる美的実存、社会的に意義のあることなどを行う倫理的実存、キリスト教の信仰を大事にする宗教的実存Aや怖れとおののきを持ちながら神の前に単独者として生きる宗教的実存Bを自覚している。キェルケゴールは絶望や不安の中で主体的に単独者として神に問い続けるのだった。『あれか、これか』でも神に背くことは罪であると繰り返している。イエス・キリストは私たちの罪を十字架にかかることで贖った。単独者・キェルケゴールは神の愛を優先させたのだ。

当時のデンマークの教会は世俗化し市民社会も乱れていた時代であった。キェルケゴールは単独者として神の前に立った。外的には街頭で教会批判のビラを配り、内的には激しい哲学的闘いをしたキェルケゴールであったが過労により路上に斃《たお》れた。四十二歳であった。

昭夫の亡くなる一年半前、父からの要請とはいえ、昭夫と一緒になってやってほしいとふさ子に父の三好がお願いした時、ふさ子は快諾した。昭夫は心さえつながっていればいいではないか、と猛反対したという。ふさ子の了解を得た父・三好は入籍の届けを出した。このことでふさ子を非難した昭夫であった。

神は実体がないし、あるといえばすべてが実体である。それを創造したのが神であるという。神は永遠と一体であり、実体のないゆえに空であるとも言うことができる。結婚のことについて言えば「色即是空」「空即是色」との関係を考えたのだろうか、少なくとも昭夫は心がつながっていればいい、という発言は仏教の根本理念の、一切は空なのだからという認識と重なる。肉欲の目で見る自分を嫌悪する昭夫は、倫理的実存の愛に重なる結婚のかたちをも拒否した。昭夫も深い愛をめざしていたのではないか。

時代も環境もまったく違い、キェルケゴールを知らなかったと思われる昭夫だが、亡くなった年齢も昭夫四十一歳の十月十一日死去、キェルケゴール四十二歳の十一月十一日死去とあまりにも似ている二人である。

昭夫は亡くなる直前に「ふさ子に申し訳ないことをした」と父に言ったという。これはどういう意味か。昭夫は求道者としての姿勢にこだわりすぎたために時にふさ子にとっては辛い言葉を吐いてしまったのだ。その反省が昭夫をしてふさ子に申し訳ないことをした、と言わせたのではないか。

キェルケゴールが婚約破棄をした心根もまた、単独者として神に向かった時の宗教的実存の状態ではなかったか。キェルケゴールの家系は早く死ぬ人が多かった。実際七人兄弟のうち長男とキェルケゴール以外の五人は三十四歳までに亡くなっている。キェルケゴール自身も三十四歳で死ぬと思っていた。三十四歳の誕生日を迎えたとき、それを信じることができず教会に自分の誕生日を確認しに行っている。また、憂愁の性格が子供にまで遺伝するのではないかという不安とおののきがあったがために、レギーネ・オルセンとの結婚を破棄したとも言われているようだ。

性質は若干異なるがふさ子に対する昭夫の怖れとおののき、それは無職で収入がなく死が近い予感をする昭夫ゆえである。とてもふさ子を幸せになどできる自分ではないと、自分に言い聞かせる昭夫。ふさ子は結核が治っているのだから、健康な人と結婚したほうがふさ子の幸せになるのではないか。そのように昭夫は信じたからこそ自分の思いを殺してふさ子を非難したのではないのか。

昭夫の言葉で言えば「嘘の自分への反逆」「嘘の世間への反逆」と表現しているがこれはキェルケゴールの単独者として神に向かう姿勢と非常に近い。信仰の無くなったかの如くになった時代への批判者でもあったキェルケゴールは、昭夫のいう「嘘の自分への反逆」「嘘の世間への反逆」に重なるのではないか。

両者とも在るということを問い続けた。本当の存在とは何か、問い、詩作することで存在の光をみようと詩に向かった昭夫。神への信仰を単独者として向き合い思惟し続けたキェルケゴール。愛の本当のすがたは空なのではないか、そう思っていた昭夫の内奥を推し量る筆者である。

キェルケゴールの信仰上の罪は絶望の自覚であり、それは昭夫に聞こえたり見えたりした幻とも一致するのではないか。あるいは、生まれる以前から持っていた自分の星の自覚とも言い換えることができるのではないか。従って、昭夫にとって星を失っているということは瞬間を覚悟しない自分の存在のことであるともいえないか。

瞬間は止まらない。一切は空であることの自覚と言ってもいいのだ。時間と空間、それを忘れたとき昭夫は星を見失ったと表現している。それだけに瞬間が尊い。尊いことを知れば知るほど存在の光は慈しみの光であることも分ってくる。昭夫は「嘘の自分」への反逆といっているが、慈しみの光を失った自分を自ら励ます言葉なのだ。慈光を見よ、と。

「嘘の世間」への反逆も、世間とひとくくりにしている慈しみの光を見失った世間、いのちが打算と非情で表現される世間への反逆のことを言っているのではないか。世間は社会、民族、国家などが多くの命を奪い、環境を破壊している現実になっている現代のことでもある。地球の異端児になり果てている人間への反逆、告発が昭夫の言う「世間への反逆」なのだろう。

表現は異なるが非常に近い昭夫とキェルケゴールの二人であると私には思えるのだ。二人は無限の悲哀を生きた人なのだ。

35　地獄を見た昭夫の願い

昭夫の詩には辛い現実を生きてきたが故の怒り、哀しさがある。たとえばそれは作品「ゆう子」にも同じことが言えよう。

ゆう子

そなたにイエス・キリストを生んでもらいたかったのに
そなたは実在の女ではない
そなたはぼくの悲しみのなかに存在する女
そなたの名は夕焼けのゆう
そなたの名は憂愁のゆう

ゆう子
そなたにマイトレーヤを生んでもらいたかったのに
そなたは永劫に架空の女
そなたはぼくの孤独のなかに存在する女
そなたの名は夕闇のゆう
そなたの名は幽遠のゆう

ゆう子
そなたの名のゆえに世界は崩壊すればよい
人類は舞い狂う砂漠の砂となればよい

ゆう子

そなたの名のゆえに世界は荒野となればよい
氷河や氷山は溶解し
都市という都市はあふれる水の下に沈むがよい

原木はしらじらしく裂け
河という河ははんらんし
大地にきれつが生じ
終いに一匹のいなごが
未知の宇宙へ向って飛び立つがよい

ゆう子
ぼくに真実をつげさせてくれるゆう子
そのために
そなたの名があればよい

〈「ゆう子」〉

昭夫が求めた女性は昭夫をして真実を言える女性である。では昭夫の言う真実とはなにか。それはイエス・キリストを生んでくれる女性であり、マイトレーヤを生んでくれる女性なのである。人類の痛みを一身に背負った人を生んでくれる女性などは存在しない。その意味で、一般的にいう肉体を持った女性ではないのだ。

キリストを生んでくれる人が欲しいな

たくさんのたくさんの総理大臣や
世界連邦の大統領や
そんな嘘の子は欲しくはないな

〈「キリスト」部分〉

現実には自分の子孫を残すことを断念した昭夫である。お見舞いに行っても早く帰れという昭夫である。人にうつる病、当時は不治の病といわれた結核ゆえであったかもしれないが、お見舞いにきてくれた人までも拒否し単独者の道を選ぶ昭夫。耐えているのだ。親族などという狭いつながりに向き合っているのではない、人類に向き合っているのだ。

そして、いつしか人類の救済に向かい始めた昭夫。満洲で体験した地獄。これもまた人間の引き起こしたものであるからこそ、そのような地獄を起こさない人間の出現を願ったのではないのか。

神の子はこの世に深い絶望をまきちらして歩く
神の子だから

神の子はこの世の何処にも入れられない
悲しみの子淋しい子と言われる
神の子だから

仏陀を書こう
決して見える幸福のためではない

昨日妻を失った夫のために
今日夫と別れた
年老いた妻のために
今恋をしている恋人たちのために
馴れない数珠をまさぐって
慈悲のみだなをたたえている
仏陀を書こう

それがはっきりとあかるい
かなしみなのだから
（略）

〈「神の子」部分〉

五十六億七千万劫の尨大ないのちを
大きな慈悲の波のなかに遠くふるわしている
仏陀を書こう

〈「仏陀を書こう」部分〉

仙台厚生病院に入院していたときは聖書研究にも励んでいた昭夫。厚生病院が建て替えられる前に、たまたま筆者は親族のお見舞いに行ったことがある。門を入ってすぐのところ両側だったかに木蓮や樫の木があった。この木が、昭夫の詩にでてくる木なのか。時期の関係で花は咲いていなかった。

五月に散る一番の花は木蓮の花だ
散って見ればそれが分るのだ

花の散る道をしじみ売りが通ってゆく
こまもの売りが通ってゆく
くず屋がさびた声を出して通ってゆく
それはみんな貧しい人々
花が散って見ればそれが分るのだ

はるかな星雲を思う人は木蓮の花だ

宇宙が暗くて淋しいと思う人は
木蓮の花だ
花が散って見ればそれが分るのだ

〈「木蓮の花」〉

仙台厚生病院に昭夫が入院していた昭和三十六年（一九六一年）、盛岡の宮静枝に次のような手紙を五月十六日に書いている。

「手も足も利かなくなって、大便もおしっこも自分のままにならなくて泣きくらしている女の子に逢いました　睦子と同じ位の子供で、そのお母サンのお話を聞きながらたまらない気持ちになりました。祈りを込めて、宮サンの人形をその子に抱かせてやりたいと思います。（略）できるだけ清純な顔が欲しいと思います　愛に満ちた顔　そのような顔が欲しいと思います。着物の色は赤、女の子の人形でお願いいたします」

宮静枝から人形が届くと五月二十三日には「お人形とどきました。ほんとうに有難うございました。早速女の子にあげましたがとても喜んでくれました。まくらもとに置いて離さずに見つめているようです。隣の人から話を聞いて見ますと非常に重症らしくなんだかこのままで行っては長い命ではないような気がします。私の神様に、というより私自身に対して祈るよりほかありません。私の祈りに真実があるならば助かると信じています。若し助からないならば私という人間をもう一度、たて直さなければなりません。まことにあらゆる欲望を断って純スイに祈れる人になりたいと思います。あらゆる欲の中にある限り祈りは決してジョウジュしないものだと思っています。村上昭夫　宮静江様（筆者注・静江は静枝の方が正しい)」

宮静枝宛の手紙は、祈りというものに対する昭夫の姿勢や考え方が如実に表れているではないか。信心という観点からみると、ふさ子に対した祈りに似ている。昭夫に言わせれば、心を清め、必死になって相手の回復を祈るとそれが実現するのではないかと思うのであった。ふさ子の病気も自分の純粋な祈りで治ったのだと自らの体験を信じる昭夫。人形を昭夫に送った宮静枝は昭夫より十七歳年上の詩人。昭夫と気持がよく通じたため、昭夫は心から信頼していたようだ。

賢治(宮澤賢治)祭には宮と昭夫が一緒に花巻に行き、大村孝子と合流、賢治祭は夜の十時過ぎに終わった。大村孝子宅に三人で泊まっている。「布団の中でも三人の賢治祭は遅くまで続き、来てよかった、と村上さんに何度も感謝された」と大村孝子は『雁の声』七号に書いている。

36　北方の光りから世界の光へ

昭夫の作品にはたくさんの「…のだ」や「…だ」という言葉が出てくるが、これはなにか。昭夫の願いであり、自分自身への再確認としても使われてはいまいか。確認し、自己を鼓舞し、断念する「…のだ」「…だ」ではないか。「…のだ」「…だ」が連続することによって言葉は硬質の光を帯びてくる。このように「…のだ」「…だ」の透明な硬い光。この用語の発見は文学的にも大きな収穫である。

お盆には念仏踊りが夏を弔う。旧暦のお盆を過ぎると急に寒くなる北国の空は透明である。山々の紅葉は一気に進み、長い冬を耐える北国のひとびと。これは北方の光りだ。「…のだ」「…だ」の音は北方の音だ。昭夫の詩を読むと「…か」「…のか」という疑問、推量、願望、反語などの助詞も「…のだ」「…だ」と共に音感的に一つの世界を持っている。それは存在の根源へと一気に読者を連れて行く。「…か」「…のか」に行きつくまでの間にはあらゆる抵抗を超えたものがそのものとなっている。見えないが魂の塊りのようなものかもしれない。そこで直截に問い、願い、疑問を差し出す。そこは何もない真空のような世界、水分の無い乾いた世界、精神である。これらの日本語が昭夫によって従来の私たちの感覚を日本から世界へと広げる働きをしめしたことは、世界の光を持ったことになると言えるのかもしれない。

我が国は湿度の高い梅雨のある国だが、昭夫の詩にはそのような湿度は少ない。ひょっとして昭夫はいつも病院の窓からじっと星を見ていたからではないだろうか。病の向こうに何か真実を見ていたに違いないのだ。

37　昭夫の詩の構成

鶴

あれが鶴だったのか
今になって思えばはっきりと言える

私は失望していたのだ
日毎の餌にことかかない檻のなかで
優雅な姿を見せていた鶴のことを

私は随分長い間
思い違いもしていたのだ
豊かな陽光のもとに
あたかもそれが吉祥のしるしなのだと信じられて
舞いあがり舞いおりしている鶴のことを

だがそのいずれの時も鶴は
それ等の認識のはるかな外を
羽もたわわに折れそうになりながら飛んでいたのだ

降りることもふりむくことも
引返すこともならない永劫に荒れる吹雪のなかを

あの胸をうつ鶴の声は

そこから聞えていたのだ

一連目　鶴を思い出している
二連目　自分自身の鶴に対する思い　失望
三連目　二連と同じ　誤解
四連目　認識のはるかな外を飛ぶ鶴
五連目　一連目の鶴に還っている

熱帯鳥

熱帯鳥が飛んでいるのだと
思うようになった

熱帯鳥は永劫の海の上を飛んでいるのだと
思うようになった
それは黒い巨大なうねりの海を
それは規律を乱した粒子のように荒れる海を
それは腹をすかした貪欲な魚のなかの海を

熱帯鳥は黒い海の上を飛んでいる
白い鳥だと思うようになった

熱帯鳥は永劫の夜のなかを飛んでいる
寂寥の鳥だと思うようになった
ある時は熱せられふくれあがった雲のなかを
ある時は恐ろしく冷えきった
弦月の光りの底を

熱帯鳥が近づいているのだと
思うようになった
ひるの喧噪な生活の疲れのひとときに
盗みあう夜のひそかないとなみの
後悔のめまいのあとに
熱帯鳥は
非常な速度で近づいているのだ

一連目　熱帯鳥を思い出している
二連目　海の上（永劫、うねり、荒れる、魚）
　　　　魚のなかの海は、表現が新しい
三連目　熱帯鳥　黒い海の上を飛ぶ白い鳥
四連目　白い鳥は永劫の夜、寂寥の鳥
　　　　原子爆弾のなか、冷えきった月の下（実際は飛べない世界）
五連目　近づいている熱帯鳥
　　　　昼の喧噪な生活
　　　　夜のいとなみのあと　後悔
　　　　非常な速度で

　詩の構成は起承転結型であるが、注意しなければならないのは、昭夫の心が永劫、寂寥、原子爆弾投下（熱せられふくれあがった雲）、恐ろしく冷えきった弦月の光の底などという、異常、非常な世界のなかを熱帯鳥が飛んでくる、という表現である。昭夫の精神の一端が垣間見えるのである。

　二篇だけ取り上げたが、他の作品においても似たような傾向が見える。構成の方法を越えた昭夫の精神の詩作品群が動物哀歌である。

38　飢餓の系譜

飢饉《けがぢ》などでいのちがまっとうできずに奪われていく現実は間引きとなって、東北の寒冷なところでもおこなわれてきた。

岩手県三陸沖は濃霧（農作物の成長期に濃霧のため太陽が遮られて冷害の原因となる。岩手では「山瀬がきた」とも「けがぢがきた」ともいう）が発生しやすい。

北方の光が言葉になった時、そこには鎮魂と祈りが生まれてくる。東北の詩人たちの優れた詩はこの光を内包した祈りを持っているのではないか。昭夫の「…だ」「…のだ」の用法は…da,…noda ではなく…dah,…nodah と発音したいのである。なぜか、宮澤賢治の「原体剣舞連《はらたいけんばいれん》」のなかに出てくる太鼓を叩く音に昭夫の詩が響くのである。その音は固いひかりを内包しているのだ。

dah-dah-dah-dah-dah-sko-dah-dah

〈「原体剣舞連」の書き出し部分　『新校本宮澤賢治全集』〉

おなじ宮澤賢治の作品からもう一つあげてみたい。

どっどどどうど　どどうど　どどう、
青いくるみも吹きとばせ
すっぱいくゎりんもふきとばせ

どっどどどうど　どどうど　どどう

〈「風の又三郎」部分『新校本宮澤賢治全集』〉

岩手のわらべ歌のなかにも共通するリズムがある。

あけずぽっぽ　すっぽっぽ
てんじょうあがり　したらば
つばくらに　のまれべ
あけずぽっぽ　すっぽっぽ

〈「岩手のわらべ歌」部分〉

あけずは秋津でトンボの訛った言葉である。トンボ取りの子供たちがトンボに呼びかけるのである。「てんじょうあがりしたらば」は天の上の方にまで飛んでいったら、燕に飲まれるぞ、そういって下の方に下がって飛ぶようトンボに呼びかけるのである。高く飛ぶトンボを捕まえる子供たちの光景が目に浮かぶ。トンボを捕まえるのは子供自身であるが、燕に飲まれるよりはトンボを自分が捕まえて守ってやるぞという親近感があるのではないか。トンボを虫籠に入れて遊ぶのだが、トンボを生まれて間もない乳幼児に見立てたらどうなるか。

ぽう　ぽう
ででっぽっぽう

でれすけでっぽう
ででっぽうっぽう
天国さいげ
茂作　金太
ぽう　ぽう
でれすけぽう
でれすけでっぽう
ででっぽうっぽう
しげ　すえ
天国さいげ
天国さいって水晶になれ
でれすけでっぽう
でれすけぽう
でっぽ　でっぽ
でれすけぽう

〈北畑光男「ででっぽっぽう」（天保の飢饉考）〉

ぐりり　るるるり
ぐるり　るるり

〈草野心平「蛙」部分〉

蛙の鳴き声だが、かつてのわが国は帝国主義時代。海外にまで領地を求めた戦争の時代。草野心平は人一倍正義感の強い人である。故郷の福島県石城郡上小川村の田んぼで鳴いていた蛙の声は鎮魂の声に聞こえるのだ。同じ頃、草野心平に次のような詩がある。

さむいね
ああさむいね
虫がないてるね
ああ　虫がないてるね
もうすぐ土の中だね
土の中はいやだね
痩せたね
君もずゐぶん痩せたね
どこがこんなに切ないんだらうね
腹だらうかね
腹とったら死ぬだらうね
さむいね
ああ　虫がないてるね

〈草野心平「秋の夜の会話」〉

痩せたねと言う言葉からもわかるように、食べ物がなかった時代。土のなかは地下に潜って生活しなければならない暗い時代を暗示する。余談だが、草野心平が宮澤賢治を高く評価したのは鎮魂と祈りを、そして宇宙とか蛇紋山地などという立体的な表現をした詩であったからだろう。

岩手も福島も同じ固い光をうちがわに持つ。昔から飢饉で死んでいったものが多い地。東北の鎮魂と祈りが風になって吹いているのだろう。耐えて結晶化した精神は固い光を持つ。その結晶の言葉は昭夫も同じ資質である。

飢餓の系譜と言えようか。自分の詩「でで っぽっぽう（天保の飢饉考）」まで書いてしまって恥じ入るのであるが、あえて昭夫や草野心平、岩手のわらべ歌のために書こうと思う。

39　昭夫の神概念

天皇陛下を現人神として、そのもとに殖産興業、富国強兵政策を推し進めてきた明治以来の日本。五族協和、王道楽土の言葉には快い響きがある。この言葉をつかったのは日蓮宗の一派、天皇を中心に据えた国柱会の信者の石原莞爾である。石原莞爾は満洲事変の立案者にして実行者である。余談だが、宮澤賢治も熱心な国柱会信者であった。信仰のことで父と対立し上京したのも国柱会信者としての行動であった。当初は国柱会の信者としての一つの表現行動として、童話の創作をしていたのであった。

五族協和、王道楽土などという言葉とともに、学校や社会でその意味内容も吟味せずに満洲移民を推し進めれば、共鳴者はでるだろう。日本国内の不況も加わり多くの日本人（五百万人移住計画があった）が満洲に渡っている。

満洲には貧しくても助け合って平和に暮らす現地の人々がいた。彼らの土地を強制的に安く買い取ったり没収したりしたことを、日本人移民は現地に行くまでは分からなかったようだ。

移民した人は、「こんなはずではなかった」と思ったものが多かったようだが、自分たちもわずかだが所有していた田畑や財産を処分してやってきた身である。「今更どうすることもできなかった」と話したのを聞いたことがある。

現地では日本の移民に抵抗する組織もできていた。それを日本人は匪賊《ひぞく》と呼んで恐れた。また、前出のように、蒋介石の国民党軍と毛沢東の率いる八路軍との戦いもあった。

言論の自由の無い時代、言論操作された時代である。誰にと問われれば軍閥、財閥と書けば言い過ぎになるか。新聞などの報道陣（今でいえばジャーナリスト）、政治家は表面に出てくるが、財閥はなかなか表面化しない。戦後、占領軍によって財閥にまでメスが入り財閥は解体されたのであった。

天皇が神であるという認識は当時の一般的な日本人の思いであり、昭夫もその一人なのであった。

昭夫が牡丹江からハルビンに戻る途中のことを、「列車から脱走した昭夫」の項で引用した小説『浮情』では次のように書いている。

「牡丹江の山道で雨風にごろごろとみにくい屍をさらしていた兵隊の姿が彷彿としてまぶたに浮かんでくる。ザクロのように砲弾の破片で飛び散った顔が半ば腐れかけて真黒くなっていたっけ。血でべっとりと汚れた階級章が何ものかを暗示してるようであわれだった。（略）ふん天皇陛下万歳も笑止じゃないか。靖国神社の大鳥居が戦争の実態を見たならドギモを抜かしてひっくりかへるだろう。」

40　宇宙哀歌

なにもいないその祠に向って
祈っている人がある
その時神様は
まばたきもせぬ赤子の瞳のように
背後にたたずんでいるだろう
夕暮の沼のように静かに
見つめているだろう

馬鹿みたいな狐の祠に向って
ひとりふるぼけた鈴をふりながら
いのちを引きかえている人がある
その鈴のなかに
実は狐のあかしなどではない

動かぬうすずみのような慈愛が
よどんでいるに違いないのだ
〈「神様」〉

それはまだ
牛のやってくる草原があり
その草原が見極めえなかった夢のように
背後にあるとでもいうのだろうか

それはまだ
牛の入ってゆく河があり
その河が見果てえない荘厳な滝のように
宇宙へかかっているとでも
いうのだろうか
〈「都会の牛」部分〉

神の子は何時でも冷めたい孤独
寒い風の渚が好き
つきないマンザニータの樹海が好き
そして血の汗を流して死んでゆく

傷だらけのはだかで
神の子だから
〈「神の子」部分〉

空は枯野のように曇り
仏陀は枯野のように立っていた
まるで
尨大な枯野のように
〈「破戒の日」部分〉

昭夫の心における神の変化を見ているのだが、軍国少年であった頃の神（現人神の天皇陛下）ではなく、必死に祈る母タマカのなかに見た慈愛そのものこそ神でもあるか。前にもふれたが、昭夫が岩手サナトリウムに入院していた時、母タマカは着替えをもって毎日通ったという。その途中にある薬師神社に行き、早く昭夫の病気が治るようにと、お参りをしていたのだった。百日の願をかけて昭夫の健康の回復を祈っている母タマカ。昭夫の神のとらえかたでもう一つは、ふさ子の病気が治るように必死で水垢離をとって願ったこと、ふさ子は治り、仕事にも復職できたのであった。

最近発見された宮静枝宛の封書がある。前出の手紙である。仙台の厚生病院に入院していた時、妹の睦子ぐらいの女の子の病状が思わしくなく、その少女にあげる人形を宮さんに作ってもらいたいと依頼した手紙とその礼状である。礼状には、重病の少女のためにできることとして「私の神様に、というより私自身に対して祈るよりほかありません。私の祈りに真実があるならば助かると信じています。若し助からないならば私という人間をもう一度立て直さなければなりません。まことにあらゆる欲望を断って純スイに祈れる人になりたいと思います。あらゆる欲の中にある限り祈りは決してジョウジュしないものだと思っています。（略）又、思い苦しい子を見つけたならあげたいと思います。ほんとうに有難うございました。御礼申し上げます。」昭和三十六年（一九六一年）五月二十三日に書かれた人形の礼状には、自分が清浄になれば願いはかなうとの気持ちを持っていた。ふさ子の時の体験が昭夫をして浄化した精神になれば願いは通じると信じ込んでいたのかもしれない。母の薬師への願掛けを知っていた昭夫。清い心で一心に願うのは中学時代の寒稽古で励んだ剣道の澄んだ境地なのかもしれない。あえて言えばこの境地は神道に近いのかもしれない。昭夫三十四歳である。

手紙の中で「私の祈りに真実があるならば助かる」「あらゆる欲望を断って純スイに祈れる人」などのように、自分が純粋に清い心で願うならば、願いは叶うと信じる昭夫。この考え方に通じる詩は次の表現になるのではないか。

「私なら見れると思う」「私なら知れると思う」「私よりほかにないのだと思う」（傍点は筆者）いずれも「雁の声」の作品にみることができる。作品の制作時期からいっても「雁の声」の時期に重なっていることを指摘しておきたい。同時期の作品には「あざらしのいる海」「ねずみ」「宇宙を隠す野良犬」「野の兎」「ひとでのある所」「すずめ」「宇宙の話」「死と滅び」などがあり、前年には「豚」「精霊船」「私をうらぎるな」「人は山を越える」「それが天なのだ」などを発表している。翌年を見てみると「樫の木」「病い」「じゅうしまつ」「五月は私の時」「都会の牛」「熱帯鳥」など、昭夫の創作への意欲は活発である。いくつかの作品を比べて「雁の声」と似ているところを見出してみたい。

すずめは撃たれたっていいのだ
捕まったっていいのだ
威かされたっていいのだ

〈「すずめ」部分〉

悲鳴をあげて殺されて行け
乾いた日ざしの屠殺場の道を
黒い鉄槌に頭を打たせて
重くぶざまに殺されて行け

皮を剝がれてむき出しになって行け
（略）
人は涙など流さぬだろう
人は愛など語らぬだろう
人は舌鼓をうってやむだろう
その時お前は
曳光弾のように燃えて行け

〈「豚」部分〉

すずめや豚に対する断定命令口調は、これ等の動物が人間によって殺されることへの怒りとなっている。すずめにしても豚にしても私たちの周辺にいる動物、とくに豚はイノシシを改良し肉用に飼育されている動物である。イスラム教の教えでは豚を食べることはないが、昭夫の詩の基調は特定の宗教の教えを代弁するような狭い考えではない。人間そのものを告発しているのである。それは自分も告発することになるが、昭夫はすべての生物の幸せを願って詩を書いている。死に直面していると動物だけでなく植物も自らの生に重なって見えてくるものなのだ。

なぜ、断定や命令形で表現したのだろう。内川吉男は「非情な叫びや断定は、火のなかに投げ入れられる魂に対する、たじろぐなという激励と、救済されるのだという確信を促すものではなかったか。(略)賢治の『何べん引き裂かれてもかまいません』という言葉が重なって見えてくる」と解説する。宮静枝に宛てた手紙の中に昭夫が書いていた「私の祈りに真実があるならば助かる」とは、神や仏と同じになる「祈り」とも受け取れよう。昭夫の他者への祈りは生と死の極限を知ったところからのものなのであろう。小さい自我が解き放たれた世界にいる者の言葉でもあるのではないか。死が詩になり、詩は宗教にも成り得る世界を昭夫は願い、祈っていたのだと思うのである。この時期の昭夫は、自分の願う祈りは叶うと信じているのだ。

しかし、仏教書を読んでいくにつれてさらに新しい世界を知っていくのである。

併せて、宮澤賢治の犠牲的精神にも強い共感を持っているが、これはどう理解したらよいだろう。昭夫は、明言してはいないが家族愛と戦中の皇国精神が織り交ざった感情のうち、自己犠牲の部分は皇国精神と切り離すことができたのであろう。それが次の詩である。

家族の生活を十分に保障し
私の亡いあと何時までも安心させてくれるならば
私は何時でも戦争に行ってやる
人を殺すためではなく
自分の身を業火に投げ入れるために

〈「戦争1」〉

だがぼくらはなんという恰好なのだ
戦闘帽などはすかいにかぶって
人間のひからびた形骸のように
後生大事に軍服などをつけて
破れた悲しい思い出のうたを
何時までも夕陽のようにうたいながら

〈「死んだ牛」部分〉

大陸をとぼとぼ歩くのはぼくら敗れた民族なのだ、と自虐的に述懐する昭夫。現人神としての天皇を否定(戦後、天皇御自身が現人神を否定された)した昭夫は垂直的に普遍的なものへと向かう。いつ死ぬかわからない病の苦しさや不安から逃れたいためか。自分の存在の意義を考えているのであるか。

昭和二十七年（一九五二年）頃野良犬のクロと遊ぶ昭夫の写真があるが、昭夫はこの犬の表情からいのちの原型のようなものを感じ取っている。後に詩集『動物哀歌』を生むきっかけになった犬である。

野良犬はなぜ生まれてきたのか／それが分かる時／宇宙の秘密が解けてくる〃それはなぜ好かれないのか／その肌はなぜ悪臭に汚れていて／なぜみなに追われるのか〃それはなぜ痩せているのか／消えそうにも痩せていながら／なぜなおも撲殺されようと／つけねらわれているのか〃（略）〃それが分かってくる時／宇宙の秘密は解けるのだ／宇宙の端が一体なになのか／その先がどうなっているのか／一匹の血に飢えた野良犬が／雨に濡れながら逃亡を続ける野良犬が／それをしっかりと／隠しているのだ

〈「宇宙を隠す野良犬」部分〉

この詩には誕生、嫌悪、容姿、迫害などが野良犬を通して問われ続けている。

昭夫が入院しているとき、病院の行き帰りに通る神社に願をかけて必死に昭夫の回復を祈った母タマカである。その母に訴え続ける昭夫。ふさ子への祈り、同じ病院に入院している少女への祈りは母・タマカの祈りを受け継いでもいるようだ。

お母さん
海の音を聞かして下さい
海の貝殻の音を

母という名を聞かして下さい

私は思い出す
二億年ばかり前のこと
あなたが二億年変らない海だった日を
ひたひたと広がるあなたのなかに
可憐な三葉虫の姿が
奇蹟のように生れていた日のことを

私はもっと思い出す
それからの火や泥の世界のことを
試みられていた愛のつぶつぶが
氷河よりも固く凍ってしまった
永い暗かった時間のことを

お母さん
その時あなたのなかに鳴り続けた
小さな貝殻の終りのない音が

どんなにやさしくて強かったか
今日も波が寄せています
とても永かったあなたの疲労のように
貝殻がさやさや鳴っています

お母さん
あなたの音を聞かして下さい
あなたの白い貝殻の音を
静かに聞かして下さい

〈「お母さん」〉

ここでの「お母さん」は地球のイメージである。それは人類の記憶をも超えた生命の歴史を秘めている星、水惑星地球である。
またお母さんに向けて尋ねる昭夫がいる。

でもお母さん
あなたならどうします
私がひき蛙だったなら
ひき蛙よりも

もっとみにくいいきものだったなら
きらわれるまむしだったなら
つられたあんこうのぶざまだったなら

〈「ひき蛙」部分〉

まるで、子供のように不安に駆られる昭夫。でも昭夫はあえて、自分をひき蛙やマムシやアンコウに比喩する。昭夫の問いは一見すると問いを越えた非現実から問われるが、ひき蛙でありマムシでありアンコウでもあるのは自分である。境界がないのだ。いのちを持つ者に対して自分と同じように見ようとする昭夫である。いのちの世界は食うものと食われるものがいて、バランスが取れて存続する世界であるが、昭夫はすべてが同じ価値とみなしている。仏教の基本的考えの「悉皆仏性《しっかいぶっしょう》」にちかい見方である。蛇やマンモスをとおして世界は次のようにも書かれる。

蛇は頭をさかれて死んだ
まるで生きている
蛇そのもののように

蛇は重い影のように川を流れた
もしかしたなら
蛇を流れてゆく川だったか

〈「蛇」部分〉

禁慾した姿勢のままに
今五十億年を眠るという
その背こそかなしきいきものの
その背こそわびしきいのちたちの

〈「マンモスの骨」部分〉

昭夫はあるとき誰も俺の悲しみを知らない、とぽつんと言ったという。五十億年を禁欲したマンモス。人類は億年の時間を試されているのだという意識があったようである。

宇宙の遠さを信ずべきか
宇宙の遠さを信じてきて
其処にきたない町があったらどうしよう
（略）
ああ　ぼく宇宙を信ずべきか
宇宙の遠さを信ずべきか
宇宙の果てなさを信ずべきか

〈「宇宙を信ずべきか」部分〉

問う昭夫。

私等がなぜこの世に生れたのか
なぜこの町に存在しているのか
私等が死ぬまでに
しなければならないのはなになのか
（略）
なぜ病みながらも
生きなければならないのか

ああ其処にひとつの星があるのだ
私等の忘れた星
ゆえあって失った星
そのひとつの星のことを
私等は思い出さなくてはならないのだ

〈「ひとつの星」部分〉

問う昭夫は、宮澤賢治の「ああ、マジエル様、どうか憎むことのできない敵を殺さないでいいように、早くこの世界がなりますように、そのためならば、私の体などは、何べん引き裂かれてもかまいません」（『注文の多い料理店』のなかの「カラスの北斗七星」のカラスの大尉の言葉）に出会ったことで、昭夫はさらに歩き続けるのだ。それはどんな道か。

その道をゆけばみな小さくなる
うねる大陸の砂丘も大草原も
カラコルムの氷河もマット・グロッソの湿地原も
なにもなくなる
やがては暗黒の空間に浮ぶ巨大な恒星も
泣きたいほどに小さくなる

その道のために
ふるさとのあたたかい山河のかなしさ
きびしい渦の星雲の紋様のわびしさ
そして世界のベトンの街々の
灰色のむなしさ

帰れないその道をゆけば
総てが深夜の尾灯のように小さくなる
宇宙いっぱいのホモ・サピエンスの

苦悩の切れない道
億兆の生物の異様な形態の消えない道
道は上下や左右の観念もなく
名状し難く震動するコスモスの外へ
なおも執拗に抜けるのだ

〈「道」〉

と昭夫が言うとき、マルセルの言った言葉、ヴィアトールからホモ・ヴィアトールに、真実の人間に向かって歩く旅人の昭夫がいる。さらに、昭夫は読者である私たちにも呼び掛けている。私たちひとりひとりが持っていたひとつの星のほんとうの意味を探し求めて行くのだ、と。ヴィアトールからホモ・ヴィアトールになるのだと。よりよく生きることはよりよい死への旅なのだ。

死と滅びの世界は違うのだ
例えば広がってゆく夕焼けの空と
地を這ってくるたそがれのかげりのように
その世界は別のものなのだ
（略）
死ははるかなものに向って乾くのだ
滅びは何処へも乾きはしないのだ

（略）
死の道を行く人と
滅びの道をゆく人は違うのだ
それは夕焼けへ広がってゆく人と
たそがれへ沈んで行く人の
あうことのならない
かなしみなのだ

〈「死と滅び」部分〉

死と滅びを認識する透明な詩は、自らに迫る肉体の死の恐怖の苦悩の末にたどり着いた世界であった。

病んで光よりも早いものを知った
病んで金剛石よりも固いものを知った

病んで
花より美しいものを知った
病んで
海よりも遠い過去を知った
病んでまた

その海よりも遠い未来を知った
病いは
金剛石よりも十倍も固い金剛石なのだ
病いは
花よりも百倍も華麗な花なのだ
病いは
光よりも千倍も速い光なのだ

病いはおそらく
一千億光年以上の
ひとつの宇宙なのだ
〈「病い」〉

深い苦悩を経てなお生死を超えた思いを詩に形象させた昭夫の詩集『動物哀歌』について村野四郎は「単一的で透明な、深く悲しく、しかも破壊力を持つ詩（略）。人間的悲哀を造形した、心霊的な文学」と激賞している。

現代の科学は宇宙の誕生を今から百三十八億年前としている。それ以前の世界はあり得ないのだ。ビッグバンによってできた宇宙は遠くに行けば行くほど過去にさかのぼるという。そして百三十八億年前にたどりつくという。たどり着くまでに宇宙は膨張を続けているので実際の計算では四百数十億年の過去だという。未来は過去なのである。

昭夫の詩の世界は直感を思想的、宗教的、宇宙的な世界へと形象し拡大している。それはあたかも、宇宙の果てから慈悲の鼓を打ち鳴らし歩いて来る昭夫のようである。

満洲での体験は、昭夫をして天皇を中心とした民衆のすがたを洗い出させた。学校で教わった国家観や思想はこれでよかったかも考えたであろう。多くの国民が似たような反省をしたようだ。戦後は共産主義に傾斜していく人々が多くなり、共産化を恐れた進駐軍と政府は、昭和二十五年には共産主義思想を排除しようとしてレッドパージも行っている。帰国して数年しかたっていない昭夫にはお世話になった毛沢東軍や共産主義がすべてであると思い込んでいた時期がある。

お礼などはいりません／日僑の護衛任務を果しただけです／困っている人達からは／物をもらうなお金をもらうな／借りたものはわらくずでも返せと／毛沢東が言いました〃（略）〃毛沢東よ／シナ人だと馬鹿にしていた軽蔑を／心から中国人と呼びたくなったのはそれからだった／あなたもおそらく知らないでしょう／おそらくあれから革命の戦いのなかで戦死したであろう／ぼろきれのような兵士〃お国へ帰られても／中国のこと忘れないでください／私たちも日本の方達を決して忘れません／兄弟なのですから〃日本軍とソ連軍と／イギリス連邦軍とアメリカ軍を通じて／世界のむなしい胸のなかに消えない火をともしてくれた／ぼろきれのような兄弟である

〈「兄弟」部分〉

ないだ海のようにほほえむと
幾百年凍りついていた大地が
かすかな音をたててとけ始めた

怒りにうちふるえると
見える限り雷鳴と嵐が吹きまくった
鳥は羽ばたくのをやめ
さび色の空からは針みたいな角が
どうどうと降ってくるのだった

こぼれるようになみだを浮かべると
限りもなく澄んだ湖水となった
かなしみや苦悩の影が
いくつも姿を映しては消えて行った
湖は波ひとつ立てずに
明日の世界に冷めたい清澄さを向けていた

大きな波のように笑うと

地上いっぱいに光がくだけて散った
誰も彼もほっとして
くだけた光をひろいあげて諸手をあげた
目は知っていた
何時か地上のすみずみまで
曇ることのない笑いで
満ちあふれてくる日のことを

黒い雲を作る人々にとっては恐ろしい目であった
歓楽のなかにいる人々にとってはうるさい目であった
希望と勇気を失った人々にとっては
きびしい目であった
しいたげられた泥沼のなかの人々にとっては
慈雨のやさしい目であった

ヨセフ・ヴィサリオノーヴィチ
スターリン
目は何時でもある

絶えることのない流れを
母なるヴォルガのように湧き立たせながら
目は何処にもある
今日の潮のなかに
大きくなってくる明日を見つめながら
〈「スターリンによせて」〉

昭夫が詩を書き始めたころの一九五三年、スターリンが亡くなった時、昭夫は弟の成夫に「世界は偉大な人を失った」と語ったという。昭夫は二十六歳であった。

弟の貞夫が共産党員で自治労委員長のとき、昭和四十一年から昭和四十二年（一九六六年から一九六七年）家に逗留していた時期があった。その頃、貞夫に向かって昭夫は共産主義の思想を批判したのだった。昭夫は三十九歳ごろであった。貞夫は「昭夫兄さんは俺を嫌っている」と悲しそうに言った、と成夫から教えていただいた。そのことに関係する詩が次の作品である。

もっと静かに問わねばならない
この宇宙がなんであるかを
星雲が何処まで続いているものなのか
そのひとつひとつの秘密を

幾重にも罪をかさねた罪人が
どんちょうの囲いのなかでひそかに告白するように
静かに問わねばならない

死ならば銀河のなかで事足りる
火葬も納骨も一切の告別式も
死霊や悪魔の物語も
銀河のなかで事足りる

マルクスはさしずめアンドロメダ星雲
あの星雲にもう一人のレーニンと
もう一人のスターリンがいて
人にソヴィエットを説いたところで
なんの不思議があろう

姓はメシヤ８７
それを愛という名に置きかえても
メシヤの星雲の番号をうってゆけば

すべて事足りるのだ

だが
もっと静かに問わなければならないものがある
真昼のサラの花にうずくまるものを
夜の海の稚魚の群れにこもるものを
それから先
吾々の耳に聞えない
目に見えないものを
静かに問わねばならない

〈「もっと静かに」〉

マルクスやレーニンやスターリンに対して、耳に聞こえないものや目に見えないものがたしかにあると昭夫は信じているのである。そのことを問わねばならないという昭夫。それは、存在するものが生じる以前のことなのではないか。目に見える以前のもの、耳に聞こえる以前のものなのである。瞬時、空。生成と消滅の世界にあっては光が散乱しているのだ。それは、階層構造の社会と規定する以前のもので、生産するものの数が多くなれば、それによって世界にひずみができるとするマルクス主義に固定されてしまう思想とは異なるもののようである。早く目を覚ませと言っているようである。渋谷定輔のように権力への抵抗をすることも昭夫は批判してはいない。自分の体を使う労働は尊い。

ただ、生成消滅する存在の根源を見よう、と言っているのである。田んぼに入った牛の足には蛭が食い入って血を吸いトウガラシのようになっているのをみた渋谷。渋谷のいのちに対する優しい目は昭夫にも似ているようだが、さらに昭夫は問うのである。怖れをもって問うのである。

　宇宙の遠さを信ずべきか
　宇宙の遠さを信じてきて
　其処にきたない町があったらどうしよう

　宇宙の果てなさを信ずべきか
　宇宙の果てなさを信じてきて
　其処に汚れた河があったらどうしよう

〈「宇宙を信ずべきか」部分〉

いのちの誕生と死がくり返し行われている場は地球であるが、この私たちが生きる地球も太陽系の一つである。太陽系の属する銀河系がさらにあってそれを大宇宙と呼ぶこと、と昭夫は問うことを続ける。

　だがその正体がなになのか
　宇宙の話をします

宇宙は物ではないのか
しかも生きているもの生物ではないのか
それが一枚の植物の葉であっても
あるいは人であっても魚であってもいい

〈「宇宙の話」部分〉

宇宙がなにかに会おうとすると
私等も誰かに会いたくなる
宇宙が別れのそぶりをすると
私等も誰かと別れたくなる
宇宙に死の考えが流れると
私等にも死がおとづれてくる

〈「宇宙について1」部分〉

このように見てくると、動物哀歌は昭夫によって生物哀歌、宇宙哀歌へと広がり、深められているのだ。

全共闘運動が盛んだったころ、東京大学安田講堂が封鎖された。そこに機動隊が突入した。昭夫の詩が壁に書かれてあった、というある週刊誌の報道があった。心情的にはマルクス主義に傾いていた戦後の一時期もあったが、いのちの寂しさや悲しさは物質では解決できないのではないのか。昭夫は存在、空を貫き生成するものを瞬間であるがゆえにいとおしく尊いと感じたのではないか。慈愛の光、慈悲なのであろう。

死と向き合うことによって死の不安や恐怖をつき抜けていった昭夫。そこで見えて来たものはあらゆるものが空であったのだ。その空は宇宙の存在でもあったのではないか。

41　ハルビン警察署跡にて

旧・ハルビン警察署に私が行った時の事である。

先生に引率された小学生の一団が旧・警察署の見学をしていた。拷問に使った部屋や道具、そしてどのように拷問されたかの説明を受けていた。

満洲国時代は警察署内でも拷問が行われていた。水につけたり、手の指に木の釘を打ち込んだりした拷問だったようだ。政治犯、日本に反抗する人は全て政治犯であった。

42　自分に向けて問う

指導者の判断で多くの人命を奪うという事実。今も世界のどこかで尊いいのちが奪われている人間の社会である。他の生物から見れば人間は地球のモンスターであるか。

さて、我が日本は正しい現代史を教えているのだろうか。否、教えられるのも大事であるが、先ずやらなければならないのは、私はそれを知る努力をしているのか、と自問するのだ。恥ずかしいことだが自国の現代史もよくは知らないことを白状しなければならない。だからと言ってここで知ることを放棄してはいけないのだと思う。

敢えてもう一度言おうと思う。指導者は国民を不幸の連鎖に引き込んではいないか、そのことをチェックするのは、その指導者を選ぶ国民一人一人の不断の努力義務だとも思うのである。

43　嘘の自分、嘘の世間に反逆する昭夫

昭夫は、本当の価値とは何か、人間とは何か、自分とは何かを問いつづけた。

昭夫にとっての満洲は、天皇を中心にする「時の権力者」の実態を体験したことでもあった。父親と口論してまで満洲の地に志願して渡ったことも問いつづけたであろう。病床で昭夫は思索したのであった。自分の心を問い、見つめ続けた昭夫である。

一万篇の詩、一千篇の動物哀歌を書きたいと言っていた昭夫。書いては、これもちがう、これもちがうと独り言を言いながら、詩を風呂釜に投げ入れた。詩は炎になってめらめらと苦しく捩れ灰に化していった。一千篇以上の未完の詩が燃えていったのであったか。詩として言葉を形象化する作業はいかに辛い道であったか。昭夫の旅は本質への旅ホモ・ヴィアトールの旅であったのだ。

結核は死に至る病といわれていた時代である。昭夫に己のいのちの限界を意識させた。病の苦しさに加えて社会とのつながりをもつ郵便局の仕事を失った。この時の本人の落胆はいかばかりであったか。家族思いの昭夫であっただけに収入のない昭夫は辛い思いをしなければならなかった。病は社会

復帰への断念へと昭夫を追いやった。

昭夫が培い持っていた利他の心が「死の眼鏡」をとおして詩に形象したのが詩集『動物哀歌』である。昭夫は自分の詩について次のように書いている。「晩翠賞受賞の記」の一部を抜粋してみよう。

「今も宮澤賢治に対する、驚きの心は、変わっていません。しかし、宮澤賢治がなくなられた年より、二年以上も長く生きてしまいました。まことに申しわけない、まことに申しわけないことだと、真実思っています。

賢治の歩んで行った道を私もまた歩もうと思い、その道を、いつのころからか、見失ってしまいました。

それが、おそらく私の生涯を通じて、私を責めてゆくでしょう。しかし、賢治を知ったのは、まことに幸福でした。

私もそろそろ、詩とは一体なになのかと、考えさせられる年になりました。一言にしていうと、私の場合、嘘の自分への反逆、嘘の世間への反逆だったと思います。村野四郎氏の言葉を借りますと、自己脱却のための闘争の情緒、ということになります。井上靖氏が小説『化石』の中で、『死という湖を見る前と、見たあとでは、おれには人生というものが、全く違ったものに見えている……おれは長い一生の中で、八ケ月ほど、そこだけ全く違った人生を歩いたのだ。その間、おれは死という眼鏡をかけさせられた。暗く悲しく辛い色をした眼鏡だった……』うんぬんと書いていますが、私もまた弱い眼鏡だったけれど、十数年間、死という眼鏡をかけて、死という湖を見ながら、歩んできたと思います。

土井晩翠賞祝賀会の昭夫

まことに耐えがたく、つらく悲しい眼鏡でした。そのなかで『死』という未知なものが、さまざまな動物や植物、それに、実にたくさんの人間の形態となって、姿を見せました。

それらのものを懸命になってノートや原稿に、書きしるしました。それが『動物哀歌』となって、世に出ました。

実を申しますと、『賞』は、いかなる賞であれ、はかなく、むなしいものだと思います。そのあと作品だけが、幾年か残るかも知れない。けれども、その作品でさえ、いずれは空しいことになる。

それなら一体ほんとうにたよれるものはなにか。宗教とか、物を作るとか、いろいろなものが考えられるでしょうが、私の場合ですと、やはり今までどおり、『死』という暗く悲しく、つらい色をした、もっと強度な眼鏡をかけなおして、ふたたび耐えがたい旅に出るよりほかはない。

『受賞の記』からはいつの間にやら、遠のいてしまいましたけれど、これが、私の現在の心境です。最後にもう一度、『真実なもの』に対して、まことに申しわけない、申しわけないことをした、と書かしていただきます。」(『岩手日報』昭和四十二年十月二十五日)

昭夫の詩集『動物哀歌』(装幀は高橋昭八郎)は人類への哀しく切ない愛の詩集でもあるのだ。

石に言葉をきざむ
休むことなく言葉をきざむ
石に言葉をきざむことは
何時からか私の仕事になったのだ

此処に私の意識があったと
此処に炎が燃えてあったと
砂ならば何れは崩れるから
水ならば何れは流れるから

石に言葉をきざむ
億万年の言葉をきざむ
石に言葉をきざむことは
何時からか
私のかなしい仕事になったのだ

〈「石に言葉をきざむ」〉

44　詩集出版の頃　昭和四十二年（一九六七年）

はげましのお手紙をいただきながらすっかりご無沙汰してしまいました
　昨年の冬あたりから体の具合が思わしくなく　それでもなんとか　病院にはかよっていたのですが今年の春になって幾度も倒れて顔から腕からずいぶんひどいけがをして又々入院生活を続けております
　今度はもうほんとうに　だめだと　ひそかに覚悟をして日記やら手紙やらをほとんど仕まつをしましたが　幸いいくらか体力もつき　病院の中ぐらいならなんとか歩けるようになりました
　ここで死ぬんじゃないかと思うと今まで信じていたものや　こうしようあゝしようと決心していたものがみじめにくずれてゆくものですね
　やはり死を恐れなくなったり　これを平気で越えるようになるのは　よういなことではないと思います
　岩山に毎日のぼった頃はなつかしく　詩もどんどん書けていた頃は　今となってはうらやましい気持ちです
　でもやはり　なぜこの世に生を受けてきたかということを　まっこうから追及しなければなりませんし　又　年に一度でもいいから真実の言葉を書かなくてはなりません
　悲しい命だと思います
　ずいぶんとあつさのおりからどうぞお体をお大事になすってください

七月一九日　村上昭夫

宮静枝様

昭和四十二年（一九六七年）の昭夫の手紙である。国立盛岡療養所に入院してまだ一ヶ月も経たない頃の手紙である。入院しているところは、自宅から五百メートル位のところにあり、時々自宅にも遊びに行っている。宮宛の手紙にも書いているが日記や手紙類を風呂の釜で焼却している。

昭夫はこの年の一月三十一日に、かつての療友で俳人の昆ふさ子と結婚している。ふさ子は小学校の先生をしていた。

九月十八日　『動物哀歌』上梓

十月　村野四郎、吉田慶治から土井晩翠賞に推される。

十月十九日　第八回土井晩翠賞受賞。

昭和四十三年（一九六八年）

一月　気管支炎に罹る。

三月二十六日　日本現代詩人会のＨ氏賞。村上昭夫詩集『動物哀歌』鈴木志郎康詩集『缶製同棲又は陥穽への逃走』の二冊に決定。

四月五日　ＮＨＫラジオ第一放送の「時の人」に登場。動物に非常に関心を持ち、実際動物の

五月十日　声が分ることなどを語る。
東京新宿の紀伊国屋ホールで『五月の詩祭』が開催され、第十八回H氏賞を受賞。はじめ医師の許可を得て出席の予定であったが欠席し、代理に母、弟和夫、妹睦子が出席。
六月　視力の減退を感ずる。
八月　詩集の再版が澤野紀美子の計らいで思潮社から出版されることになった。作品の選は村野四郎。（十一月一日発刊）
十月十日　急変の報せで父を始め家族が駆けつけた時はすでに言語不能。ただ顔でうなずくだけだった。手を組み合掌の姿をしていた。
十月十一日　午前六時五十七分、盛岡市青山一丁目二五番地の国立盛岡療養所西下病棟二号室で肺結核と肺性心の合併症、および永い闘病生活のため全身衰弱し永眠した。告別式は十月十三日、盛岡市青山寺で行われた。

晩年の昭夫は、目が見えなくなっていたために、万年筆のインクが無いのに気付いていないのであった。日記の最後には、村上昭夫頑張った、と刻むように書かれていたという。成夫がはっきりと見て覚えているが、その日記も灰になった。享年四十一。

昭夫の詩をとおして、私はひろい宇宙にまで旅してきたのかもしれない。

今から百三十八億年前に誕生したと言われる宇宙はどんどん膨張していると言われている。光よりも速くなることができたら宇宙の果てに行くことができるのであろうか。現代の科学ではその向こうにも別の宇宙があるのかもしれないと予測されている。そこがどのような宇宙であるか。分らない宇宙である。その宇宙のことを宇宙の地平線とよんでいる。

病んで／花よりも美しいものを知った／病んで／海よりも遠い過去を知った／病んでまた／その海よりも遠い未来を知った〃病いは／金剛石よりも十倍も固い金剛石だ／病いは／花よりも百倍も華麗な花なのだ／病いは／光よりも千倍も速い光なのだ〃病いはおそらく／一千億光年以上の／ひとつの宇宙なのだ

〈「病い」〉

昭夫は病床で旅をした。昭夫の歩いた道はどんな道であったか。

その道をゆけばみな小さくなる／うねる大陸の砂丘も大草原も／カラコルムの氷河もマット・グロッソの湿地原も／なにもなくなる／やがては暗黒の空間に浮かぶ巨大な恒星も／泣きたいほどに小さくなる〃その道のために／ふるさとの温かい山河のかなしさ／きびしい渦の星雲の紋様のわびしさ／そして世界のベトンの街々の／灰色のむなしさ〃帰れないその道をゆけば／総てが深夜の尾灯のように小さくなる／宇宙いっぱいのホモ・サピエンスの／苦悩の切れない道／億兆の生物の異様な形態の消えない道／道は上下や左右の観念もなく／名状し難く震動するコスモスの外へ／なおも執拗に抜けるのだ

〈「道」〉

宮澤賢治より長生きをして申し訳ないともいう昭夫。賢治の跡をたどっていていつのまにか賢治を見失ってしまったという昭夫。昭夫は言うのだ。

小熊の星のまっすぐ上に／むせぶように光っている星がある／あれはね／賢治の星ともいうのだ／ぼくは賢治のことはよくは知らない／でも賢治の星なら知っている／あらゆるけものもあらゆる虫も／みんな昔からの兄弟なのだから／決してひとりを祈ってはいけない／賢治の星ならばよく分るのだ〃さそりの針を少しのばすと／おののくように光っている星がある／あれはね／賢治の星ともいう〃実をいうと／どれがほんとうの賢治の星なのか／はっきりということはできない／でもどれにしても／まるであやまちだとは言えないのだ〃お前がほんとうにポウセを愛するなら／なぜ大きな勇気を出して／すべてのいきものの／幸福をさがそうとしないのか〃もっと目をあいて大きく見ようよ／北からも南からも／限りなく光ってくる星がある／あれはね／みんな賢治の星と言ってもいいのだ／そうしてあなたたち／ひとりひとりの星だと言ってもいいのだ　〈「賢治の星」〉

昭夫の書く詩は暗いのが多い。
誰が見ても暗い詩が多い。
未来のあなたに向けて昭夫は詩を書いた。
数少ない希望のある詩である。この作品を紹介しておこう。

岩手山

あの山を見て下さい
好きな人がくると
私はきまって言いたくなる

あれこそ蜃気楼の見える奥羽の砂漠
笑気のたつ奥羽の湿地原
魂を凍らせてやまぬ奥羽の大雪原

もっと高台へのぼって見て下さい
私は幾度でも言いたくなる
眠っている奥羽のダイノザウルスを
火を持ち始めた奥羽のピテカントロプスを

あれから何が始まるか
あれがどんな重力を行使し始めるか

昭夫（昭和 38 年、西青山町の自宅にて）

今のうちですよく見ておいて下さい

この原稿を書き終えた時、不思議な体験をしたことを一言付け加えて終わりにしよう。原稿から青緑色の玉がふわふわ飛び出してきて筆者の目の前を飛んでいたのだった。

Ⅱ　大悲と衆生の幸せ

1　『動物哀歌』との出会いのころ　『詩と創造』4・5合併号（一九九三年三月）より

札幌の「なにわ書房」でふと書棚から手にとった一冊の村上昭夫詩集『動物哀歌』。（今から二十五年以上も前のこと。当時私は二十歳そこそこの学生だった。）『動物哀歌』の世界にふれて、茫然自失のような日々が何十日も続いた。もう詩は書けない、書く必要はないと。「雁の声」はそのなかの一篇。

雁の声

雁の声を聞いた
雁の渡ってゆく声は
あの涯のない宇宙の涯の深さと
おんなじだ
私は治らない病気を持っているから
それで
雁の声が聞こえるのだ

治らない人の病いは

あの涯のない宇宙の涯の深さと
おんなじだ

雁の渡ってゆく姿を
私なら見れると思う
雁のゆきつく先のところを
私なら知れると思う
雁をそこまで行って抱けるのは
私よりほかないのだと思う

雁の声を聞いたのだ
雁の一心に渡ってゆくあの声を
私は聞いたのだ

「雁の声」は村野四郎が選をしている『岩手日報』詩壇に昭和三十四年五月二十六日発表された作品。作者の村上昭夫は三十二歳。この年レントゲン検査で右肺に空洞が発見され安静自重をする。五月には仙台厚生病院に入院。「雁の声」前後の作品に「ねずみ」「すずめ」などがある。

村上昭夫の病気は結核であった。それは、昭和二十五年二十三歳の時に発病して以来、昭和四十三年四十一歳で亡くなるまで、ついに治ることはなかった。

治ることのない病気は詩人に絶望を与える。それでなくても、職を失い、自らの可能性を断念しているのに、だ。普通なら嘆き、愚痴を言う状態であったろうに、詩人はそれをしない。むしろ、その病気の事実を正面から受けとめている。明日のない自分を覚悟したのだ。

この詩に接したころ、私は新聞配達をしながら酪農学園大学に通っていた。当時、新聞配達をやりながら勉強を続ける学生は、東京ではたくさんいたが、札幌では珍しかったのを覚えている。同級生の河井良夫君、下級生の水野利行君など同じ大学に通う人も五、六人はいた。

新聞を配る私のあとを、尾をふりふり追いかけてくるのは捨て犬であったが、私にはこの犬が仏さまの使いのように感じられた。夏から秋にかけて、家から家のあいだに咲くのはシオンの花であった。ふれればとけてしまうひとひらの雪に似ているのは初冬の雪虫であった。やがての雪と氷の世界。こんなにも美しい自然のなかで、私は存在の根源的な意味を求めながら飼料学や家畜繁殖学を、哲学を、宗教を、家畜生理学をと学んでいた。生きて在ることがありがたかった。雪の原始林に入って坐禅をした。吹雪の音をききながら讃美歌を歌った。

村上昭夫の詩との出会いは、私のこんな生活状態のときであった。

考えてみれば、病気だろうと健康だろうと生存の意味は、等しくすべての人にひらかれてある。そのことを真剣に問うことこそ、精神的に深く生きられるのではあるまいか。これほど単一的に透明な、深く悲しく、しかも破壊力をもつ詩をよんだことがない。……啄木より賢治より、もっと心霊的で、しかも造型的な文学を見る。と、書いたのは村野四郎であるが、村上昭夫には原初と終末を同一視する傾向がある。前掲の作品もその一つだろう。

2　『動物哀歌』の色彩

村上昭夫詩集『動物哀歌』の色彩について調べてみると暗色の色が多く出てくる。石原吉郎をして避けて通れない詩人と言わしめた詩集は一言で言うとき暗い詩集であると言われる。

本稿では、村上昭夫の詩の作られた時期と病（当時は、死に至る病と言われた結核であった）との間に何らかの関連があるか、また、あるとすればどのような色が使われているかなどを見ていきたいと思う。詩集『動物哀歌』は全部で八種類あるが『現代詩文庫１５９』（思潮社版）を用いた。

昭夫の詩に出て来る暗い、明るいなどの形容詞も含めて、一体どのような色が出てきているか数えた。また、昭夫の作品は一篇の作品に同じ色が複数回、少なくて二回は出てくるのも特徴である。一篇の作品中に出てくる同じ色は二回以上出てきた場合でも一回として数えた。その結果は次の通りであった。

黒色47（黒い13、青黒い8、夜4、闇2、黒点2、暗い16、暗黒2）
白色25（白い14、陽5、光5、明るい1）
青色９（真青1、あい色1、青い6、蒼1）
赤色10（赤い3、まっか2、紅色4、バラ色1）

金色1
茶色1
緑色1
橙色3（だいだい1、さび色2）
水色1
黄白色1
寂寥4（寂寥は色というより心理的な表現）

制作年代と作品と色との関係からは何が見えてくるだろうか。
昭和二十七年（一九五二年）二十五歳。以下、入院して二年目の作である。

みどりの海は楽しいし／青い海には目を見張らせる／そこで船べりをたたいて／うすぎたない恋の歌をうたう〃ヴィナスが冷めたい星空に酔っぱらってた／聖書と海ならいい対象／こんなに陸地を離れては／じんべい鮫まで女に見えるな〃海は膨大に黒くなり／時々人間の吐き出す吐瀉物の恥ずかしさに／真赤になる／けれどもむしろこれは／太陽の怒りなのだろう
〈「大人のための童話――新聞記事からの物語」部分〉

その笑いはただたくさんの／ニヒルの集りに過ぎなかったのだから／限りのない洞のなかの響きの

ように／空のはてへ消えて行った〃天上の神々は快い光のなかで／もうねむりについたらしい／地上の人達の首のない笑いだけが／うつろに／いよいよ強くなって行った

〈「ある笑いについて」部分〉

前年に左胸郭成形手術をし、経過良好である。手術中に口笛を吹き執刀の医師に尻を叩かれた。院内俳句「草笛」で重症の昆ふさ子（後に結婚）と親しくなった。この時期は、心に余裕があり、詩にいろいろの色が出ている。

昭和二十八年（一九五三年）昭夫二十六歳。病気は軽快になり岩手サナトリウムを退院。『岩手日報』詩欄選者に草野心平。草野選は二回でその後、村野四郎選になる。

その音が鳴り出すと／眠っていたほんとうの私が　野獣みたいに咆哮して闇の中におどるのだ／かすかに灯台の灯をみつけた／難破船のように〃けれどもその音は／ほんの一瞬　聞えただけで／野分をつつぬけて行く驟雨のように／私の全身から去ってしまう

〈「ある音について」部分〉

何処かで血のふき出してくる匂いがする／何処かで黒い嵐が通ってゆく音が聞える／そしてまた何処かで／砂丘が砂漠に変ってゆく／巨大な恐ろしさが生れている気配がする

〈「砂丘のうた」部分〉

この二篇は草野心平選。入選者全員のレベルが低いだけに今後が楽しみと評されている。黒い嵐の音を聞き、不安を感じ取ったようだ。

その始めより／荒野にはポプラがつきものであったろう／ふりかかる太陽の愛慾のなかで／ひょうひょうと髄のように立つ姿が〃荒野は嵐のなかで燃えるのが無性にうれしいのだから／嵐は更に巨大な嵐を呼ぶものだから／それなのに虚空によじのぼる／針のような思索だけは失ってはいけないのだが／それをポプラがやってくれる〃ポプラが炎になって昇天したなら／荒野は崩れるように沈んでゆくだろう／その時以来愛や憎しみのあらゆる神々が／地上から意識を失ってしまうだろう〃この世界の終末まで／消えることはないであろう荒野は／ポプラによって蒼天をかきならす／唯一の神々の場なのだ

〈「荒野とポプラ」〉

岩手芸術祭で入選。選者の佐伯郁郎は「感覚的な好作品。然し、ポプラと天地、神々とか世界とかいうのも作者の意図が奈辺まであるのか、思念が通り一辺で掘り込みが浅いから概念に堕してしまっている。」と、的確な評がある。新聞に掲載されたこの詩は最初に載っていたため一席とも読み取れる。事実、昭夫はこの作品で自分の作品の方向性をつかんだようだ。構成の仕方もしっかりしてきた。

昭和二十九年（一九五四年）二十七歳。岩手県詩人クラブが盛岡市の県立図書館で結成され会員になる。会長・佐伯郁郎、事務局長・大坪孝二。大坪は盛岡鉄道管理局に勤めていた。大坪の家は旅館であったため詩の合評会参加者は宿泊も可能。これが岩手県詩人クラブの黄金時代を迎える一つの契機にもなった。

流れているのは水であろう／だが水ではないかも知れない〃川をみつめている町／町をみつめている川／草原が何時消えたのか／それを川だけが知っていた筈だ〃水は風だったのに／風は水だったのに／あれは何処で切れたのだったか〃かたい川の流れる町は／もう故郷ではない／だから川をベトンでつつむな／ベトンは雲ではない〃いつから流れ始めたのか／空にひたしてもひたしても／かたいこの川は

〈「かたい川」〉

ベトンはコンクリートのこと。かたい川はコンクリートで護岸工事された川をさしている。川岸がコンクリートになったため、魚貝類の生息が困難になってきた。一連から三連までを川、町、水、風などのように対比させ問いかけながら書き進めたことがこの作品を引き締めている。

昭和三十年（一九五五年）二十八歳。病気休職扱いが終わり、三月三十一日付で事実上の免職になる。収入が途絶えてしまい、家族思いの昭夫は激しいショックを受けた。

一言の言葉もなしに牛は化石した／かわいてゆく草原の痛みを／もう誰も知ることはできない〃そ

して千年／今は反芻されるなにものもないだろう／鞭うたれる／きびしい雪も降らないだろう〃化石した目からなおせんせんと滴る／それは泥なのか／遠い河の固まり始めた音が／かすかに聞こえるのだが〃化石した牛は話そうとしない／二度と歩もうとしない
〈「化石した牛」〉

村野四郎は「瞬間に化石し、永劫に物語らぬ何ものかがわれわれの現実の中にある。草原の寂寥のなかにおかれたこの牛の化石は、その表象であろう。新しい象徴味のあるおもしろい作品である」と評している。

「五億年」「雪」「星を見ていると」「破戒の日」「兄弟」「遠い道」「仏陀を書こう」「乞食と布施」「賢治の星」「靴の音」などの作品も書いた。

昭和三十一年（一九五六年）二十九歳。岩手県詩人クラブのアンケートに尊敬している詩人は宮澤賢治、今読んでいる本はサマザマな童話と答えている。宮澤賢治をたずねる会に参加。花巻の賢治生家で原稿を食い入るように見ていた。「雨ニモマケズ」の詩碑、賢治の名付けた北上川のイギリス海岸付近を散策。高村光太郎を偲ぶ夕べで、「長靴をはいて」を高村光太郎に捧げる追悼の詩を朗読した。「シリウスが見える」「坂をのぼる馬」「つながれた象」「海の向こう」「屠殺場にある道」「マンモスの背」「蛇」「月から渡ってくる船」「去って行く仏陀」「出家する」など多くの作品も発表。

その川はなんという名の川なのだろう／流れているのは故郷の川なのに／その川はもっと遠くに／

もっとはるかに／精霊の船が燃えている〃川にかけられている橋は／なんという名の橋なのだろう／なつかしい名は故郷のそれなのに／その橋はもっと遠くに／もっとはるかに／精霊の火に浮かんでいる〃そして火に映る若い人達は／なんという名を持っているのだろうか／船の廻りに微笑んでいるのは／私達の兄弟たちなのに／その人達はもっと遠くに／もっとはるかに／半月のように照らし出されている〃何処か遠い川上では／なつかしむように砲声が聞こえるという／たどって行けば故郷の川なのに／流れてくるのは故郷の川なのに／その川は／なんという名の川なのだろう

〈「精霊船」〉

八月のお盆にお迎えした仏さまをお送りするお盆の最後の八月十六日夜、昭夫の住む盛岡では「舟っこ流し」（精霊流し）の行事がある。市内の各寺院からこの一年間に亡くなった人の新しい卒塔婆を「舟っこ」に乗せ、僧侶の読経とともに「舟っこ」に火を放って流すのである。盛岡では夕顔瀬橋と明治橋の二か所でおこなわれる。日の沈みかけた夜に燃え上がる「舟っこ」は壮観である。川の両側から見ている観客は一斉に合掌し拝む。

「存在のうしろに絶えず無を幻覚する。あの時には無が本質のように見える。こうした不確かな世界の心理がドラマチックに表現されている。言葉の機能が非常に柔軟で微妙な意識の影や匂いをとらえている。秀作である。」この作品に対する村野の評である。

昭和三十二年（一九五七年）三十歳。岩手県詩人クラブの幹事になる。『皿』（機関誌）編集担当。

以後昭和三十四年一月まで誌面に新しい企画を取り入れる。
盛岡詩の会合評会は毎月行われ、昭夫も参加。場所は前述した大坪孝二の大坪旅館である。夏には盛岡ホテルに来ていた韓国の詩人・金素雲を詩の仲間と宮静枝、岩泉晶夫、田村実、有原昭夫、佐々木ミヨ、岩手日報の遠藤記者らと訪ねる。この時の感想を「笞も愉し」として『岩手日報』に発表している。この文は昭夫の満洲時代を知る唯一の資料でもある。
「バラ色の雲の見える山」「それが天なのだ」「人は山を越える」「ぼくはそれと対決する」「私をうらぎるな」「豚」「航海を祈る」「愛さなければならない」などの諸作品も書いた。

それだけ言えば分ってくる／船について知っているひとつの言葉／安全なる航海を祈る／（略）／寄辺のない不安な大洋のなかに／誰もが去り果てた暗いくらがりの中に／船と船とが交しあうひとつの言葉／安全なる航海を祈る／それを呪文のように唱えていると／するとあなたが分ってくる／あなたを醜く憎んでいた人は分らなくても／あなたを朝明けのくれないの極みのように愛している／ひとりの人が分ってくる〃あるいは荒れた茨の茂みの中の／一羽のつぐみが分ってくる／削られたこげ茶色の山肌の／巨熊のかなしみが分ってくる〃白い一抹の航跡を残して／船と船とが消えてゆく時／遠くひとすじに知らせ合う／たったひとつの言葉／安全なる航海を祈る

〈「航海を祈る」部分〉

黒い鉄槌に頭を打たせて／重くぶざまに殺されて行け〃皮が剥がれてむき出しになって行け〃軽い

あい色のトラックに乗って／甘い散歩道を転がって行け／生あたたかい血を匂わして行け／臓腑は鴉にくれて行け〳〵（略）／人は涙など流さぬだろう／人は愛など語らぬだろう／人は舌鼓をうってやむだろう／その時お前は／曳光弾のように燃えて行け

〈「豚」部分〉

「航海を祈る」は何か所かに同じ言葉を配して詩にリズムをつくりだしている。去って行く船の航跡が見えるように鮮やかで美しい。船と船、人と人との別れの言葉には本来このような相手を思い遣る気持ちが込められているからだろう。

「豚」について村野は次のように評している。「村上昭夫氏の『豚』にあらわれているものは残酷にたいする一つの生命の抗議である。」

はげしい精神がドラマチックに造型されているところがいいと思う。悲傷を越えた愛であるといったのは松原新一であったか。豚というかたちを借りて、人間を問うが、その人間の一人が自分であることを思えばこの作品は自分への告発でもある。昭夫の言う「嘘の自分への反逆」である。

昭和三十三年（一九五八年）三十一歳。三月から九月にかけて通院。六月、「ラジオ岩手」ラジオドラマ研究会に参加、途中、大村孝子、中村俊亮らと岩手公園に行き詩を語り合う。八月、盆踊りに熱中。『皿』十五号で「座談会・現代詩をめぐって」内川吉男、大村孝子、高橋昭八郎、中村俊亮。司会村上昭夫。十月、風邪をひく。「現代詩をめぐって」講師の村野四郎、木原孝一を交え座談会の司会。詩誌『Ｌà』に連作「動物哀歌」発表。「宇宙を隠す野良犬」「悪い道」「死んだ牛」「太陽にいるとんぼ」なども。

引揚げてゆく船がある／それをせつない程知っているのに／見送る者は誰もいない／音もなく岩壁を離れ始めた／船の姿がある／消え入るようなマストの天辺には／一匹の蛙が鳴いているだろう／新らしく生れた星のように／はるかを見やって鳴いているだろう／静まり返った船室には／つぐみが固く眠っているだろう／それはもだえることをやめた／人と人との意識なのだろう／今また別れの証しのように／ひとすじの旗をあげて／見えなくなって行く船がある／やがて灰色の霧笛が遠く聞え出すと／何時か記憶したさまざまな蝶の群れが／よろめくように／空に流れるのだ　〈「引揚船」〉

この作品で灰色が出てきたが、この時期にいたるまでのほとんどの作品には調査段階で多かった黒色などの暗色系は出てこない。

昭和三十四年（一九五九年）三十二歳。一月のレントゲン検査で右肺に空洞。治療に専念のため岩手県詩人クラブの仕事を降りる。三月に仙台厚生病院入院。病状の悪化に対して自重する。「アンドロメダ星雲」「野の兎」「雁の声」「死と滅び」「こおろぎのいる部屋」などを発表。

すずめは撃たれたっていいのだ／捕まったっていいのだ／威かされたっていいのだ〃すずめ威しは一日いっぱいすずめを威かすし／なまりの弾は世界の暗い重い色だし／かすみの網はすずめを一度に

百羽も捕るのだ／だが誰もすずめを／消しさるわけにはゆかない／すずめを撃つ人も／すずめを捕える人も／すずめをたわいもなく威かす人も／すずめを／失うわけにはゆかないのだ　〈「すずめ」〉

すずめは、真理というようなものでもあってもいいし、誇りのようなものであってもいい。あるいは愛かもしれない。いつもながらの隠喩の型だけれども、たくみなものである。村野の評である。

生物は様々な関係で生物界をつくっているが、二十世紀のなかごろから、生物界に異変が起きてきている。Ｒ・カーソンの『沈黙の春』はこの問題を指摘した本の代表であるが、環境の急激な変化による生物種の減少、滅亡は進むばかりである。汚染物質を大量に排出しているアメリカや中国がＣＯＰ21にようやく参加して（アメリカの新大統領・トランプ氏はＣＯＰ21からの離脱を表明した）、国際的にも環境問題は共有されてはいるがその解決は難しい。環境問題は人間活動が活発になるにつれて生じてきた問題である。この問題を解決しない事には、人類の未来もない。「すずめ」もこのような観点からもとらえることもできるが、昭夫の場合は個体にこだわった捉え方からの詩である。絶対的な個体の尊重のようなのだ。暗い、思いなどの形容詞が使われている。

生物界は食う食われるの関係もあるが助け合う関係などもある。また、鮭の産卵期は自ら川の上流に行き、体はボロボロになる。そこでメスは産卵し、オスは精子を放出、受精卵が残る。鮭は両方とも命を終える。子孫を残すために自らは死んでいくのである。川に入って熊が鮭を食べ、あまりの部分は鷲、鷹、狐などが食べ、さらに食べ残ったものは土にいる細菌などによって分解され土壌になる。肥沃な土壌は木や草の養分にもなる。

仙台の厚生病院に入院し、存在を問う昭夫の姿勢が鮮明になっている。「雁の声」「死と滅び」などの秀れた作品が書かれている。「死と滅び」は個体を書いてはいない。普遍的な死を書き、死と滅びの違いを発見した。思想的にも深い作品になっている。

昭和三十五年（一九六〇年）三十三歳。入院中。聖書研究会に参加。父は東北電力退社。昭夫のことを考えて盛岡市下厨川赤袰に公衆浴場玉の湯を開業。愛犬クロは一夜だけ泊まって旧居の加賀野に戻ってしまった。「樫の木」「じゅうしまつ」「鴉」「五月は私の時」「都会の牛」「熱帯鳥」などを発表。

病んで光よりも早いものを知った／病んで金剛石よりも固いものを知った〳〵病んで／花よりも美しいものを知った／病んで／海よりも遠い過去を知った〳〵病いは／金剛石よりも十倍も固い金剛石なのだ／病いは／花よりも百倍も華麗な花なのだ／病いは／光よりも千倍も速い光なのだ／病いはおそらく／一千億光年以上の／ひとつの宇宙なのだ

〈「病い」〉

「詩法としては同氏のいつもの作品だが、人間の上におこる病という宿命的で、実存的な変異に深くふれている。新しい比喩の提出によって、新しい事物性をみちびきだしたところが値打ちであろう」と村野は評している。

病気の苦しさや病気ゆえの辛さを耐えている。病のなかで昭夫は美しく固く速いものを発見した。病気の先にあるのは回復と不治の病のいずれかになるが、治らない病気であってもその病気によってひきおこされる精神の衰弱に陥るのがほとんどの病人なのだ。

昭夫は積極的に病に向かっているようだ。強靭な精神である。宇宙いっぱいに輝く固い光だ。村野のいう新しい比喩からみちびきだされた新しい事物性である。

熱帯鳥は永劫の海の上を飛んでいるのだと／思うようになった／それは黒い巨大なうねりの海を／それは規律を乱した粒子のように荒れる海を／それは腹をすかした貪慾な魚のなかの海を／／熱帯鳥は黒い海の上を飛んでいる／白い鳥だと思うようになった／／熱帯鳥は永劫の夜のなかを飛んでいる／寂寥の鳥だと思うようになった／ある時は熱せられふくれあがった雲のなかを／ある時は恐ろしく冷えきった／弦月の光りの底を

〈「熱帯鳥」部分〉

熱帯鳥は当時の新聞記事に触発されたアカオネッタイチョウのこと。全身は白い羽毛で覆われ、嘴と尾羽二枚は赤い。わが国では南鳥島、北硫黄島、南硫黄島などに棲む。絶滅危惧種である。病状が悪化していくなかで、いつも死に向かい合わなければならない。詩は暗くなる。ただ、暗いだけではなく、偶然見たと思われるが、ネッタイチョウの新聞記事に目が留まった。ネッタイチョウは白い鳥であったと。

熱帯鳥に自分の存在を負わせることで、暗い世界であってもなお、存在を主張しようとする寂寥の自意識ではないか。病の痛さ、辛さからくる昭夫の悩みはますます深くなるばかりであるようだ。

昭和三十六年（一九六一年）三十四歳。右側肺葉の手術をするが経過は悪く苦しんだ。肺活量も少なくてあと五年ぐらいしか生きられないと言われた。「詩、聖書、法華経などは死の恐怖を救ってくれなかった。ただ、般若心経だけが心の支えとなった」と述べている。

昭夫の詩を理解していくうえで、詩、聖書、法華経をどれほど昭夫は理解したのか、理解という判断ではなく、昭夫の持つ体質のようなものに合ったかどうかで判断してもいいのではないか、と筆者は思う。富士山の頂上にはいろいろな登り口があるように宗教にも本人に合う宗教、合わない宗教などがあるのではないかなどと考えるのである。「リス」「鳩」「ひき蛙」などを発表。

リスは夜不思議な星がまたたく時刻に／素手でとらえるものなのだ／争いや疲れを癒した夜のてのひらに／やわらかくいだくものなのだ

〈「リス」部分〉

鳩は仲のよい夫婦の見本にされて／時に人をうらやましがらせたりする／そのことが私を悲しませる／鳩は使い鳥になって飛んでゆけ／鳩は荒野から次の荒野へ／鳩は荒海から次の荒海へ／自らの体をぼろぼろにひき裂きながら飛んでゆけ／鳩が使いをするのを私は思う／鳩のいのちのことを私は思う／鳩が天に昇ってゆくのを思う／渦巻く星雲から次の星雲へ／その羽は今こそ痛ましくちぎれて裂け／その愛くるしい声は火に焼かれた塩のようになり／それでも一心に天を使いしてゆく姿を／あたかも／ゲヘナの火のように思う

〈「鳩」部分〉

でもお母さん／あなたならどうします／私がひき蛙だったなら／ひき蛙よりも／もっとみにくいいきものだったなら／きらわれるあんこうのぶざまだったなら／もしもあなたに／それらが私であることを告げたなら

〈「ひき蛙」部分〉

取りあげられる対象の変化によってそこにまた新しい事物性を開拓していて興味を生んでいる。ここでリスの暗示しているものは、もちろん真理とか詩とかいうものと解してよいだろう。いつもそうだが主題をしっかりつかんでいることが強みである。と村野は書き、「鳩」では一人の詩人が、その「生」をいききろうとする願いがハトの意味のなかにはげしく語られていた。自己のいじらしい、しかもけなげな魂と、ハトのかれんな形態や性状とのメタファが、この作品を生命的に価値づけている。村上氏はこれまでもよく動物と人生とのメタファによって、すぐれた詩を書いてきたが、このことは、氏の物の形からはいって、いかに深く世界の意味に達しているかということを物語るものである。氏の言葉の機能、いわば詩的認識は、すでに一流だと思う。

「ひき蛙」に対しては、原罪を負うた人間の悲哀が、母という愛のシンボルに対して投げかけられている。そこに悲痛を生命的に美しく脈うたせている。ここでは「みにくさ」ということ、そのことが、すでに非常に切実な意味をはらんでいる、と村野は批評している。

星とか星雲などという遠く未知の存在を引き寄せていることに注目したい。色の名詞はないが暗色を連想させる。滅んでいく肉体と、魂の永遠を求めようとする意識との激しい格闘をしている。

いのちは必ず死ぬという必然。この必然は死を媒介にして、さまざまなものに変化する。たとえば、醜いひき蛙であるときも死という必然を受け入れようとする心の働きによって自己の中に広がる宇宙に取り込もうとしている昭夫である。

昭和三十七年（一九六二年）三十五歳。まだ入院が続いており、肉体的にも精神的にも困難な状況が推察できる。確認できる作品発表は一篇だけである。

相対論は不思議の国のアリスだ／相対論は荘厳な暗黒の屈折／相対論は幽玄な明け方の花弁の展開／そして相対論は／傷ついたものの／しめやかな愛の安らぎだ〃おお　それはそれは／その言葉が私を一層深いものに引入れる／その言葉のなかから／恐怖のさそり座がのぼってくる／その言葉のなかを／はぐれた渡り鳥がおののきながら飛んでくる／その言葉の向こうで／未知のコオロギが悲しいまでに鳴きながら／相手を呼んでいる

〈「おお　それはそれは」部分〉

昭夫は動物図鑑、植物図鑑、星座の本、天体関係の本など科学的なものに題材を多くとっている。存在する事物を別の言葉で具体的に表現している。村野は生理的抒情に対して形而上的抒情と評し、詩の書き方では、おおそれはそれは、から書き始められることにいかがなものかとの疑問を呈している。

昭和三十八年（一九六三年）三十六歳。八月、三年間の入院生活を終了して盛岡の自宅に。「動物哀歌」の連作の契機になった愛犬のクロが死んだ。九月に岩手県詩人クラブの会合（大坪旅館）に参加。久しぶりに仲間にあうことが出来た昭夫。両親への感謝をこめ、家業の浴場業務に精を出した。番台には座っていないとは家族の話である。燃料におが屑を使っていた。主に釜焚きや浴場の清掃などに従事したようである。「土よりも深い苦悩を」「終りに」「李珍宇」などを発表。

エルは塩瀬信子よりも／先にさまよいの果死んで行った野良犬〃人は犬よりもはるかに勝れたものなのに／なぜこの耐えられない苦しみを／エルにこそうったえるのか〃エルはいろいろなものになる／空の身寄のない鳥などに／地の隙間のコオロギなどに／野辺の口もきけない雑草などに〃それらいま／世界のツンドラの平原を歩いている／なぜ淋しいそのものたちにうったえるのか／ああこの不治の苦しみを／お父さんでもない／お母さんでもない／お兄ちゃんでもない／エルにこそうったえたい

〈「エル」部分〉

塩瀬信子は昭和三十七年三月三十一日満二十歳七ケ月、先天性の心臓疾患のため旅だった実在の人。彼女の『生命ある日に――女子学生の日記』（一九六二年刊）は当時ベストセラーになった。ツンドラは年間を通して硬い氷に覆われた荒原。短い夏に凍土層表面が融け蘚苔類、地衣類などが生育する。シベリアの広大な地域はツンドラ地帯として有名。昭夫もジャラントンの方までソ連軍に連れていかれそうになったが、ツンドラに近いところではあるまいか。地の隙間のコオロギなどに心を寄せている。「少女の不治の病は彼女だけの病ではないし、エルというノラ犬の不幸はこの犬のものだけではない。この詩では、そうした世界の不幸を、小さい現実の中で描きだそうとしている。その象徴的手法は相変わらずすぐれたものである」と村野は評している。

昭和三十九年（一九六四年）三十七歳。十月、浴場で仕事中転倒して肩を脱臼。「道」が『岩手日報』一月一日、新年文芸「天、地、人」のうち「天」に入賞。「秋田街道」「駱駝」などを発表。

世の創生と共に／駱駝は瘤を負って歩いてきたのではあるまいか／およそ砂漠という砂漠と名の付く所に／（略）／何時も苦しく歩いているのではあるまいか／（略）／紅の砂漠には紅の冷めたい駱駝が／白い一面の砂漠には白い一面の駱駝が／橙色の砂漠には橙色の寒い駱駝が〃およそ砂漠という砂漠の名の付く所に／ひとつの瘤の駱駝が／ふたつの瘤の駱駝が／そして背中じゅう瘤だらけの駱駝が／とても苦しく／歩いているのではあるまいか

〈「駱駝」部分〉

その道をゆけばみな小さくなる／うねる大陸の砂丘も大草原も／カラコルムの氷河もマットグロッソの湿地原も／なにもなくなる／やがては暗黒の空間に浮かぶ巨大な恒星も／泣きたいほどに小さくなる〃その道のために／ふるさとのあたたかい山河のかなしさ／きびしい渦の星雲の紋様のわびしさ／そして世界のベトンの街々の／灰色のむなしさ〃帰れないその道をゆけば／総てが深夜の尾灯のように小さくなる／宇宙いっぱいのホモ・サピエンスの／苦悩の切れない道／億兆の生物の異様な形態の消えない道／道は上下や左右の観念もなく／名状しがたく震動するコスモスの外へ／なおも執拗に抜けるのだ

〈「道」〉

やはり列車から脱走し逃げ帰ってきたときの光景か。夜空は満天の星。後に図鑑でも見たことと重なっているのかもしれない。「無にいたる道をテーマにしたものだが、それが実存的悲哀の情景をもって描きだされているところに独特の魅力があった」と村野は評している。

昭和四十年（一九六五年）三十八歳。昨年につづき「氷原の町」が『岩手日報』新年文芸・天（一席）入賞。退院から四年が過ぎた。三月に自宅から直ぐの国立療養所に入院。結核、胃潰瘍、十二指腸潰瘍、胆嚢炎、悪性貧血などがカルテに書かれていた。入院中に原稿五百枚ほどを整理する。敷地内には大きな桜の木がたくさんあり、花の時期はみごとであった。七月、退院するも冬にまた体調を崩す。「愛の人」「氷原の町」「鶴」「神」「鳶の舞う空の下で」などを発表。

私は随分長い間／思い違いもしていたのだ／豊かな陽光のもとに／あたかもそれが吉祥のしるしなのだと信じられて／舞いあがり舞いおりしている鶴のことを〳〵だがそのいずれの時も鶴は／それ等の認識のはるかな外を／羽もたわわに折れそうになりながら飛んでいたのだ／降りることもふりむくことも／引返すこともならない永劫に荒れる吹雪のなかを〳〵あの胸をうつ鶴の声は／そこから聞えていたのだ

〈「鶴」部分〉

氷原の町はまぼろしの町だ／春になると霞がかかったように記憶を失う町／夏になるとあやしげ

な陽炎の復活する町／秋になると一面に桐の葉の散る町／だが今もって分らないことがある〃氷原の町を兵隊が通って行った思い出だ／将校は馬に乗って胸をはり／（略）／あれが第八師団の精鋭だったか／そののちの幻の関東軍だったか／それとも南冥の藻屑と消えた／輸送船団だったか／氷原の町はまぼろしの町だから／ぼくは今もって／その町の輪郭を思い出せない〃だがその夜の叢の両側の断崖と／凍りついた恐竜の背のような／山の向こうを記憶するだけだ〈「氷原の町」部分〉

「鶴」「氷原の町」ともに単なる追憶の詩ではない。心を澄まさなければ聴き取ることが出来ない鶴の声であり、自分を改めて問い直している。その意味で心霊的でもある作品である。「氷原の町」は桐の木が多い藤沢町を書いているのかも知れないが、単なる藤沢町ではない。この詩も恐竜の背のような山の稜線を意識しているところが人間の時代以前の太古を思わせる。時間的にスケールの大きい作品である。あってはいけないが、戦場へ行く時はまたこのようにして行かせられるのだろうか。そんな足音がする詩でもある。

幼年体験がたくさん書かれた時期である。自分がどこから来たのかを確認しているのかもしれない。それだけ死が近づいてきた無意識の心理のはたらきか。

昭和四十一年（一九六六年）三十九歳。一月に大坪孝二を訪問し、詩は生きるためのチリほどにも頼りないと語る。大坪から詩集を出すよう勧められる。春、浴場清掃中に再び倒れ、歩行不能になった。十月十日、宮静枝が詩集発刊のことで訪ねてくる。療養費などのことで迷惑をかけてきたことを理由に断ってきた。宮の懇望に両親も賛成し、発刊を決意。次の日曜日に大坪、宮が訪問。ダンボール箱に入っている全原稿を渡し一切を委ねる。詩集題名を昭夫は「生物哀歌」に決めていたが大坪に「動物哀歌」に変更を勧められ、詩集名を『動物哀歌』とする。「航海を祈る」「エリス・ヤポニクス」「スクリュウという蛇」「狼」「象」などを発表。

狼は火炎の国の動物だ〃ぼくは今長年の業病のなかから／狼の世界のことばかり考えている／ウォーンとかわき切った声をぴたりと止めるという／それ以上に不可思議な／炎の国への通信のことを〃ぼくの北の辺鄙な故郷では／犬が深夜の天に向って遠吠えを始めると／火柱が立つという伝説があるが／その火ではない別の火のことを〃それは鄙猥な歌や踊りで騒がしくない所／スターなどという人のいない所／あやまって其処に立ち入ったなら／二度と出てくることのできない／異次元世界の火炎のことを考える／其処に吠える揚言どめの声／其処に存在する毛の磨り切れるまで磨り切れた生きた物体／物体の死守する終末の地〃それが存在する限り／朽ちたり燃え落ちたりすることのない四方の眺望／狼の住む場所こそ／其処なのだと考える　〈「狼」〉

今までは自分のことを「私」と表現していたがこの作品だけは「ぼく」と表現している。何故か、その理由は不明。読んでみるとどちらでもいいようだ。

死ねば火葬にされるのは自明のことである。分っているが、自分も火のなかで燃やされるのだ。その火の中に入ったなら二度と出てくることができないのだ。大きな声を張り上げて毛の擦り切れるまで犬としての物体を死守する最後の地。それは全くの異次元の炎のなかだ。昭夫にとっては狼の住む場所こそ其処なのであろう。そして狼に変身した白分もまた異次元世界の火炎に住むのだ。

この地であるならば、火炎にまみれてもよい覚悟があるのだ。昭夫は自分の火葬後のことを、それでも存在していると考えたのであるか。しかし次の作品「象」では死の世界に入って行く昭夫がいる。

象が落日のようにたおれたという／（略）／それから私は何処でもひとり／ひとりのうすれ日の森林をのぼり／ひとりのひもじい荒野をさまよい／ひとりの夕闇の砂浜を歩き／ひとりの血の汗の夜をねむり／ひとりで恐ろしい死の世界へ入ってゆくよりほかはない〃前足から永遠に向うようにたおれたという／巨大な落日の象をもとめて

〈「象」部分〉

闇の中にいる象。迷い、苦しみ血の汗を流して、なおも一つの星へ向って歩こうとするか。迫りくる死を避けることをしない。避けられないといった方が正しい。昭夫は思うのだ。象が倒れること、永遠に向かうように倒れること、落日という生の終わりへ向って倒れることを象に重ねている自分もみているのだ。死を強く自覚している昭夫である。永遠に向かって倒れるとは、永遠に存在することでもあるか。

昭和四十二年（一九六七年）四十歳。一月三十一日、かつての療友である俳人の昆ふさ子と結婚。六月三十日再度、国立盛岡療養所に入院。院内を歩行ができ、手紙も書けるようになる。自宅が近いので時々外出。日記、手紙類を風呂釜で燃やしたと思われる。九月十八日、詩集『動物哀歌』上梓。Làの会刊。限定三百部、新書版。序文・村野四郎、後記・大坪孝二、装丁と編集は高橋昭八郎。表紙の写真は高橋昭八郎撮影の鹿踊《ししおど》り。鹿踊りは岩手の郷土芸能である。十月十九日第八回土井晩翠賞受賞。授賞式には父、ふさ子、和夫が代理出席。

昭和四十三年（一九六八年）四十一歳。二月気管支炎に罹る。三月二十六日鈴木志郎康『罐製同棲又は陥穽への逃走』と共に第十八回H氏賞に決定。五月十日、新宿の紀伊国屋ホールで行われた「五月の詩祭」（日本現代詩人会主催）での受賞式には母、弟・和夫、妹・睦子が出席。和夫が代わって賞を受ける。

昭夫の病と色彩の関係を作品の制作年代を追って検証してきた。初期の作品には緑色、青色などあるいは真赤などの色彩が出てくるが病の進行につれ圧倒的に暗色が多くなってくる。

坂本正博、齋藤岳城も一緒であった。筆者が昭夫の弟・達夫に昭夫の作品の色が（少ない）と言おうとした時であった。突然、昭夫は色盲だったのです、と話された（今は色盲のことを色覚異常とよぶ。人数的に

『動物哀歌』（Làの会刊）の表紙に使われた高橋昭八郎撮影の「鹿踊り」

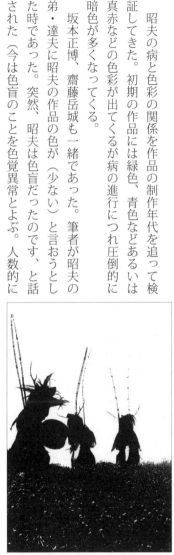

多いのが赤緑色覚異常。その度合いがどの程度であったのかは分らないが一般的には生活を営む上での支障はなく、特別な場合を除いて職業上の制約はない)。

作品に表れる闇、黒い世界、暗い世界のなかは不安そのものの世界でもある。悩み、苦しむ赤裸々な昭夫の姿が浮かび上がるが、昭夫は「嘘の自分への反逆」「嘘の世間への反逆」を詩のなかで実践した。昭夫の作品でよく出てくる言葉は、色彩以外に「星」「星雲」「宇宙」「永遠」「銀河」「永劫」「無限」が六十二、そしてその星までの距離を言うときの「五十六億七千万劫」「三千億」「億兆」などの言葉の数を入れてしまえば、存在論は昭夫の詩でも表現できるかもしれない。

昭夫の詩は何かに向かって素足で歩いている詩である。名作「五億年」は昭夫二十八歳の作品である。この作品中にも何億個もの星が集まった星雲の言葉がでてくる。初期の詩作品にして、暗黒ばかりではなくその中に光を持っている。このように早くから星を意識するとはどういうことなのだろうか。

満洲での逃避行は日中よりも人目に付きにくい夜が多かった。そのとき何を思っていたのだろうか。民族の違いを超えて人間の感情はみんな同じだということを体験している。何で戦争なんかやるのだろう、星は民族の違いに関係なくみんな同じにまたたいているではないか。改めてそんなことを思いながらの逃避行であったのではないか。入院した療養所の窓からも満洲で見た同じ星が見える、じっとして動けないから闇の中で光る星はよく見えたのかもしれない。オリオン、シリウス、アンドロメダ星雲なども好きだった天文の本などで読んでいたのかもしれない。仏教の経典だけではない宇宙観が昭夫のなかで広がって行ったのだと思う。

その星雲の名を／アンドロメダ星雲とだけしか／私等には言えない〃それは銀河宇宙に最も近い星雲で／それでも二百万光年も遠くにあって／やはりひとつの渦状星雲なのだと〃あるいはまた／その星雲は数千億の星々の集りであって／そのなかにはおそらく千万もの／生物の住んでいる可能性のある星が／あるはずだと〃あるはずではないかと／それだけしか私等には言えない〃それは犬の形をしているから犬だというのと／水のなかにいる魚だから魚だと呼ぶのと／変りはないのだが／その形はほんとうはどんなものか／その意味はどういうことなのか／千万の星にいる生物のひとつの姿も／私等には言えない〃言えないから私等は酒を飲み／言えないから私等は煙草をくわえ／言えないから私等はその度毎に女を抱き／疲れたふりをして夜をねむり／罪を負ったふりをして飢えと痛みをつくり／そしてひっそりと死んで見たりする〃ああ　だがどうしても／それをアンドロメダ星雲としか／私等にはそれから先のことを／言うことができないのだ　〈「アンドロメダ星雲」〉

暗い闇の闇のなかの／残されたひとつのもののように／シリウスが見える
〈「シリウスが見える」　部分〉

なぜ病みながらも／生きなければならないのか〃ああ其処にひとつの星があるのだ／私等の忘れた星／ゆえあって失った星／そのひとつの星のことを／私等は思い出さなくてはならないのだ
〈「ひとつの星」　部分〉

これらの認識は経典のどことか聖書のどこに書いてあると言う以前の認識ではないか。昭夫の持っている求道性のなかから生まれてきた表現なのだと思う。高橋昭八郎宛の手紙（一九五五年九月十二日）に「維摩経《ゆいまぎょう》の中から次のような意味をひろいました。〃衆生の病いは煩悩より生じ／菩薩の病いは大悲より始まる〃菩薩の病は大悲より始まる！と言うその精神のかけらでも抱きしめて病もう（略）そんな気持ちで文学しよう」と書いている。

確かに昭夫の詩の旅は大悲を抱いた旅であったが、維摩経や宮澤賢治の「世界が全体幸福にならないうちは個人の幸福はあり得ない」などの意識は、昭夫の詩のなかでは、星や星雲をみていくなかで、結果としてみれば、賢治童話や経典に先行されているが、昭夫のなかから生まれてきたものであろう。いのちあるすべてのものの幸せを願って歩いていると、はるか遠くにまたたく星によって、自分の卑小さも一瞬の存在の大切さも見えてきたのではないのか。祈りや願いがなければ見えてこない星の光。『動物哀歌』はその詩である。星は果てしなく遠いところで瞬く。暗い言葉は星、星雲などがよく見えるように配置してあるのだが、それは計算して生まれたものではない。

詩集『動物哀歌』の中にある色彩を追って来たら星の光にであうのが昭夫の詩の特徴であるようだ。昭夫は強度の色盲と弟の達夫が話してくれたのは、齋藤岳城、坂本正博らとともに、盛岡市上堂のレストランで昼食をとっている時であった。今は色盲と呼ばず色覚異常と呼んでいるようであるが、一般的には赤緑色覚異常のことと思われる。この色覚異常によって昭夫の見た世界、暗い闇は何ら世界の認識に異相を示すものではない。闇や星の光は色覚には影響していないからである。

「自分への反逆」「世間への反逆」とは、あらゆるいのちの幸せを願った言葉の裏返しでもあったとも言えるのではないか。

3　『動物哀歌』の動物たち

『詩と思想』№194（二〇〇〇年三月）より

十年前の湾岸戦争、そして今回のアフガニスタン戦争、この二大戦争の間にもパレスチナとイスラエルの衝突は続いたままであるし、アフリカや中南米、アジアでは時と場所こそ異なるが内戦が続いている。戦渦に巻き込まれた地域では、逃げることのできない病人や老人、武器を持たない女性や子供など、戦いとは関係のない弱者が真っ先に犠牲になる。そしてこの時、戦争犠牲者のなかにも数えられることのない動物や植物のいのちが大量に失われていく。そのことに心をくだく人は少ない。

また、平和な世の中であっても、犯罪等で人命は失われるが、それ以上に、多くの動植物のいのちは失われている。開発と称する環境破壊や、自然科学の進歩（？）に伴う現象である。動植物のなかには既に、絶滅してしまった種もあるし、絶滅が危惧される種が多いのも現代のいのちの特徴である。ないがしろにされるいのちに対して、あらゆる動植物を含めたいのちの幸せを強く希求した詩人がいる。何一つの武器も持たずに自らの詩によってそのことを願った詩人がいる。無謀ともいえる世界に〈五十六億七千万劫の尨大ないのちを　大きな慈悲の波のなかに遠くふるわしている　仏陀を書こう〉といった詩人がいる。その詩人の名は村上昭夫。彼は、亡くなる一年前、宮静枝、大坪孝二の二人に、ダンボール箱にはいっている全原稿を渡し、一切を委ねたのであった。詩集の題名は『動物哀歌』。序文は村上昭夫が師と仰いだ村野四郎、装幀、編集、年譜は高橋昭八郎、高橋は村上昭夫が詩の道を歩むきっかけをつくった詩誌『首輪』（斎藤彰吾主宰）の同人で、村上昭夫も『首輪』同人になった。「……宮沢賢治の影響を受け、闘病の中から新しい世界を目ざし永遠を夢見ながら病む彼にかわって、この本を編んだのは高橋昭八郎である。特に序文をよせていただいた村野四郎先生に感謝申しあげ、優れたこの詩集が多くの人の心にふれることを願って止まない」と後記を書いたのは、村上昭夫が兄と慕った大坪孝二である。

詩集『動物哀歌』は昭夫の唯一の詩集である。この詩集は現在まで七種類刊行されている。初版から三十四年間たつが、同一の詩集がこれだけ読まれているのも珍しいのではないか。

あれが鶴だったのか／今になって思えばはっきりと言える〽私は失望していたのだ／日毎の餌にことかかない檻のなかで／優雅な姿を見せていた鶴のことを〽私は随分長い間／思い違いもしていたのだ／豊かな陽光のもとに／あたかもそれが吉祥のしるしなのだと信じられて／舞いあがり舞いおりしている鶴のことを〽だがそのいずれの時も鶴は／それ等の認識のはるかな外を／羽もたわわに折れそうになりながら飛んでいたのだ／降りることもふりむくことも／引返すこともならない永劫に荒れる吹雪のなかを／あの胸をうつ鶴の声は／そこから聞えていたのだ　〈「鶴」〉

『動物哀歌』の巻頭にあるこの作品は、昭夫の求道性をよくあらわしている、と書いてしまえばそれまでだが、昭夫は、その生涯の半分を宿痾の病のために病床にいなければならなかったことを考えると、単に、求道性が鶴によく形象されているとばかりは書けない。羽もたわわに折れそうになりながら飛ぶのは鶴の昭夫だからだ。

熱帯鳥は永劫の夜のなかを飛んでいる／寂寥の鳥だと思うようになった／ある時は熱せられふくれあがった雲のなかを
〈「熱帯鳥」部分〉

と、書く昭夫は高熱のために苦しむ昭夫でもある。病気の熱に苦しむばかりではない。

もし私が醜怪なひき蛙だったなら／……／ひき蛙よりも／もっとみにくいいきものだったなら／きらわれるまむしだったなら／つられたあんこうのぶざまだったなら
〈「ひき蛙」〉

ここには、家族や恋人に向けて、死の恐怖におののく昭夫の赤裸々な不安が表出している。病が小康状態になると、昭夫は《お前がほんとうにポウセを愛するなら、なぜ、大きな勇気を出して総てのいきものの幸福を捜そうとしないのか》《ああマヂエル様、どうか憎むことのできない敵を殺さないでいいように、早くこの世界がなりますように、そのためならば、わたくしのからだなどは、何べん引き裂かれてもかまいません》という、宮澤賢治の作品の言葉によって自らを鼓舞するのであった。そんな昭夫に見えてきたものがある。

金色の鹿を見た／金色の鹿を見たと言っても／誰もほんとうにはしてくれない
〈「金色の鹿」部分〉

太陽にとんぼが飛んでいる／子供は太陽を見て言っているのだ／きらきら光る超次元の知恵で／まっすぐに太陽を見ているのだ

〈「太陽にいるとんぼ」部分〉

カラスの火が燃える／プルルプルルと／空か冷めたく暮れる時には／殊更に冷めたく燃える

〈「カラスの火」部分〉

これらの作品には、求道性がなければ見えてこない世界が書かれている。このような世界は心霊的な世界ともいえよう。

村野四郎は『岩手日報』の詩投稿欄で、昭夫の詩に垂直的思考を促し、昭夫も応えていたのだった。先に、昭夫は賢治の言葉によって自分を鼓舞したと書いたが、その賢治は法華経の世界を童話で表現しようとした。昭夫にとって、直面する問題は、病の苦しみから解放されることであった。そのためには、賢治の心酔した法華経も読んだし、多くの経典やキリスト教の聖書も熱心に読んだのだったが、病の苦しみを解放してくれたのは、「般若心経」であったと述べている。そしてさらに「自分で耐えるよりほかありません　たゞその忍辱の場が　私の言葉の最大のエネルギイの場であった事、何れは誰かが知るでしょうけど……まず　一阡《せん》の動物哀歌を歌う事、それのほんとうの幸福を捜してゆく事、ほんとうの幸福を創ってゆく事、それをなしとげないうちは何処までも生きて耐えてゆこうと思ってます」と、詩を救済の言葉ともしたのであった。

詩という字を分解すると言葉の寺となるが、昭夫は、自らの詩を宗教性の強い世界で表現したのであった。詩は完成された作品であることに越したことはないが、それよりも昭夫が優先したのは「一阡の動物哀歌を歌う事、それのほんとうの幸福を捜してゆく事、ほんとうの幸福を創ってゆく事」ではなかったか。

作品の構成に一つのリズムがあり、時として書き込みが不十分にも思える作品もあるのはそのためかも知れない。この点について、大坪孝二は、このような作品の特徴は昭夫の結核という病気がもつ特性が、息長い作品を拒否するのだ、と温かい心で理解している。そして、私もそのことに同調する。

『動物哀歌』に登場する動物はホ乳類、鳥類が圧倒的に多く、次いで昆虫類、魚類、ハ虫類がほぼ同数、両生類のひき蛙、蛙、環形動物の蚯蚓《みみず》、きょく皮動物のヒトデ、軟体動物の貝、原生動物のアメーバ（作品ではアミーバ）、二一・四八億年前〜〇・六五億年前に栄えた恐竜、五・九億年前〜二・四八億年前の古生代に栄えた三葉虫である。ホ乳類では犬が十七回、牛六回、象五回、兎五回、馬、熊、鼠などが登場している。

「動物哀歌はクロに教えられて書いたようなものですから」と語る昭夫のそばには、真黒い野良犬がいた。ある日、昭夫不在の折に保健所に連れていかれたことを知った昭夫は保健所に走ったこともあった。

五月には／私は帰らなければならない／今の仙台の病院から故郷へ帰って／私の犬へ予防注射をしてやらねばならない〃私の犬は雑種のまた雑種であって／大変みにくくてきたない犬だから／誰も

注射に連れて行ってくれる人はいないのだ／……〃私は私の犬のさまよい歩く処なら／ちゃんと知っているのだ〃それは世界のめぐまれない隅や／またきたないたまり場や／およそ野良犬として人に好かれない処など／おろおろ歩いているのだ〃だが　そういう犬ならば／人は誰でも持っているのだ／……〃五月は　私のそういう時なのだ／私の犬に私ひとりだけしかできない／私の犬が狂ってしまわないように／注射をうってやらなければならない／時なのだ

〈「五月は私の時」部分〉

野良犬はなぜ生れてきたのか／それが分る時／宇宙の秘密が解けてくる〃それはなぜ好かれないのか／その肌はなぜ悪臭に汚れていて／なぜみなに追われるのか／（略）／野良犬は／なんべんも生れるのだろうか〃それが分ってくる時／宇宙の秘密は解けるのだ

〈「宇宙を隠す野良犬」部分〉

一九六〇年九月、村上家は、盛岡市加賀野から、同市下厨川赤袰に愛犬クロを連れて転居。昭夫は仙台の病院に入院中であったため、クロは、また、もとの加賀野に戻り、昭夫の帰りを待っていた。近所の人たちが、食事を与えていたが、それを食べようとせず、身動きひとつしないで蹲《うずくま》っていたという。昭夫の退院を間近にクロは死んでいったのだった。

雁の声を聞いた／雁の渡ってゆく声は／あの涯のない宇宙の涯の深さと／おんなじだ〃……〃治らない人の病いは／あの涯のない宇宙の涯の深さと／おんなじだ〃雁の渡ってゆく姿を／私なら見れると思う／雁のゆきつく先のところを／私なら知れると思う／雁をそこまで行って抱けるのは／私

よりほかないのだと思う〳〵雁の声を聞いたのだ／雁の一心に渡ってゆくあの声を／私は聞いたのだ
〈「雁の声」部分〉

部屋にはこおろぎがいるのだ／秋になるとどの部屋にも／きまってこおろぎがでてくるのだ／こおろぎは世界のすべての恐怖や／死や病いや離別やその霧の彼方とかいうものと／同じ深い方向からくるのだ
〈「こおろぎのいる部屋」部分〉

昭夫が師と敬愛した村野四郎は、「いったい、これらの驚くべき作品は、いつ、いかなるところで地上に露わにされたのであろうか。これまでずいぶん多くの複雑な現代詩をよんできたけれども、これほど単一的に透明な、深く悲しく、しかも破壊力をもつ詩をよんだことがない。これほど力づよい虚の世界を目撃することがなかった。／およそ、実の世界に限られるのは詩の初歩である。そしてまた、実の世界がひく無の影をうたうものも、もはや私たちの感動をよばない。／実の世界そのものが、すべて無の世界の影であることを実証されるとき、はじめて私たちは詩的に蒼白になるのである。／村上昭夫においては、犬も、蛇も、ねずみもコオロギも、またその声も、女も川も山岳も、みな有の形をもった無の影である。それだから、その形態に無限の寂寥と悲哀がこもっているのである。／……／私は、この詩集に、啄木より賢治より、もっと心霊的で、造形的な文学を見る」『動物哀歌』の序においてこのように村野四郎は激賞している。

「私もまた弱い眼鏡だったけれど、十数年間、死という眼鏡をかけて、死という湖を見ながら歩んできたと思います。……『死』という未知なものが、さまざまな動物や植物、それに、実にたくさんの人間の形態となって、姿を見せました。」また、別のところでは「詩にはなによりも愛と救いがなければならないんだという事、そのためにはまず自分の魂を苦悩の火の中に投げ入れてその中からほんとうの愛の認識を救い出さなければならない事、それが結局、たくさんの他人のための詩を創り出す事になるのではないでしょうか」と書いた昭夫であった。

『動物哀歌』の動物たちのほとんどは身近にいる動物である。その動物たちに永遠のいのちの火を灯したのが昭夫の詩精神であった。

詩集『動物哀歌』は動物哀歌の会（盛岡市西青山一丁目八―十一、村上達夫方）と思潮社版「現代詩文庫」があるが、思潮社版には何故か「豚」「屠殺場にある道」が収録されていない。

『詩と思想』No.34（一九八五年八月）より

4　村上昭夫にみる他者への架橋

寂寥感の文学

私たちが、一般に他者とよぶときは、自分以外のほかの人をいうときである。したがって、他者をより明らかにするには、自分を明らかにすれば、他者がうきあがってくると思われる。

古来、我国には「我が身を知れ」とか「自分の足元をみよ」などという、自分を明らかにする言葉がある。これらの警句は、自分のおかれている立場、いわば、社会的な存在者としての自分を明らかにする方法である。

「孤独」という言葉がある。辞書をひもといてみると「みなし子と老いて子なき者と、なかま、味方のないこと、ひとりぽっち」とある。

これは、自分の心をひらいてはいるのだが、その心が相手（他者）に受け入れられていない状態を指しているといってもよいだろう。なぜ受け入れられないのか、を考える前に、その状況におかれている孤独という心理的な体験が前提としてなければ、他者をより深く理解することはできないのではないか。この心理的体験の状況が孤独感である。何らかの理由で、孤独感を避けることができない場合に、人の心は満たされることはない。その寂しさゆえに人は寂寥感へと至るのではないか。

文学作品においては、寂寥感を体験した人の作品に胸をうたれることが多いが、これは感性の結晶だからであろう。これから小論で述べようとする村上昭夫においては、寂寥感を深くもつようになったいくつかの経緯（病気、戦争など）のうち、病気に光をあてて探ってみたい。

病気を恐れる昭夫

湧き出る力強い雲のように／私には理想がある／若い生命／若い生命だ　〈未発表原稿「理想」〉

このように未来への理想に燃える村上昭夫であったが、病気が重くなるにつれて書く作品の内容がちがってくる。

陰気くさい部屋の中／ゴミを浮べて光がさし込む／はあっと息を吹きかけると／あたり一面もやもや広がり／まとまりもなく消えてしまって／まるで私の魂のように〃それ等モヤモヤした中から／もう過ぎ去った日の／そんなに苦しくなかった事や／いくらか喜びに似た現象を／わずかでも画き出そうとしてか〃やがてそれを馬鹿馬鹿しくなり／私は空洞のある胸を／そっとふとんの中にしまい込む

〈未発表原稿「冬の病室」〉

此処を通る支線列車の鋭い汽笛は／ふと小学校の運動会の／可愛い喊声のようにも聞え／私は思はず昼食のはしを休める／幻想ですね／そうです／けれども支線列車は／あたかもそれのように　カタカタと／車を一生懸命走らせます／幻想ですか／いゝえ　とんでもない／私はあの可愛い子供達が／どうしたなら何時までも／結核に感染しないですむかと／それればかり考へていました

〈未発表原稿「サナトリウム」〉

昭和二十五年の春、結核発病。入院するにもベッドがあかず、自宅療養をする。秋、やっと岩手医科大学附属岩手サナトリウムに入院。当時、結核は不治の病いとされ、隔離されたところで治療をしなければならなかった。そんな境遇にいることは、本人にとってどんなにつらいことだったか。病いの苦しみの上にこのような精神的負担を負う昭夫であったが、その彼をして、「子供達がどうしたら／何時までも／結核に感染しないですむかと／そればかりを考え」なければならないという他者への思いやりに私はうたれるのだ。

「今日はちっとも熱もなかったので／手相の生命線も／なんだかはっきりと見えました／ほんの小さな嬉しさです」（未発表原稿「生命線」）と書いたり、「自殺しようか　と　ふと思い／けれどもほんとうは／いつまでも生きたいのだ」（未発表原稿「馬鹿」）と書く昭夫であった。

お母さん／もし私が醜怪なひき蛙だったなら／あなたならどうします／（略）／ひき蛙よりも／もっとみにくいいきものだったなら／きらわれるまむしだったなら／つられたあんこうのぶざまだったなら／もしもあなたに／それらが私であることを告げたなら
〈「ひき蛙」部分〉

病んだ状態になると、神経まで張りつめる。自分の病気で体の輪郭がくずれていくのかもしれないのだ。ひき蛙よりも、もっとみにくいいきもののようになるのかもしれない。この不安とも恐怖ともよぶべきものが昭夫の心を襲ってくる。

病むことによって、昭夫にみえてきた存在するということの不安や恐怖ともよぶべきものは、自分というものを形づくっている輪郭と、他の動物との輪郭をとり払う契機をうむ。これは、昭夫の本来もっている動物好きという面もあるのだろうが、そればかりではない。病いとの闘いなのだ。病いを負とすれば、負を正にかえなければならない。病いを治すのである。昭夫は、その病いである負を受けいれるのである。即ち負を負と受ければ、昭夫の心は楽になる筈である。負の二乗が正になるのとどこかしら似てもいるような気がする。

このことによって、いのちは輪郭によって別々の形をとっている、とみることができてくる。

賢治の影響と死の眼鏡

病気との闘いで、人はいろいろなものを見、考える。昭夫はそんなとき宮澤賢治の作品に出会っている。大坪孝二は昭夫の兄的存在の詩人であるが、昭夫につき次のように話している。「昭和三十一年の春に、花巻の宮澤清六さんの家へ、(岩手県)詩人クラブの何人かがお邪魔したことがありますが、その時、賢治の推敲のはげしい原稿を読んで、黙りこくった彼の顔を思い出すことができますが、彼の詩の中には、常に賢治の説いてやまなかった、世界の幸福ができない限り個人の幸福があり得ないというものがその頃から強くでてくるわけであります。」

昭和三十二年の『岩手日報』に昭夫は次のように書く。「――そしてさらに望むとすれば、自分自身に対する愛情の飢え、あり方が大きく発展して、社会のそれに向けられてゆかなければならないし、さらにまた人間だけでなく、眼に感ずるあらゆる生命的なものに向けられて行かなければならない。それが胸にコスモスをともして行くことであり、ひとつの宇宙的な発展になるのだからである。/単なる感覚だけに頼っているといずれい縮してしぼんでしまう運命を持つ。それを打ち破ってゆけるのは、どんな場に立っても変わらないひとすじの正しい大きな目的なのだと思う。〈たとえば宮澤賢治の場合『あらゆるいきものの本当の幸福をさがしてゆこう』という信仰みたいなものが、そのぼう大な全生涯をつらぬいていたのだが〉このことは俊亮(中村俊亮)君に限らず、私たちの常に心掛けてゆかなければならない大事なことなのだと思うのだ」と。

賢治の言葉を引用しながら、自分をも含めた詩作の方向性を灯している。この時点で、彼は病の恐怖から抜けでたのだろうか。彼のいう、あらゆる生命的なものに自分の心が向いていたのだろうか。それは否であろう。それゆえにこそ「あこがれているかもしれないが、賢治の求道的精神を歩みたい」と自らにいいきかせてもいるのだ。

熱帯鳥が飛んでいるのだと／思うようになった〃熱帯鳥は永劫の海の上を飛んでいるのだと／思うようになった／それは黒い巨大なうねりの海を／それは規律を乱した粒子のように荒れる海を／それは腹をすかした貪慾な魚のなかの海を〃熱帯鳥は黒い海の上を飛んでいる／白い鳥だと思うようになった〃熱帯鳥は永劫の夜のなかを飛んでいる／寂寥の鳥だと思うようになった／ある時は熱せられふくれあがった雲のなかを／ある時は恐ろしく冷えきった／弦月の光りの底を〃熱帯鳥が近づいているのだと／思うようになった〃ひるの喧噪な生活の疲れのひとときに／盗みあう夜のひそかないとなみの／後悔のめまいのあとに／熱帯鳥は／非常な速度で近づいているのだ　〈「熱帯鳥」〉

昭夫は、自分にやってくる死を熱帯鳥にみている。この頃は病状がどんどん悪化していく過程と重なっており「熱せられふくれあがった雲」などという表現にも、その病状の苦しさが伝わってくる。しかも白い熱帯鳥という、黒い海との対比は、自分の死への強い自意識を裏がえした表現ともとれる。死は寂寥であるという認識、これは既に、孤独感では解きほぐすことのできないものが、死であるという認識の力が働いているように思われるのである。

他者への架橋

病いは／金剛石よりも十倍も固い金剛石なのだ／病いは／花よりも百倍も華麗な花なのだ／病いは／光よりも千倍も速い光なのだ〃病いはおそらく／一千億光年以上の／ひとつの宇宙なのだ

〈「病い」部分〉

この病いへの心のひらき方はどうだ。はげしく病いと闘うなかで、ついに大きな価値へと飛躍をする昭夫である。

ねずみを苦しめてごらん／そのために世界の半分は苦しむ〃ねずみに血を吐かしてごらん／そのために世界の半分は血を吐く／（略）／一匹のねずみが愛されない限り／世界の半分は／愛されないのだと

〈「ねずみ」部分〉

この詩を評して石原吉郎は次のように書く。

「……避けて通ることができない理由は、私たちがその詩人に〝たしかに〟『負い目』があるからだとしか答えようのないものである。彼は私たちに、その負い目を問うてはいない。私たちが彼の詩に見るものは、もはや動物ではなくなった無数の動物たちに、その負い目を問われている彼自身の姿である。彼のその姿は、あたかも彼自身が、これらの『誤解された』動物たちのための証言の場に立っているような、その特徴的な断定のなかに、集約的にあらわれている。」

自分の詩について、昭夫は次のように書いている。

「……私もそろそろ、詩とは一体なになのかと考えさせられる年になりました。

一言にして言うと、私の場合、嘘の自分への反逆、嘘の世間への反逆だったと思います。村野四郎氏のことばを借りますと、自己脱却のための闘争の情緒ということになります。井上靖氏が、小説『化石』のなかで『死という湖を見る前と、見たあとでは、おれには人生というものが、全く違ったものに見えている……おれは長い一生の中で、八ヶ月ほど、そこだけ全く違った人生を歩いたのだ。その間、おれは死という眼鏡をかけさせられた。暗く悲しく辛い色をした眼鏡だった…』うんぬんと書いていますが、私もまた弱い眼鏡だったけれど、十数年間、死という眼鏡をかけて、死という湖を見ながら、歩んで来たと思います。

まことに耐えがたく、つらく悲しい眼鏡でした。そのなかで『死』という未知なものが、さまざまな動物や植物、それに、実にたくさんの人間の形態となって姿を見せました。

それらのものを懸命になって、ノートや原稿に書きしるしました。それが『動物哀歌』となって世に出ました。……それなら一体、ほんとうにたよれるものはなにか。宗教とか、物を作るとか、いろいろなものが考えられるでしょうが、私の場合ですと、やはり今までどおり『死』という暗く悲しく、つらい色をしたもっと、強度な眼鏡をかけなおして、ふたたび耐えがたい旅に出るよりほかはない。

……もう一度『真実なもの』に対して、まことに申しわけないことをしたと書かしていただきます。」

死は、生命あるものの宿命である。その共通の宿命を思うとき、昭夫の心は悲しく辛い心情で占められたのであろう。苦しめられるねずみの姿に、耐えがたい、いのちの悲痛な声を、はっきりと聴きとっていたのであろう。それは、姿を変えた昭夫でもあったのだった。別の表現でいえば他者への思いやりといってもよいだろう。しかもこのような意味では、その方角や足場が何よりも、己れの孤独感を経た寂寥感からでており、安直ではない（他者とは普通、人間関係で使うが、昭夫はもっと生命的にみているという意味でもある）。

己れのなかにある他者の目

昭夫は、嘘の自分への反逆、嘘の世間への反逆が詩であると書いている。一体、これはどういう意味か。

ザンバという巨象がいた／……／ザンバの肌はあまりにも青黒い空のようで／ザンバの牙はあまりにも冷めたくて／ザンバの耳や鼻なら／あまりにも寂寥の象らしいから〃巨象ザンバはたしかにいるのだ／ぼくはその象の足跡なら度々見ている／……／そしてぼくはザンバの話なら／小さい子にならいつでもできるのだ

〈「巨象ザンバ」部分〉

大人にはザンバの話ができないというのだろうか。そうではない筈である。ここでいう子供とは、人間の心のなかにあるもう一つの心といってもよいものであろう。大人も子供も昭夫自身の、そして私たち自身の心のなかの混沌とした状況であるだろう。その混沌のなかから、昭夫はザンバの肌に青黒い空を、ザンバの牙に冷たさを、ザンバの耳や鼻に寂寥をみている。

混沌の己れの精神を対象化して、一つのものを選ぶというのは、自己への告発でなくてなんであろう。昭夫のいう嘘の自分への反逆ではなくてなんであろう。

さきに、輪郭をもったいのちは仮の姿であることをみてきた。その認識があるがゆえに、昭夫は己れの生命を詩によって救い得たのかもしれないが、現実生活との深い亀裂にも十二分に自覚しなければならなかったはずだ。それが嘘の自分への反逆という、自らの内部にある混沌とした矛盾へ刃を向けねばならなかったのである。もっと言えば昭夫詩の特質は、自らの内部矛盾への告発が自らのなかの他者の目を発見し他者への展望を持つということなのだ。

私らの苦しみは／黒いこおろぎの黒い足のつま先の／一万分の一にも値いしない／（略）／世界はまだできあがらない／黒いこおろぎなのだ

〈「黒いこおろぎ」部分〉

昭夫はこう言って、ゆえあって失った一つの星を求めながら吹雪の中を歩きつづけた。「勇気を出してすべてのいきものの幸福をさがそう」と、吹雪の向うでまたたく星を信じ雪原に足跡を残した昭夫。星は全ての人が持っているものでもあるのだ、と孤独な昭夫はいっている。

5　接点としての哈爾浜《ハルビン》――村上昭夫と石原吉郎

『詩と思想』No.180（二〇〇〇年十一月）より

昨年の暮れから今年にかけて、注目すべき二種類の本の刊行が続いた。その一つは村上昭夫詩集『動物哀歌』の二社（思潮社と〝動物哀歌〟の会）による同時刊行であり、もう一つは石原吉郎に関する本の刊行である。私が読んだのは『石原吉郎「昭和」の旅』（多田茂治　作品社）と『石原吉郎評論集　海を流れる河』（同時代社）の二冊であるが、風聞によるとまだ他にも刊行されるようだ。

村上昭夫についていえば、一九四五（昭和二十）年、岩手中学（現・岩手高校）を卒業するや、満洲帝国濱江省（現・黒龍江省）の官吏として採用され哈爾浜に赴任したこと、そこの上長は、なにくれと仕事を教えてくれる朝鮮半島系の人だったが、課長は日本人で彼を人間扱いしなかったこと、戦況の悪化とともに航空機工場に挺身隊として入り、さらに臨時召集兵となり現地入隊したことなど、高橋昭八郎作成の年譜等で知っていた（高橋昭八郎は、村上昭夫が詩の道を歩むきっかけとなった人で、視覚詩の分野を中心に国際的な活躍をしているその人であると言えば肯く人も多いにちがいない）。

一方、石原吉郎の詩は好きだったが、シベリアに抑留されたことぐらいしか知らなかった。手持ちの『石原吉郎詩集』や『続・石原吉郎詩集』にも哈爾浜にいたことが記されていたのだから、一体私はどこをみていたのかと思う。

この二人の詩人は同時期、哈爾浜の新市街に位置する場所に勤務地をもっていた。村上昭夫は濱江省公署、石原吉郎は満洲電々調査局であり、その場所は目と鼻のさきであった。ひょっとしたら、勤務途中で二人はすれちがっていた可能性も十分にある。村上（以下昭夫）十八歳、石原（以下吉郎）

三十歳。昭夫は長身痩軀、吉郎は当時の平均身長よりやや小さく丸顔でメガネをかけていた。吉郎の勤務した電々調査局は軍の秘密名称で、関東軍特殊情報隊（三四五部隊）といい、ソ連の無電傍受を任務としていた。ここで、吉郎は対ソ情報要員を養成するロシア語教育隊にいた。哈爾浜には七三一部隊（細菌や毒ガスの軍事研究のため人体実験をやった。三千人余が犠牲）と三四五部隊（吉郎の所属部隊）の特別な任務をもった部隊があった。

一九四四年の哈爾浜の人口は約七十五万人、そのうち中国（満洲）人約六十二万人、日本人七万人、白系ロシア人四万数千人であった。

哈爾浜の主要な道路は今も当時と変わっていない。ということは、街の区画が変わっていないということであるが、町名や建物は新旧が入り混っている。旧キタイスカヤの町並みは昭夫や吉郎がいたころとほとんどおなじ状態である。

楡や白楊のように大きな木の並木のある街。街の北部をゆったり流れるのは大河、松花江《しょうかこう》である。冬は氷点下三十度にもなり、川一面が厚い氷で覆われるという（松花江はアムール川の支流の一つ。アムール川はオホーツク海にそそぎ、流氷のふるさとでもある）。哈爾浜の現在の人口は約一千万人である。

ソヴィエト（以下ソ連）の宣戦布告が終戦一週間前の八月八日、翌九日には、ソ連軍が満洲に入ってきた。哈爾浜には十五日以後にソ連軍が進駐し、略奪、暴行が行われた。この時は中国人、朝鮮半島人、日本人と相手を選ばなかったという。八月十七日、関東軍はハバロフスクで降伏文書に調印した。しかし、満洲や千島列島での戦闘は九月一日まで続いたのだった。

満洲帝国は日本が武力で制圧してつくった国家であった。それは一九三二（昭和七）年から四五（昭和二十）年八月十五日までの約十三年間続いた。地域的には現在の中国の黒龍江省、吉林省《きつりん》、遼寧省《りょうねい》、熱河省に及んだ。満洲帝国は国家とはいえ、日本の傀儡政権であり、日本の植民地であった。

満洲へ渡る前の昭夫は、学徒動員で川崎の工場にいた。戦況が日本の敗戦の方に傾いていた四四（昭和十九）年頃、昭夫は「この戦争は絶対、勝たねばならない」などと同級生に話していた。渡満の背景には、いろいろな事情を推測できるが、このことも一つの理由になるだろう。

一方、吉郎はどうであったか、自編年譜から抜書してみると、三八（昭和十三）年、二十三歳で東京外語卒業。シェストフの『悲劇の哲学』を読んだことが契機となり、集中的にドストエフスキーを読んでいる。なお不安にかられ、カール・バルトの邦訳書『ロマ書』（丸川仁夫訳）を読む。キリスト教に関心を持ち、住吉教会を訪ねた。ここでカール・バルトに直接師事したエゴン・ヘッセル氏に会う。住吉教会にあきたらず姫松教会に移り、同教会でヘッセル氏より洗礼を受けている。三九（昭和十四）年、巫凧神学校の受験準備を始めていた時、十一月召集を受けた。ヘッセル氏から召集拒否をすすめられたが応召（ヘッセル氏はすでにドイツ本国からの召集を拒否しており、その後米国へ亡命した）。静岡市歩兵第三十四連隊に入隊、歩兵砲中隊に所属。四〇（昭和十五）年、北方情報要員第一期生として、大阪歩兵第三十七連隊内大阪露語教育隊へ分遣。四一（昭和十六）年、関東軍司令部に転属になり、八月哈爾浜の特務機関（関東軍情報部）の三四五部隊（関東軍露語教育隊）に配属。

召集という受身的なかたちであったが、吉郎の意志も少しはあったと思われる兵役（非戦闘員）であった。当時の大多数の日本人は昭夫や吉郎と同様、兵役に服さねばならなかった。

四五（昭和二十）年の敗戦とソ連軍の進攻により、二人とも捕虜となったのだった。昭夫の場合は、たまたま隠れた日本領事館からピストルが発見され、お前の物だろうと厳しい拷問を受けた。自分のではないと否定しても聞きいれられず、目かくしをされ、銃殺寸前、一緒に働いた中国人や朝鮮半島人たちがピストルの持ち主を探しだしてきてソ連軍につきだしたため、一命をとりとめた。捕虜として牡丹江からシベリアの方に送られる途中、貨車から脱走、哈爾浜《ハルビン》に戻ってきたようである。その途中、頭と胴が散乱し、トラックがひっくり返っている地獄の光景をたくさん目撃した。靖国の大鳥居がこの事実を知ったらひっくりかえるだろう、と「聖戦」の実態を小説で告発している。

吉郎は十二月、エム・ベ・デ（ソ連内務省）軍隊により、旧日本領事館へ連行され、簡単な訊問を受けたのち下旬、トラックで哈爾浜の郊外へ輸送され、待機していた貨車に乗せられた。以後、帰国までの八年間シベリアの強制収容所にいれられた。

昭夫、吉郎とも文学的出発は俳句であったが、やがて詩を発表するようになった。そんな二人の詩をみてみよう。

雁の声を聞いた／雁の渡ってゆく声は／あの涯のない宇宙の涯の深さと／おんなじだ／私は治らない病気を持っているから／それで／雁の声が聞こえるのだ／（略）／雁をそこまで行って抱けるのは／私よりはかないのだと思う〃雁の声を聞いたのだ／雁の一心に渡ってゆくあの声を／私は聞いたのだ

〈「雁の声」〉

病んで光よりも早いものを知った／病んで金剛石よりも固いものを知った〳〵病んで／花より美しいものを知った／病んで／海より遠い過去を知った／病んでまた／その海よりも遠い未来を知った〳〵病いは／金剛石よりも十倍も固い金剛石なのだ／病いは／花よりも百倍も華麗な花なのだ／病いは／光よりも千倍も速い光なのだ〳〵病いはおそらく／一千億光年以上の／ひとつの宇宙なのだ　〈「病い」〉

満洲から引揚げてくる時の無理がたたり、人生の半分を病床で過ごした昭夫は、病の向うにある死を思わないわけにはいかなかった。

「……死という眼鏡をかけて、死という湖を見ながら歩んできた……そのなかで『死』という未知なものがさまざまな、動物や植物、それに、実にたくさんの人間の形態となって姿を見せました」と書く昭夫の病は結核であったが、これらの作品にも宇宙という存在の劫初への強烈なまでの自己確認と自身への言いきかせ、納得の作業がある。言葉は硬質であるが、宇宙の涯までもいっている存在の悲哀が読む者の心を激しくゆする。

しずかな肩には／声だけがならぶのではない／声よりも近く／敵がならぶのだ／勇敢な男たちが目指す位置は／その右でも　おそらく／その左でもない／無防備の空がついに撓み／正午の弓となる位置で／君は呼吸し／かつ挨拶せよ／君の位置からの　それが／最もすぐれた姿勢である　〈「位置」〉

かぎりなく／はこびつづけてきた／位置のようなものを／ふかい吐息のように／そこへおろした／

石が　当然／置かれなければならぬ／空と花と／おしころす声で／だがやさしく／しずかに／といわれたまま／位置は　そこへ／やすらぎつづけた　〈「墓」〉

この二篇は石原吉郎の作品。命令のもとで行動しなければならなかった強制収容所の体験が、極度に削ぎ落とされ、暗喩化した言葉となってあらわれている。吉郎は帰国後もソ連帰りのスパイと疑われ、繁栄にうかれた人々の戦争への無関心に収容所とは別の強制を感じ悩んだ。渡辺石夫は「墓」を「おろされた〈位置のようなもの〉の上に石が置かれ、花が添えられ、その上に公平な空が配されれば、墓が出来上がる。生ける人々は、何ものかを選び続けた者の姿勢が心の中に見えるかぎり、やすらぎ続けるものと共に生き続ける。死は生の完了ではなく生の現象の一端であり……」と評している。作品の内容や方法は全く異なる昭夫と吉郎であるが、死を介在させて、人間の内面を問い続けたところなどは共通点といえよう。

哈爾浜の接点はないが、人間の内面を問い続けた詩人は多い。とりわけ、会田綱雄の中国体験からでてきた加害者意識、東京空襲で恋人を失った金井直の存在への問いと日本人の精神を撃つ単独者の詩意識。単独者といえば、金井直や昭夫に影響を与えた村野四郎の存在論的な詩は虚無の深淵を垣間見させた。戦争そのものに反対し、強烈な自我を主張したのは金子光晴であった。非人間的戦争の時代にあって妻三千代との愛に悩む光晴の詩も人間的だ。

七、八年前からアニミズムを詩的感性にとりいれようとする、意識的な動きがある。従来、自然に表現されていたアニミズムを強調するのは、物質文明の限界を感じた詩人たちである。このことには私も賛成だが、単なるアニミズムは批評性を欠いてしまうばかりか、シャーマニズムや権力とも結びつきやすい。乱暴な言い方になるが批評性をもったアニミズム、自らの業を冷ややかに見つめるアニミズムがもっと問われてもいいと思う。

——見えるものは、みんな他人のものだよ／——うん／親のぼくの頭も弱いが／どうやら／子供の頭も弱いようである／——見えないものがきっとぼくらのものだよ／——うん／——はらが減ったか／——うん、へった

〈高木 護「秋」部分〉

二十世紀を評して、後世の歴史家は大量殺りくと戦争の時代であった、と評するだろうといわれている。二十世紀もあと一ヶ月、もう一度、戦争の時代を生きたこれら先人の詩を読みなおす時期であろう。

『こだま』第5号（一九七八年三月・埼玉県立児玉農工高等学校）より

6　死ぬことを学べ——生を生たらしめるために——

死ぬことを学んだ
一プラス一は二

三角形の内角の和は一八〇度
総て死ぬことの近道を学んだ

死ぬことがあるために
人はある日酒に酔うことを覚える
みんな死ぬことを学ぶのだ
人の目に見えるのは死ではない
冷たくなったむくろ
エンパイヤーステートビル
数十億万円のテレビ塔
それらはみんな死ではない
水に浮んだ水死体と同じものだ

天の星々は
死ぬことと関係がありそうだ
だがその星々でさえ人の目にさぐられる
それを越えたものが
言いようもなく恐ろしいのだ

死ぬことを知りたいために
人はある日いきものを飼って見る
死ぬことがあるために
人は病いの見付かるのをおそれる
死ぬからだを恥ずかしがろうとする

だが死ぬことがあるために
人はある日死を越えられる
鳥が雲のなかをよぎり
魚が水のなかをためらいもなく進むように
何時かふと
死を越えられる時があるのだ

〈「死について」〉

この詩は彗星のようにあらわれて光芒を放ちながら若くして亡くなった村上昭夫という人の作品です。彼は「死の眼鏡を通して」という文のなかで次のように書いています。

「――井上靖が小説『化石』のなかで、
『死という湖を見る前と、見たあとでは、おれには人生というものが、全く違ったものに見えている……おれは長い一生の中で、八ヵ月ほど、そこだけ全く違った人生を歩いたのだ。その間、おれは、死という眼鏡《めがね》をかけさせられた。暗く悲しく辛い色をした眼鏡だった……。』

うんぬんと書いていますが、私もまた弱い眼鏡だったけれど、十数年間、死という眼鏡をかけて、死という湖を見ながら歩んできたと思います。

まことに耐えがたく、辛く悲しい眼鏡でした。

そのなかで『死』という未知なものがさまざまな、動物や植物、それに、実にたくさんの人間の形態となって姿を見せました。」（傍点は筆者）

過日、催された『青年の主張全国大会』でゲストとして登場した歌手の石川さゆりは、「高校のロング・ホーム・ルームの時間、人生について討論したことがあるんです。その時、私は、人生は死だといったんです。――」と話したのを聞いていて、やはり高校生の頃の悩みは昔も今も同じなのだナ、ということを感じたわけです。

死を考えるということは、いかに死ぬかという方法というか、正確には、死への過程を考えることになります。死はその前提として生が約束されていなければなりませんから、死を考えることは、実は、生をどう生かすか、ということを考えることだともいえるでしょう。

石川さゆりも、彼女なりに、その生を考えたのだろうと思います。

さきに、村上昭夫の作品を紹介しましたが、何故、私がこの作品を紹介したかったのかをお話すれば、私のいおうとしていることが自ずと明らかになります。

私たちは誰もが「生」という舞台のうえで、毎日、休むことなく自分を演じています。台本もなければ照明や音楽もない舞台のうえで自分を演じることのなんという自由なこと。

でも、よくよく「自分」の演技をみると、いつもそこにはもう一人の分身である「影」が「自分」をみているのです。誰、はばかることのない私もこの影の存在にはまいります。何しろ「自分」とそっくり同じことばかりするのですから。影を意識するころになると影におびえ、影に自分が束縛されています。

あれほど自由だった「生」舞台も恐怖でさえあります。ここに至って、はじめて、人は自分の存在に気付くのかもしれません。他人の気持を大切にするのかもしれません。村上昭夫においては、この影が「死」だったのです。

…………
死ぬことがあるために
人はある日酒に酔うことを覚える
…………
人の目に見えるのは死ではない
冷たくなったむくろ
エンパイヤーステートビル
数十億万円のテレビ塔
それらはみんな死ではない
水に浮んだ水死体と同じものだ

…………

いま、仮にこの詩のところの「死」という言葉を「生」に置き変えて読んでみて下さい。「人の目に見えるのは生ではない／冷たくなったむくろ／エンパイヤーステートビル／数十億万円のテレビ塔／それらはみんな生ではない」となります。

どんなに豪華なものでも、大金でも、「生」のためには本質的なものではないことを言いたかったのでしょうか。

進路相談をしていて痛切に感じたことは、諸君の大半の者が、「——就職先は家から通えるところがいいな」「何故だい?」「だって先生、家から通うとサア、給料全部を使えるだろう。車もいいのを買えるし、友だちもいっぱいいるし遊べるがね。」「そればかりで就職すんじゃねえだろうが?もっと、俺はこう生きるんだってのがねえのかい?」「わかんねえ。」——と、まあこんな具合なのだ。

お金とか物とかは確かに生活していく上で必要なものでしょうが、私は、だからといってこれらが人生の目的ではないし、そのために、たった一回だけの生をいわばお金にふりまわされるように演じたいとも思いません。

…………

だが死ぬことがあるために
人はある日死を越えられる
鳥が雲のなかをよぎり
魚が水のなかをためらいもなく進むように

何時かふと
死を越えられる時があるのだ

と書いてみると、私は「生」のありようをどのように価値づけていくかを思わないわけにはいきません。

詩人、石川啄木は、ある日の日記にこう記しています。

――俺は、今というこの一瞬が限りなく尊いのだ。この一瞬という時間を止めておきたい。だが時間を止めることはできない。だから、せめて、俺は、今という一瞬に生きている証明として、五・七・五・七・七の形式で歌をつくり記しておきたい。短歌、この形式はなんて便利なんだろう――

というようなことを残して、短い生涯でしたが、やはり彗星のようにこの世を去っていきました。

卒業していく諸君に、せめてこのことだけはやってもらいたいというものが一つあります。

それは毎日、日記をつけることとです。そして昨日よりは今日、今日よりは明日と少しでもよいから、昨日できなかったことを今日できるように、今日できなかったことを明日はできるように反省し努力して欲しいと思います。そのための苦しみなら甘んじて受けるべきです。

少なくとも、若いうちは困難のなかに飛びこんで自分をきたえることとです。死を恐れなくなるまで全身全霊で自分をムチ打つのです。そうすることが、他人の気持を大切にする心を培うことにもなるでしょう。

諸君の人生に幸あれ、と記してお祝の言葉といたします。

7　銀河の牛

『詩と思想』№315（二〇一三年三月）より

拝啓　牛　あゆみ様

大震災でもあまり壊れなかった牛舎だったためほっとしたのも束の間、今度は原発事故による大量の放射線の被ばくをしていたのですね。飼い主のKさんは強制的に避難させられ、あゆみさんたちは薬殺されることに決まったのでした。

飼い主のKさんはそれに耐えられず、あゆみさんたちを牛舎から解き放ったのですね。

ある時、解き放たれたあゆみさんのような牛が何頭かの仲間と荒れ地を歩いているのをテレビで見ましたが、みんな骨が出ていて痩せ細った姿でした。後で知ったのですが餓死したと聞きました。

今から五年ほど前の話になります。

長い間、『動物哀歌』の詩人・村上昭夫のことを調べていて、是非、一度は行ってみたいと思っていた中国の東北地方にある哈爾濱《ハルビン》や長春に行くことができました。

どちらの街も、昔、日本が造った頑丈なビルが使われていました。最新の高層ビルが建ち並ぶところから、少し街の裏側に廻ると戦前の古いビルや家屋が残り、人の営みが見えるのでした。

広い道路を、へこんだ中古車にまざりトヨタや日産やホンダの新車やドイツの新車が忙しく往来する大都市です。哈爾濱の人口は約一千万人、長春はかつて新京と呼ばれ満洲国の首都でした。人口は約七百万人の大都会です。ご存知のように満洲国は日本による傀儡国家でした。

昭夫は一九四五年春、旧制の岩手中学を卒業するとすぐに満洲国へ渡ったのでした。その年の八月九日、突然、ソ連軍が国境を越えて入ってきました。昭夫も捕虜になり、牡丹江で強制労働に従事させられ、その後、興安嶺山脈を越えジャラントンの方にまで列車で運ばれる途中に脱走して、命からがら哈爾濱に戻ったようです。夜間に歩いて昼は隠れるというあてもない逃避行で、その間に食糧の工面もしなければならないのでした。

哈爾濱には、森村誠一の『悪魔の飽食』で明らかにされた、生きたままの人を実験台にした「七三一部隊」もあり、日本の特務機関などもありました。

帰国までの間、さまざまなことをして生きなければならなかったのは、当時の日本人です。女子はソ連軍の暴行からも逃れなければならず、自害や、わが子を殺したり中国人に預けたりしたのでした。

昭夫は翌年の秋に帰国できましたが、帰国が叶わず満洲の地に眠った人は沢山いたのでした。

私が哈爾濱の街を歩いているとき、一頭の牛が荷車を引いていたのに出会いました。哈爾濱でも珍しい光景です。

都会のなかを
荷をひいた牛が歩いてゆく
都会のなかを

牛の歩くのが許されるものだろうか

（略）

それはまだ
牛のやってくる草原があり
（略）
牛の入ってゆく河があり
その河が見果てえない壮厳な滝のように
宇宙へかかっているとでも
いうのだろうか

〈「都会の牛」部分〉

昭夫がみたこの牛はどうなったのでしょう。

牛の匂いがしてくる／死んだ牛が匂うのだ〃其処は何処だかも分らなくて／ぼくらはとぼとぼと歩いていて／とぼとぼ歩いているのはぼくらだけではなくて／だからもう幾匹目かの／死んだ牛が匂ってくる

〈「死んだ牛」部分〉

だいぶ前ですが、私は農業高校で畜産の教師をしていました。その頃こんな詩を書いていました。

乳頭からはしずくが光って落ちている／私は目をつむりながら／心のなかで呼び戻しようもない／神の名を呼んでいると／しずくが／黒い土の世界で／流れる星たちの川になっていく〃つめたい雨

のそぼふる／神のはずれで／牛は静かにかみしめている／牛の重さに傷つきながら／ふまれている草たちのことを〃牛は／黒い世界から／草のなかをまっすぐ／天にのぼっていく／星たちの／信仰をかみしめているのだ／それでなければ／なんで／牛の乳があんなにも白いものか

〈「鈍牛」部分〉

なかには、治療しても牛としての役割を果たせなくなってしまうこともあります。こんな時の決断もしなければなりません。

己の血を乳にかえ／一日を生きながらえてきた乳牛だ／産みおとしたわが子の行方を／見定めることもなく／幾度／風の嗚咽を／耳にしなければならなかったか〃《子牛を売ったのは私だ》／《瀕死の母牛を屠場へ送るのも私だ》〃草原のひかりを剥いで／クレーンで吊りあげられていく牛は／苦痛を黙してひきうけている／大きな目には涙がうかんでいる／風／貧しい倒れ木の肋骨をもった／私をも吹いていく

〈「廃牛」部分〉

この度の大震災は生活を根こそぎ破壊してしまいました。あゆみさん達、牛と共に生きる決意を考えたKさんの未来も見えなくなってしまったのですね。

先日、あの町の近くの駅に行きましたら、たまたまFさんの息子さんのA君が東京から来ていました。帰ることもできないふるさと。それでも、少しでも近くに来たいという息子さんです。あの町には先祖代々のお墓もあるとか。Ａ君の話では、お墓も流されたかもしれないとのことです。

その夜、眺めた星空は一面の銀河になっていました。あゆみさんの乳の流れが銀河になったのだと思いました。ミルキィウェイは天の川のことでしたね。あゆみさんの流した乳を心の口で飲みながら、私も原発の意味を考えています。地震国日本です。

自然界と調和しながら生活する民族は、お金こそが一番とする人たちによって滅ぼされてきました。産業革命以来の文明には、自然への畏敬の心が欠けていたように思います。私も含めて少しでも楽をしたいという体質があるようです。

循環する文明。自然への畏敬を基本にした文明。それは、今、新しい意味を持って、あゆみさんたちの犠牲の上にあるのだと思います。あゆみさんたちが私たち人類に開いてくれているように思うのです。

寒いところにいる銀河になった沢山のあゆみさん。こんな私でもあなたの乳を飲ませてくださいますか。

最後になりましたが、あゆみさんの生きた地方の一刻も早い復興を願っています。

敬具

『柵』No.161（二〇〇〇年四月）より

8　詩作品「兄弟」をめぐって、その他

先日、作品中にでてくる「日橋」の表現が「日僑」ではないだろうか、という問い合わせが小川敏

雄さんからあった。一九七二年、『動物哀歌』が、岩手県盛岡市の「みちのく社」（発行人　工藤陸奥男）から再版されたとき、工藤さんのお宅に伺ったことがある。その時も小川さんと同じようなことを、工藤さんがおっしゃっていたのである。その後、直接、村上昭夫の原稿に接する機会があり、それを確かめたが「日橋」になっていたので、そのままとくに言及することもなく、時間だけが推移してきた。文脈から考えると僑の方がいいのかなあ、と思ってきたのだったが、確かなものは私自身に何もなかった。それが小川さんからの問い合わせで、私自身の結論をださざるを得なくなったというのが正直なところであった。そして、その気になったとき、答えは二ヶ月程で明らかになってでたのである。このことについて報告しておきたい。

『字統』によれば、「僑」は次のように記してある。

「僑キョウ（ケウ）　たび・かりずまい　声符は喬《きょう》。〔説文〕八上に「高なり」という。喬は屋上に呪師として表木《ひょうぼく》を施した高楼の形。（中略）のち人事に移して、遊歴の士を僑士、旅先にあることを僑寓・僑居、外地にあるものを華僑のようにいう。もとは神の出遊を意味する字であった。」

ところが、他の一般的な辞書『広辞苑』『大辞林』『日本語大辞典』などには「日僑」の語句は掲載されていない。たまたま、今回の問い合わせもあったので、中国の大学で教壇に立っていた同僚の国語の先生にたずねると、「『日僑』のような気もする――、辞書にも載っていない言葉だが――そうだ、中国から来た林君に聞いてみよう」と言ってくれた。何日後かに、林君が同僚の先生に言ったのは「日僑」という言葉もあるし、そのように表現もしているという内容であった。また、インド人で中国に来ている人は印僑、外国人を総称して外僑とも言っているのだというのであった。中国にいって生活している日本人だから日僑でよいそうだ、と。

因みに「兄弟」の詩を、かつて満洲国軍の主計中尉だった義父の門間秀雄さんにみていただいたら、これは間違いなく「日僑」の方が正しいとのことであった。小川さんからの問い合わせがなければ「日橋」の訂正はできなかったろう。村上昭夫本人が「日橋」と決定稿に書き、（初期の）「詩ノート」にも書いているので、これに疑問を持ちつつもそのままにしていたのだった。このことは、まさに私自身の恥をさらすことにもつながっている。そんな自分を正す意味でも明らかなことは明らかなこととして書いておきたいと思う。

詩ノート（本人自筆による）から「兄弟」の作品を紹介しよう。

兄弟

お礼などは要りません
日橋の護衛任務を果しただけです
困っている人達からは
物をもらうな
お金をとるな
借りたものはわらくずでも返せと
毛沢東が言いました

一九四五年　北満の秋
きたないぼろきれのように不恰好な
若い農民兵隊はそう言うのだ
それならばと出した
一本の煙草でさへ
決してとろうとはしないのだ

元気でお国へ帰られるよう
向うに見える山はもう蒋匪の軍です
でも悪いようにはしないでしょう
兄弟なのですから
私達も戦いたくありません
兄弟なのですから
〈このぼろきれのような恰好の何処から
　このような言葉が出るのだ〉

毛沢東よ

支那人だと馬鹿にしきっていた軽蔑を
心から中国人と呼びたくなったのは
それからだった

あなたもおそらく知らないでいよう
おそらくあれから
革命の戦いの中に死んだでもあろう
ぼろきれのような兵隊

お国へ帰っても
中国の事を忘れないで下さい
私達も日本の方達を忘れません
兄弟なのでから

日本帝国軍と
ソ連軍と
アメリカ軍とイギリス連邦軍を通じて
敗戦の空しい胸の中に

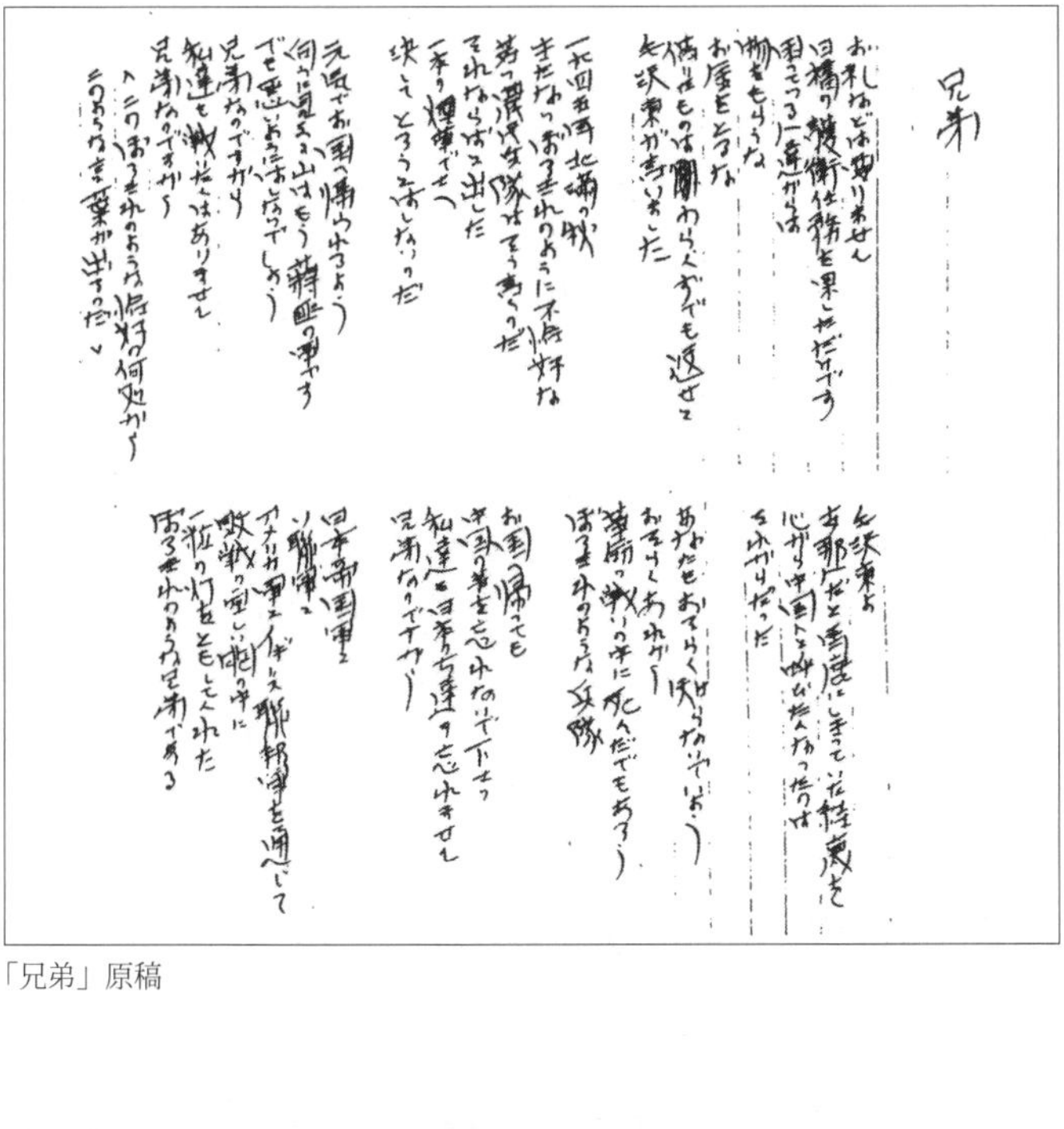

「兄弟」原稿

一粒の灯をともしてくれた
ぼろきれのような兄弟である

『動物哀歌』は全部で七種類でている。

最初に出版されたのは一九六七年九月十八日、盛岡市中央通り二丁目六―一八　大坪方Ｌàの会。印刷は株式会社杜陵印刷。定価五〇〇円。三〇〇部印刷。この詩集によって第八回土井晩翠賞、第十八回Ｈ氏賞。

二番目の出版は一九六八年十一月一日　前詩集のなかから七十九篇を抄出して思潮社から刊行。九〇〇円。昭夫と同郷の澤野起美子さんが私財を投じて出版にこぎつけたものであった。

三番目の出版は一九七二年九月十日、みちのく社（盛岡市厨川三丁目三番一九号　発行人・工藤陸奥男）。七〇〇円。

四番目の出版は一九八三年二月十日、株式会社トリョーコム（盛岡市厨川四丁目二番六号）発行。一、三〇〇円。

五番目の出版が一九九三年十月十一日、動物哀歌の会（盛岡市西青山一丁目八―一一村上達夫方十月十一日は昭夫の命日であり、動物哀歌の会は、ふさ子夫人と昭夫の弟、達夫さんで設立）。一、五〇〇円。

六番目の本は一九九九年十二月二十日、動物哀歌の会。一、五〇〇円。

七番目の本は『村上昭夫詩集　現代詩文庫１５９』として、一九九九年十二月三十一日、株式会社思潮社より刊行。一、一六五円。

これら七種類の詩集は二番目に刊行された思潮社版を除き、収録作品は初版と同じである。「兄弟」の作品を原稿と比較したものを次の表に示してみた。三か所のちがいがある。

出版社	ニッキョウ	ショウヒ	ヘイシ	ニホングン
Làの会	日橋	蒋い	兵士	日本軍
思潮社	日橋	蒋い	兵士	日本軍
みちのく社	日橋	蒋い	兵士	日本軍
トリョーコム	日橋	蒋い	兵士	日本軍
動物哀歌の会（一九九三年）	日橋	蒋い	兵士	日本軍
動物哀歌の会（一九九九年）	日橋	蒋匪	兵士	日本軍
思潮社（文庫）	日橋	蒋ひ	兵士	日本軍
決定稿	日橋	蒋ひ	兵士	日本軍
詩のノート	日橋	蒋匪	兵隊	日本帝国軍

日橋が日橋の間違いであることは前に述べたが、ショウヒについては、義父の門間秀雄の論が正しいと思われるので紹介したい。

満洲事変当時、鴨緑江《おうりょくこう》の山岳地帯に出没した匪賊に因む抗日ゲリラ。張作霖《ちょうさくりん》の子、張学良《がくりょう》が中心。

この詩では毛沢東の八路軍の兵士が蔣介石の国民党軍を指した言葉。八路軍と国民党軍は対立していたため、八路軍は国民党軍を差別的な蔣匪《ショウヒ》と言ったのだろうということであった。当時の八路軍は階級章をつけていなかったし、この詩のように、ぼろ服を着ていたとも。満洲国ができてからは、満洲国軍のなかにスパイ関係の鮮系部隊、白系ロシア人部隊などもつくられた。満洲国は日本の傀儡政権であった。

この解釈に従えば、詩の意味を最もよく伝えるのは「蔣ひ」ではなく「蔣匪」である。詩ノートのコピーを参照してもらいたい。兵士は昭夫本人も決定稿で「隊」を「士」に変えているのでこれでよいと考えている。「日本軍」は詩ノートでは「日本帝国軍」となっていて、当時の日本人一般の考えが反映していると思われる。

『動物哀歌』は昭夫の満洲体験と深く関わりをもっている。昭夫は一九四五年（昭和二十年）三月、卒業と同時に、満洲国濱江省（当時）官吏に採用され直ちに渡満、哈爾濱《ハルビン》市に住む。やがて臨時召集兵で入隊するが終戦。隠れていた場所からピストルが発見され、ソ連軍の拷問を受ける。処刑寸前、一緒に働いていた中国や朝鮮の人たちが「昭夫さんはそんなことをする人ではない」と主張し真犯人を突きだしたため一命をとりとめる。昭夫のお父様の話を私が聞いた記録（メモ）によれば、この後、昭夫はシベリアに連行されるところであったが、何日間も列車が動かず、スキをみて列車から逃げたとのこと。翌年秋の帰国までの期間、苛酷な生活を強いられたため、一九五〇年春、結核発病。自宅療養中にみた映画「きけわだつみの声」の画面に挿入された宮澤賢治の「あゝ、マヂエル様　どうか憎むことのできない敵を殺さないでいゝやうに早くこの世界がなりますやうにそのためならば、わたくしのからだなどは何べん引き裂かれてもかまひません」に感動する昭夫であった。秋、ベッドが空いたので岩手医科大付属岩手サナトリウムに入院。翌年入院してきた詩人高橋昭八郎を知り、以前からの俳句に加えて詩も書く。やがて「岩手日報」詩欄の選者、村野四郎の指導を受け詩境に透明感、悲哀感をたたえるようになる。一九五九年（昭和三十四年）、右肺に空洞発見、仙台厚生病院に入院。「雁の声」「すずめ」「死と滅び」「樫の木」などを発表。一九六一年（昭和三十六年）九月、右肺葉切除手術。経過悪く苦しんだ。肺活量少なくあと五年位しか生きられないと言われる。あまたの詩も、聖書、法華経も死の恐怖を救ってくれず、ただ般若心経だけが心の支えとなった。

熱帯鳥が飛んでいるのだと／思うようになった〃熱帯鳥は永劫の海の上を飛んでいるのだと／思うようになった／それは黒い巨大なうねりの海を／それは規律を乱した粒子のように荒れる海を／それは腹をすかした貪欲な魚のなかの海を〃熱帯鳥は黒い海の上を飛んでいる／白い鳥だと思うようになった／熱帯鳥は永劫の夜のなかを飛んでいる／寂寥の鳥だと思うようになった／ある時は熱せられふくれあがった雲のなかを／ある時は恐ろしく冷えきった／弦月の光りの底を〃熱帯鳥が近づいているのだと／思うようになった／ひるの喧噪な生活の疲れのひとときに／盗みあう夜のひそかないとなみの／後悔のめまいのあとに／熱帯鳥は／非常な速度で近づいてくるのだ　〈「熱帯鳥」〉

この詩は一九六〇年（昭和三十五年）、詩誌「無限」六号に発表。熱帯鳥は病の床で静かに自己の死をみつめる昭夫の心象を飛ぶ。それは昭夫に寂寥の死をはこぶ鳥でもあるのだ。死はさまざまな形を借りて昭夫の心象を飛ぶ。

雁の声を聞いた／雁の渡ってゆく声は／あの涯のない宇宙の涯の深さと／おんなじだ〃私は治らない病気を持っているから／それで／雁の声が聞こえるのだ〃治らない人の病いは／あの涯のない宇宙の涯の深さと／おんなじだ〃雁の渡ってゆく姿を／私なら見れると思う／雁のゆきつく先のところを／私なら知れると思う／雁をそこまで行って抱けるのは／私よりほかないのだと思う〃雁の声を聞いたのだ／雁の一心に渡ってゆくあの声を／私は聞いたのだ
〈「雁の声」〉

雁は「かり」と読みたい。「Ｋａｒｉ」は澄みきった音であり濁っていない。それは渡りをする秋の大気の澄明さと音楽的に共振している。「がん」とは読みたくない。
治ることのない病いを飛ぶのは雁であり昭夫である。宇宙の涯、それは膨張しつづけているといわれる百三十八億光年先であろう。またここは百三十八億光年前の過去といってもよいだろう。宇宙の原初と終末を飛ぶ雁には死があってないようなものである。ここには宇宙そのものを生きようとする昭夫の強烈な自我が光る。
「狼」は一九六六年（昭和四十一年）に書いた作品。

狼は火炎の国の動物だ〃……／ウォーンとかわき切った声がぴたりと止めるという／それ以上に不可思議な／炎の国への通信のことを〃……異次元世界の火炎のことを考える／其処に吠える揚言ど

めの声／其処に存在する毛の磨り切れるまで磨り切れた生きた物体／物体の死守する終末の地〃それが存在する限り／朽ちたり燃え落ちたりすることのない四方の眺望／狼の住む場所こそ／其処なのだと考える

〈「狼」部分〉

自らが死ねば炎のなかで焼かれる。昭夫はその炎のなかに住む狼に自分を重ね、死への恐怖と闘うのである。

「死の眼鏡」を通して「嘘の自分、嘘の世間」へ反逆した昭夫の詩である。

一九六八年（昭和四十三年）十月十一日、四十一歳で生涯を閉じた昭夫のノートに、インクのないのも分からず（目がみえなくなっていた）「村上昭夫頑張った」と刻まれてあったという。

秋の蝶死ぬべく深き空を持つ　　昭夫

『詩と思想』No.293（二〇一一年三月）より

9　牛の目

今年（二〇一〇年）、宮崎県で発生した口蹄疫はその病気の規模と被害において近年にない出来事であった。口蹄疫に罹った牛と同じ牛舎に飼育されているだけで、病気の性質上症状がでていなくてもすべての牛は屠殺されたのである。

かくいうこの私は牛を飼育していた。そのなかで牛との体験を次のような詩にしてきた。

風の戸を／おしひらくと／視界にあらわれたのは／逆さに吊るされたホルスタインの雌だ／己の血を乳にかえ／一日を生きながらえてきた乳牛だ／産みおとしたわが子のゆくえを／見定めることなく／幾度／風の嗚咽を／耳にしなければならなかったか／《子牛を売ったのは私だ》／《瀕死の母牛を屠場へ送るのも私だ》／草原のひかりを剥いで／クレーンで吊り上げられていく牛は／苦痛を黙してひきうけている／大きな目には涙がうかんでいる／風／貧しい倒れ木の肋骨をもった私を吹いていく

〈「廃牛」〉

飼育している牛のお陰で私のいのちはつながってきたのだ。治療の見込みがないと獣医さんに判断された牛は生きているうちに屠殺場に送らなければならない。牛はこちらの気持ちがわかるようだ。（トラックに乗せられて行きたくないと）抵抗するのだ。抵抗できない牛はだまって私にしたがう。そのとき牛は目に涙を浮かべている。なんと辛い仕事をやっているのだろうと自分を責めた時もある。宮崎県の牛を飼っている肉牛農家や酪農家の人たちはどんな思いで牛と別れねばならなかったか。

牛

消毒で白くなった牛舎には
不安におののく牛がいます

眼は大きく見開き
水泡だらけになった口
不安が粘りついて
ながく垂れるよだれ

よだれに
一瞬映るのは
流れ星です
悲鳴かすかに

生きることを許されなかった
家畜とよばれるものたちの哀しさを
何度も
牛は噛みしめています
（略）
蹄までも水泡ができてはつぶれ
肉がむきだしになっています

さみしくなんかないんだと牛は自分にいいきかせています

そのころ
銀河系のそとがわ
はるかに遠いところから
星のひかりよりも速いなにかが

透明な牧草になり
横たわる牛の蹄にうちよせてきます

牛は草食動物の仲間。晴れた日に牛の餌である牧草をトラクターにつけた大きいバリカンのようなモーアという機械で刈り取る。広い牧草地をトラクターで刈り取っていたときの詩が次のようになった。

雪ひらのうさぎ

高原の牧草地には
光が吹き渡っています
牧草の海のはるか向こうには

船がうかんでいます
牧草は
海の波のように
つぎつぎと光をはこんでいます
私はトラクターに乗り
光を刈りたおしていきます
音もなく光はたおれ
影をつくっていきます
そのなかに
からだを刈られたうさぎがいます
うさぎは
かすかにけいれんしたまま息絶えています
私の手のなかに
うさぎの濃い影がうつっています
夜になると
くらい海のなかに散る夜光虫のように
星がまたたいています
うさぎの魂です

うさぎのことだけを思っていると
星は雪ひらになって
私の海のなかにふってきます

世界のあるところでは戦争が起きていた。女や子供は真っ先にその被害に遭っていた。この悲劇は今もくり返されている。

草の女

女が
土にひたいをおしつけていた
それはあまりにも強すぎたために
ひたいどころか顔までも
土のなかに埋まっていた
ながい髪だけが土から生えていた
髪はよわい秋のひかりに美しくのびていた
そばにいくと

ながい髪がむせび哭いていた
歴史の秋に在って
絶えることのない戦争を
嘆き悲しんでいた
蝶が
いまにも墜ちそうに野の涯へ飛んでいった
蝶には蝶の道があるのだ
それなら絶えることのない戦争は
人間の道であるのか
（略）
女の肩や顔までもすべて
土のなかで腐っていた

絶えることのない戦争を
どうやって人間の手から奪うか
女は自分のからだが腐りはてて
髪の養分になっているのを知っていた

ほそながい草の葉
それは
戦争のない世界を願った女の
髪そのものであった

これらは牛との関わりからうまれた詩の一部。肉や牛乳を人間がいただき、そのことで人間の生存を維持している。

牛ばかりではなく農林水産業に携わることは直接的にいのちにむきあうことである。今日のように職業が多様化していると、他のいのちをいただいて自分のいのちをつないでいることが見えにくくなりがちになる。これらの感情は感謝とかさらにいえば慈しみや悲しみの原点なのかもしれない。

このように考えてみれば、どんな仕事であれ辛いことはある。そしてまたたくさんの美しいものを見、歓びもあることを知る。

牛の目は私の内面ばかりかいろいろな世界を深くみる目なのかもしれない。

10　憎むことのできない、敵を殺さないでいいように
——村上昭夫詩集『動物哀歌』の背景——

『わこうど』第4号（二〇〇九年三月・埼玉県立進修館高校図書館報）より

表題は宮澤賢治の童話の一節です。宮澤賢治は詩人、童話作家、農民指導者、科学者、教師としてよく知られた人です。あるいは熱心な法華経の信者ということをあげる人もいるかもしれません。

一方、村上昭夫については何ひとつ知らないという人がほとんどだと思います。詩について少しぐらい詳しい人なら、ひょっとして名前ぐらいは聞いたことがあるが、それ以上は、と答える人もいるのではないでしょうか。

宮澤賢治は一八九六（明治二十九）年岩手県の花巻市に宮澤家の長男として生まれ、一九三三（昭和八）年、三十七歳、肺炎のため亡くなりました。

村上昭夫は一九二七（昭和二）年岩手県の大東町に村上家の長男として生まれ、一九六八（昭和四十三）年、四十一歳で肺結核と肺性心の合併症により亡くなっています。亡くなる一年前に詩集を出版しています。

二人に共通するのは岩手県に生まれ、この地で生涯の大半を過ごしたということ、同じように肺を病み、人生五十年といわれた時代にあてはめても、比較的若い年齢で亡くなったこと、そして次がとくに大事なのですが、賢治も昭夫も詩集を残したことです。しかも賢治は多くの童話を書いています。こんな賢治の影響を受けて、昭夫は詩を書いたのです。

昭夫について、もう少し詳しくその生涯を辿ってみます。昭夫の生まれた昭和初期は、国策として生めよふやせよと人口の増加を推進していた時代でした。昭夫には弟四人、妹一人がいます。お父さんは裁判所に勤めていました。昭夫は十二歳の時盛岡の私立岩手中学校に進学し、二年間下宿生活、十四歳の時にお父さんが盛岡に転勤し一緒の生活に戻ります。昭夫は一九四五（昭和二十）年に岩手中学校を卒業し、満洲国（今の中国・東北地方）の官吏となり渡満します。昭夫が中学生の間に戦争は拡大していました。日中戦争、第二次世界大戦へと戦闘地域は広がっていたのでした。戦時中とはいえ、南方よりは満洲の方がまだ安全であると思われていた時代です。

渡満する前に、岩手中学は勤労動員で川崎の軍需工場に来ています。昭夫も一緒でした。この頃になると日本の本土も空襲を受けていました。勤労動員でいた寮の中でも、話題は日本の戦争の勝敗でした。川崎の動員先の近くまで空爆され、日本は敗戦に突き進んでいると直感した同級生は少なくありませんでしたが、「こんな時こそ、頑張らなければだめだ」と友人たちに主張したのが昭夫でした。普段は大人しい昭夫であっただけに同級生には不思議に受けとめられたようです。

同級生の一戸成光さんはこのことをよく覚えているそうです。満洲国から官吏（今でいう公務員）募集の役人が学校を訪れ、応募した五人は即決で採用内定になりました。

満洲国は日本がつくった傀儡《かいらい》政権の国でした。清王朝の子孫を国家元首に据え、日本の思うとおりに満洲国を支配していたのです。日本は満洲への移民政策を「王道楽土」「五族協和」の標語のもと、強力に推し進めたのでした。昭夫が満洲に渡ったのもその理想があったからだと思われます。この二つの標語には夢こそあれ、血の匂いなど全くといってありません。さらに昭夫個人のことを考えれば五人もの弟、妹のためには長男の自分が家をでて、家計を少しでも楽にしたい、と思ったのかもしれません。

博多、釜山経由で大陸に渡った昭夫を含む四人（一人は親の反対にあい、日本にとどまった）は新京（今の長春）で一ヶ月間に及ぶ中国語（漢語）と満洲事情の研修を受けた後、それぞれの配属先が決まるのでした。昭夫は濱江省哈爾濱（ハルビン）市の交通関係の役人として赴任します。職場での直属の上司は朝鮮系の中国人でした。昭夫にとっては、上司は上司です。民族のちがいなどは全く関わりのないことでした。上司に仕事のことなどの内容を丁寧に訊ねたりしていたようです。ところが職場では威張った態度をとる日本人が多くいました。それればかりか、これらの日本人は昭夫の上司や現地の日本人以外の人々に対しても横柄な態度で接していて、昭夫にも同じような態度をとるように要求したりするのでした。戦勝国の国民は敗戦国の人に対してこのような態度をとりがちですが、決して許されることではありません。「五族協和」「王道楽土」を夢みていた昭夫には信じられない光景であったようです。昭夫は知るよしもなかったのですが、昭夫の住む場所から十数kmのところでは、現地人に対して生体実験も行っていたのです。熊谷市出身の作家、森村誠一の『悪魔の飽食』は、この人体実験のことを書いています。生きたままでペスト菌などを注射し、症状が悪化していく様子を観察したり、真空状態の部屋に閉じ込めたりさまざまな生体実験をやったのでした。

当時の満洲国にはいくつかの軍隊がありました。満洲国軍は上官に日本人、部下の多くは中国人です。独立を唱える蒋介石軍、毛沢東軍、匪族と呼ばれる山族のようなものもありました。満洲国軍以外は日本の占領に反対する抗日の軍でしたが、蒋介石軍と毛沢東軍は思想の対立からお互いに戦ってもいました。

一九四五（昭和二十）年の六月、外地（日本の占領地）では最も安全といわれた満洲でしたが、戦況が悪化したため満洲を守っていた関東軍は南方の戦線に向かいました。主力の兵隊がいなくなったために、現地の日本人が兵隊として臨時召集されました。満足に武器も扱えない俄仕立ての兵隊です。

昭夫もこの中にいました。同年八月九日、ソ連軍は一斉に進攻してきました。千島列島、樺太、そして満洲の国境の至るところから砲火を浴びせながら戦車が入ってきたのです。満洲国は今の日本の三倍以上もある広大な国です。そのあちこちに入植していた開拓団の人々は、生きていても何をされるか分からない、それなら自決した方がましだ、このような形で凄惨なまでの地獄があちこちでおこったのでした。またソ連軍の砲火に倒れた人も多かったのです。

昭夫は哈爾濱（ハルビン）の領事館に隠れたのですが、運悪くそこからピストルが発見されました。「このピストルはお前のだろう、白状しろ」と鞭《むち》で叩かれ、真っ赤な火の棒を押しあてられる拷問を受けたのでした。「これは自分のではない」と言い張っても通用しません。同じところに隠れた何人かは射殺されたようでした。昭夫も生きることを諦めかけていたときでした。「ピストルの所有者はこいつです」といって、真犯人をソ連兵に突きだしたのです。真犯人を連れてきたのは昭夫の職場の元同僚の中国人たちでした。

昭夫は哈爾濱（ハルビン）でさまざまな仕事をやり食いつないでいたのですが、ソ連軍の男狩りにあい、牡丹江の方に連れていかれたようです。さらに昭夫はシベリアに連れて行かれそうになりましたが、列車が止まったとき、看守のスキをみて、列車から脱走したようです。牡丹江から哈爾濱に戻る途中、昭夫がみたのは頭のない死体、飛びだしたままの目、そしてそれらと共に階級章が泥に埋まっている首のない胴体でした。後に書いた昭夫の小説「浮情」でも「血でべっとり汚れた階級章が何ものかを暗示しているようであわれだった。…ふん天皇陛下萬才も笑止ぢゃないか」軍国少年であった昭夫は戦争の本質を身をもって知ったのです。

冬は氷点下三〇℃にも四〇℃にもなる地です。一九四五（昭和二十）年の十一月頃、同級生の山内健一郎氏が、新京（現・長春）の街頭でタバコ売りをしていた昭夫に偶然、出会ったという証言もあります。一九四六（昭和二十一）年、秋。生きているかどうかさえ分からなかった昭夫が、リュックサック一つで帰ってきたのです。

昭夫は盛岡郵便局に勤め、職場では合唱団に入り、職場の文芸雑誌に加わって小説や戯曲を発表します。その内容は自身の満洲体験を元にしているものでした。

一九五〇（昭和二十五）年、昭夫二十三歳の春、結核になりましたが、入院しようにもベッドに空きがない時代でしたので、自宅療養に入ります。六月頃、映画「きけわだつみの声」を見ましたが、画面に挿入された宮澤賢治の「ああマヂエル様、どうか憎むことのできない敵を殺さないでいいように、早くこの世界がなりますように、そのためならば、わたくしのからだなどは、何べん引き裂かれてもかまいません」（童話『注文の多い料理店』所収の「烏の北斗七星」の中の、からすの大尉の言葉）に感動しました。同年秋、盛岡市下米内の岩手医科大学附属岩手サナトリウムに入院できます。十九人もの大部屋です。院内には『青空』という俳句誌を患者仲間でつくっていましたが、ここにも作品を発表します。

秋の蝶死ぬべく深き空をもつ　　昭夫

俳句の盛んなところへ入院してきたのは、詩人の高橋昭八郎でした。高橋昭八郎からは禅体験をふまえたダダイストの高橋新吉などの詩を紹介されます。やがて昭夫も詩を書きはじめたのでした。高橋は友人の斎藤彰吾宅を発行所として詩誌『首輪』を創刊します。昭夫も二号に「からす」を発表、その後、同誌にいくつか作品を発表しました。この年の十月、左胸郭成形手術を受け、順調に快方に向かっていきます。一九五二（昭和二十七）年、院内俳誌『草笛』が宮野小提灯、田村了咲の指導で発刊され、昭夫は鈍牛と号して月例の病床句会に投句します。鈍牛の号の由来は高村光太郎の詩に依ります。草笛句会の仲間である昆ふさ子と親しくなったのはこのころです。一九五三（昭和二十八）年、昭夫は病気が軽くなったため退院します。ふさ子は髪の毛が抜けて蒼白になり、重い症状でした。なんとか、ふさ子の病状が回復しないものかと願った昭夫は水垢離をとって祈ったのでした。岩手県芸術祭詩部門に出品した「荒野とポプラ」が入賞し、昭夫は詩に自信を持ってきます。翌一九五四（昭和二十九）年、岩手県詩人クラブが結成され、会員になります。事務局長は国鉄に勤めながら「大坪旅館」をやっている大坪孝二です。この年に日刊紙『岩手日報』の夕刊、学芸欄に草野心平を選者とする「日報詩壇」が設けられます。選者の草野心平は一回だけ担当し、二回目からは村野四郎が選者になります。昭夫は一九六六（昭和四十一）年まで投稿を続け、村野四郎を終生の師と仰ぐようになります。村野は、昭夫に垂直的思考を促して指導しています。このことは賢治に傾倒している昭夫には大きな効果をもたらしていきます。

小熊の星のまっすぐ上に
むせぶように光っている星がある

あれはね
賢治の星というものだ

ぼくは賢治のことをよくは知らない
でも賢治の星なら知っている
　あらゆるけものもあらゆる虫も
　みんな昔からの兄弟なのだから
　決してひとりを祈ってはいけない
賢治の星ならばよく分る

さそりの針を少しのばすと
おののくように光っている星がある
あれはね
賢治の星というのだ

実をいうと
どれがほんとうの賢治の星なのか
はっきりということはできない

でもどれにしても
まるであやまちだとは言えないのだ

お前がほんとうにポウセを愛するなら
なぜ大きな勇気を出して
すべてのいきものの
幸福をさがそうとしないのか

もっと目をあいて大きく見ようよ
北からも南からも
限りなく光ってくる星がある
あれはね
みんな賢治の星と言ってもいいのだ
そうしてあなたたち
ひとりひとりの星だと言ってもいいのだ

ポウセは、賢治の童話「手紙　四」にでてくるチュンセの妹です。この作品は賢治の詩「詠決の朝」や童話「銀河鉄道の夜」の底流にあるとも言われ、賢治の手紙の中でも重要な位置を占めています。賢治は岩手で童話や詩を書きました。澄んだ岩手の空を存分に感受して書いたのです。その一部を引用してみます。

ポーセは、十一月ころ、俄かに病気になつたのです。（略）チユンセは困つてしばらくもぢもぢしてゐましたが思ひ切つてもう一ぺん云ひました。「雨雪《あめゆき》とつて来てやろか。」「うん。」ポーセがやつと答へました。チユンセはまるで鉄砲丸《てつぱうだま》のやうにおもてに飛び出しました。おもてはうすくらくてみぞれがびちよびちよ降つてゐました。チユンセは松の木の枝から雨雪を両手にいつぱいとつて来ました。（略）「チユンセはポーセをたづねることはむだだ。なぜならどんなこどもでも、また、はたけではたらいてゐるひとでも、汽車の中で苹果《りんご》をたべてゐるひとでも、また歌ふ鳥や歌はない鳥、青や黒やのあらゆる魚、あらゆるけものも、あらゆる虫も、みんな、みんな、むかしからのおたがひのきやうだいなのだから。チユンセがもしもポーセをほんたうにかあいさうにおもふなら大きな勇気を出してすべてのいきもののほんたうの幸福をさがさなければいけない。それはナムサダルマプフンダリカサスートラといふものである。チユンセがもし勇気のあるほんたうの男の子ならなぜまつしぐらにそれに向つて進まないか。」

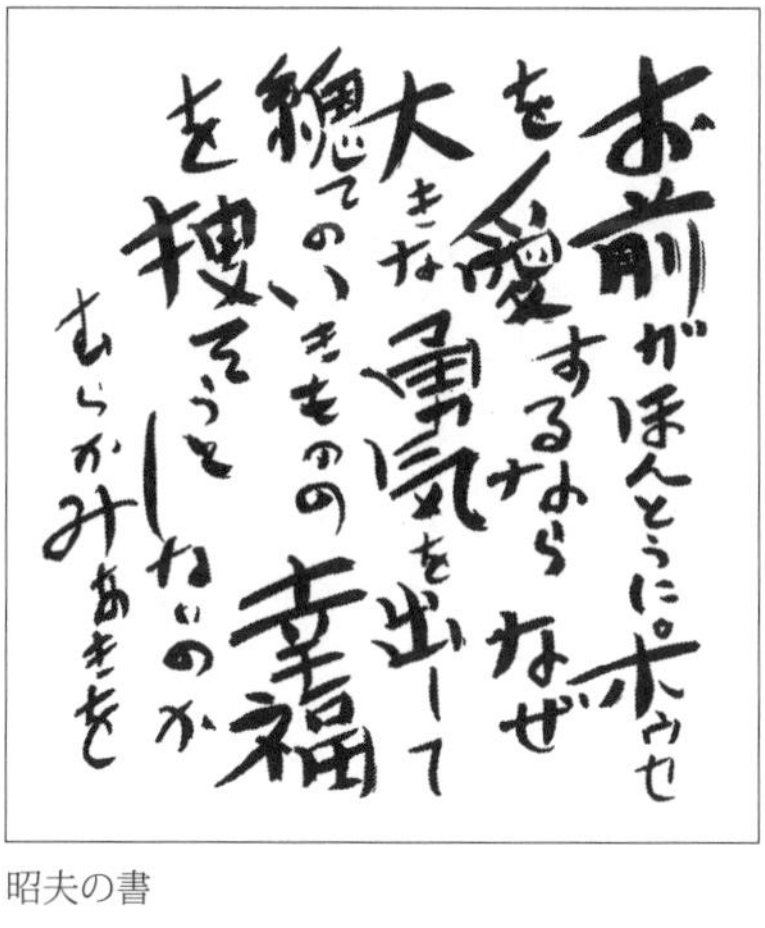

昭夫の書

この童話の触発をうけた昭夫は次のような書にして、自身の考えを表明してもいます。貴重な書ですので紹介しておきます。

賢治の弟、清六さんに次のような手紙を書く昭夫です。

「世界が全体幸福にならないうちは、個人の幸福はあり得ない」と言った賢治さんの心の中では、「生物全体が幸福にならないうちは」と若しかしたらあったのではないかと、そういう気持ちがこの頃どこからともなく聞こえてきますが、私のまぼろしでしょうか。

昭夫の詩を読みこんでいくと、時間にして一・五年間ぐらいしかいなかった満洲の風土の影響を感じとることができます。広い関東平野でも、遠くをみれば山をみることができます。満洲の哈爾濱は行けども行けども平《たいら》です。真平《まったいら》です。空の広さとおなじくらい広いといってもいいかもしれません。昨年、念願かなって哈爾濱に行くことができましたが、宿泊した十三階の窓からも山は見えません。延々と真平《まったいら》です。木もほとんど生えていません。聞くところによると、木は割箸の材料、その多くは日本へ輸出されたようです。今は人口、一千万人の大都会でもありますが、昭夫のいたころは八十万人ぐらいの街でした。ロシア革命を逃れてきたロシア人によりつくられた街です。冬は極寒の氷の街になります。一九四五（昭和二十）年から一九四六（昭和二十一）年の約一年半の期間、終戦を挟んで昭夫はこの街にいました。中国人、朝鮮人、ロシア人、日本人などと分け隔てなく助けたり、助けられたりして生きていたのです。まさに兄弟のように、家族のように生きていたのです。それでも昭夫は日本人、敗戦国の人間です。永住できるわけがありません。日本へ、故郷へ、両親へ、五人の弟、妹の待つところへと歩き続けたのです。多くの現地の人たちにも助けてもらった恩をリュックに背負い歩き続けたのです。この昭夫の心にうつっていたのは岩手より冷涼で広大な満洲の風土とそこに生きるあたたかい心の人々だったのです。

此処から先は悪い道だと／その優しい人妻はそう言って去ったのだ〃悪い道とはぬかるみの道のことなのか／ぼくが長靴をはいていないものだから／そう言ったのか／それとも悪い道とは／茨や石塊の這う道のことなのか／ぼくが脚半を巻いていないものだから／そう言ってくれたのか〃あるいは悪い道とは／獰猛な獣や毒のある虫のいる道のことなのか／ぼくが弱くて倒れそうなものだから／そう言って去ったのか／だがそのあと／どういうつもりだったのだろう／引返しなさいというつもりだったか／注意してゆきなさいということだったか〃此処から先は悪い道だと／ぼくはその優しい人妻の言葉に／泣きながら有難うを言おう／ぼくは長靴をはいていなくて／脚半を巻いていなくて／弱くて倒れそうになりながら／悪い道に入って行くのだから

〈「悪い道」〉

一九五五（昭和三十）年「願いにより」盛岡郵便局郵政事務官を免ぜられます。病気は治らないから、休職扱いであったのですが、今度は、いつかは復職できると思っていた職場さえも失ったのです。職を失うことは、昨今の「派遣切り」にもみられるとおりです。「派遣切り」は大きな社会問題ですが、失職のショックはどんなに辛いことか。しかも病気で働けない身体なのです。こんな昭夫の心を救ってくれたのは野良犬だった「クロ」です。「クロ」は昭夫になつき、昭夫も「クロ」を可愛がりました。

野良犬はなぜ生れてきたのか
それが分る時
宇宙の秘密が解けてくる

それはなぜ好かれないのか
その肌はなぜ悪臭に汚れていて
なぜみなに追われるのか

それはなぜ痩せているのか
消えそうにも痩せていながら
なぜなおも撲殺されようと
つけねらわれているのか

それはなぜ尻尾をたれるのか

人の姿を見さえすると
なぜおびえた痛ましい目を向けて
逃げ去ってゆくのか

そして野良犬は
これからも生れるのだろうか
生れて誰にも好かれはしないのに
何時も固い棒で追われるばかりで
かど立った石で打たれるばかりで
何時も暗くて際のない死に
おびえていなければならないのに
野良犬は
なんべんも生まれるのだろうか

それが分ってくる時
宇宙の秘密は解けるのだ
宇宙の端が一体なになのか
その先がどうなっているのか

一匹の地に飢えた野良犬が
雨に濡れながら逃亡を続ける野良犬が
それをしっかりと
隠しているのだ

〈「宇宙を隠す野良犬」〉

野良犬をとおして宇宙の秘密を解こうとしているのは昭夫です。土から宇宙までの広がりは、天への広がりでもあります。昭夫の思考は平面ではなく天という立体性を持っています。ここには賢治が「銀河鉄道の夜」で書いた天、宇宙への志向があります。また「宇宙の端が一体なになのか／その先がどうなっているのか」と問い、立体性ばかりか、宇宙の構造というか宇宙のつくりにまでも問いは拡大していきます。昭夫は野良犬を捨てる人の心にまでも入っていきます。なぜ飼育している犬を捨てるのか、犬を、犬のいのちを物としてみるからではないのか。最近は特に人間が人間を物扱いするようです。ニュースでみたのですが退職を強要する時の上司の言葉づかいなどはその典型のようです。

病状の悪化は死ぬことを意味します。それは、自分が死んだらどうなるかということにつながります。自分に固執すればするほど自分の行末に気が回ります。昭夫は自分の殻を超えて、いのちの行末にこだわったのです。だからこそ野良犬の死を問い続けたのだと思います。

たくさんの動物や宇宙などを題材にした詩集『動物哀歌』は昭夫の唯一の詩集です。新書版で百九十四編の詩を収録しています。

病気の苦しさから免れようとした昭夫は、多くの自然科学書、仏教書、キリスト教の教典である聖書なども熱心に読んでいます。詩の先輩で昭夫が兄のように慕っていた大坪孝二に昭夫は無理を言います。「詩を書いたらこの痛みがとれると思ったが、一体どうしてくれるんだ」これにはさすがの大坪孝二も返す言葉がなかったようです。昭夫のたどりついたのは船若心経でした。この世界が昭夫を救ったようです。

色不異空《しきふいくう》　空不異色《くうふいしき》　色即是空《しきそくぜくう》　空即是色《くうそくぜしき》　受想行識《じゅそうぎょうしき》　亦復如是《やくぶにょぜ》　……　無限耳鼻舌身意《むげんにびぜつしんい》　無《む》
色声香味触法《しきしょうこうみそくほう》　無限界乃至無意識界《むげんかいないしむいしきかい》　無無明《むむみょう》　……

　肉体とは空なるものであり、そもそも空なるものが肉体なのです。さらにいえば、肉体は存在しないものであり、そもそも存在しないものが肉体なのです。物質でありながら物質ではないもの、存在しないものでありながら存在するもの。こうしたことを受けとめる心や五感のうごきもまた同じように空なるものなのです。……目で見ることなく、耳で聞くことなく、鼻で嗅ぐことなく、舌で味わうことなく、身体で触れることなく、心で受けとめることもないのです。わたしたちが心や五感で感じとるその対象の世界もなければ、感じとるわたしたちの心や五感の世界もないのです。欲望にまどわされて闇に迷うこともなければ迷いの闇がすべてなくなることもないのです。

〈『仏典詩抄　日本語で読むお経』（八木幹夫訳・松柏社）より引用〉

病の苦しさ、痛さを脱ぐことは、並大抵の心ではできないと思います。昭夫は病から脱出するのではなく、病そのものを受容したのではないか、私にはそう思えるのです。

昭夫にはいくつかの重要な詩ノートがあります。とくにこの時期と重なるものに一九五六年版ノートがあります。そこから数編を紹介しておきます。

出家する

耐えられないような顔をして
私は出家した
誰も見ていてはくれなかった
話しかけてもくれなかった

時折錆びた針のような風だけが
ひょう　ひょうと鳴っていた
色あせたテネシイワルツかも知れない
先を急ぐ
鳥の便りかも知れない

つい先まで坐っていた家は
千萬里の外にあった

無性に喉が乾くのに
水の匂いは消えていた

その時から
耐えられないような顔をして
私は歩き出した

紅色の林檎

宇宙は紅色の林檎ではあるまいか
宇宙が限りを持つと言う事は
林檎が有限だと言う事だ

星雲は細胞ではないのだろうか
宇宙が膨張しているという事は
林檎が育っているという事なのだ

だがその先ならばどうなのだろう

おそらく星もない空間が恐ろしく続いて
その先に別な林檎があるのだろう
その事を異次元の世界と呼べるのなら
そう呼んでもいい事なのだ

だがもっと先ならばなんだろう
林檎を育てている誰かがあって
心に重く颱風などを思いながら
つやつやした紅色の林檎の実りの事を
静かに考えているだろう

時々そう思う事がある
そういうすきとおったひとつの思いが
何処からか来る事がある

これらの詩は「詩ノート」の作品であり、詩集収録のときは少し表記も変えられていることを申し添えておきます。それにしても宇宙が紅色の林檎という発想は心霊的です。「出家する」も、一連目は甘いといえば甘い出家。でも、迷いが感じられて好ましく思います。

昭夫の直感思惟と感性が融合した「雁の声」を紹介します。心霊的で透明な詩です。

雁の声

雁の声を聞いた
雁の渡ってゆく声は
あの涯のない宇宙の涯の深さと
おんなじだ

私は治らない病気を持っているから
それで
雁の声が聞こえるのだ

治らない人の病いは
あの涯のない宇宙の涯の深さと
おんなじだ

雁の渡ってゆく姿を

私なら見れると思う
雁のゆきつく先のところを
私なら知れると思う
雁をそこまで行って抱けるのは
私よりほかないのだと思う

雁の声を聞いたのだ
雁の一心に渡ってゆくあの声を
私は聞いたのだ

昭夫は自分の詩について次のように書きます。

ぼくが詩を書こうとした動機は、宮澤賢治の童話を読んだのがその最初でした。今も宮澤賢治に対する、おどろきの心は変わっていません。しかし宮澤賢治がなくなられた年より、二年以上も長く生きてしまいました。

まことに申しわけない、まことに申しわけないことだと、真実思っております。

賢治の歩んでいった道を私もまた歩もうと思い、その道を、いつのころからか見失ってしまいました。それがおそらく私の生涯を通じて私をせめてゆくでしょう。しかし、賢治を知ったのはまことに幸福でした。

私もそろそろ詩とは一体なになのかと、考えさせられる年になりました。

一言にしていうと、私の場合、嘘の自分への反逆、嘘の世間への反逆だったと思います。村野四郎氏のことばを借りますと、「自己脱却のための闇争の情緒」ということになります。

井上靖が、小説「化石」のなかで、「死という湖を見る前と、見たあとでは、おれには人生というものが、全く違ったものに見えている……おれは長い一生の中で、八カ月ほど、そこだけ全く違った人生を歩いたのだ。その間、おれは、死という眼鏡《めがね》をかけさせられた。暗く悲しく辛い色をした眼鏡だった……」うんぬんと書いていますが、私もまた弱い眼鏡だったけれど、十数年間、死という眼鏡をかけて、死という湖を見ながら歩んできたと思います。まことに耐えがたく、辛く悲しい眼鏡でした。そのなかで「死」という未知なものがさまざまな、動物や植物それに、実にたくさんの人間の形態となって姿を見せました。それらのものを懸命になって、ノートや原稿に書きしるしました。それが「動物哀歌」となって世にでました。

実を申しますと、「賞」はいかなる「賞」であれ、はかなくむなしいものだと思います。そのあと作品だけが、幾年か残るかも知れない。けれども、その作品でさえ、いずれはむなしいことになる。それなら一体ほんとうにたよれるものは何か。宗教とか、物をつくるとか、いろいろなものが考えられるでしょうが、私の場合ですとやはり、今までどおり、「死」という暗く、悲しく、つらい色をした、もっと強度な眼鏡をかけなおして、ふたたび耐えがたい旅にでるよりほかはない。

詩集『動物哀歌』が土井晩翠賞を受賞したことに対する「受賞の記」の一部分で、昭夫が亡くなる一年前の文章です。昭夫本人も記していますように、宮澤賢治の童話に励まされ、大きな心の世界に入っていった詩人です。賢治の詩ではない童話であったというのも面白いことです。

本稿では主として、昭夫の中国体験及びその前後を詳述しましたが、いくつかの新しい知見も加えています。ところで、昭夫の中国体験は、詩のモティーフとして底流にありますが、テーマにはなり得ていません。昭夫のテーマはこの中でも書きましたが病からの脱却、死の恐れからの脱却を目指したものといえるでしょう。同じような詩人に死をみつめて詩集『死の淵より』を書いた高見順がいます。高見順の詩は昭夫の詩とくらべ、言葉に粘着性があります。それだけリアルに死を感じるといえばいえるのですが、昭夫の詩は乾いた言葉、硬く光る言葉へと変質していきます。これは何を意味するのでしょう。病を受容することで自己を脱却した世界、宇宙空間のような乾いた世界に、昭夫の精神は飛躍したとしかいいようのない文学上でも貴重な表現を示しています。

村野四郎をして「実の世界そのものが、すべて無の世界の影であることを実証されるとき、はじめて私たちは詩的に蒼白になるのである。村上昭夫においては、犬も、蛇も、ねずみもコオロギも、またその声も、女も川も山岳も、みな有の形をもった無の影である。それだから、その形態に無限の寂寥と悲哀がこもっているのである」といわしめたのです。

存在の不安を深く問い続けた思惟と直感のひらめき、それは心霊的な詩ともいえるものではないでしょうか。ここまでくると、詩を読もうと読むまいと万人がつきあたる根本問題でもあります。昭夫の詩の普遍性をあらわしていると私は思います。

Ⅲ　村上昭夫をめぐる詩人たち

どのような詩を書こうとも、時代や同時代の仲間の影響は避けることはできないし、影響を受けながら徐々に詩人の独自性が表現されてくるものであろう。村上昭夫をめぐる詩人たちという題であるが、村上昭夫の作品が掲載されている詩誌で、特に入手困難な『首輪』『Ｌà』の詩はすべて掲載した。

1　『首輪』の詩人たち

「『首輪』第一号。地球の上に誕生。

首輪は首でつくった輪。地球に人類が居る限り首輪はどこまでも続くであろう。人の生きてる限りは首がついているからこの『首輪』という詩誌は人類に首がなくなるまで発行を続けるつもりだ。

（略）岩手県の詩人たちには一様な暗さがある。これは長所でもあり欠点でもある。僕達の世代に於いてこれを克服することにより、又新しい岩手の詩をつくりたいものである。そうしてまだまだ遠い道程ではあろうが世界的な日本の詩を――。」（『首輪』創刊の辞）

同人の若さに負けないぐらい新しい時代への意気込みを持った詩誌である。

詩誌『首輪』は昭和二十六年七月一日。斎藤彰吾、高橋昭八郎、渡辺眞吾の三人が編集発行人となって岩手県和賀郡黒沢尻町青柳町清水小路・斎藤彰吾方を『首輪』同人会の住所にして発行された。佐々木伊佐夫、佐々木篁、せんだ・昭二、髙橋昭八郎、窪木一麿、帆並みゆう、飄介、吉野弘子、渡辺眞吾ら同人全員が執筆。ガリ版刷りである。この頃の同人たちの年齢を調べると二十代前後。創刊の辞にもあるように詩人たちの若々しさが感じられる。

創刊号に載った髙橋昭八郎の詩「或る鳥について」に触発を受け、昭夫は『首輪』に参加することになる。

或る鳥について　　　髙橋昭八郎

鳥はもう何も見ないだろう／鳥は骨ばかりになって飛んでいる／それは表情もなく流れている／つめたいばかり／天《そら》は高い／翅だけが天いっぱいに／青くひろがるようでもあり／そのまま風化し果ててしまうかのようでもある／《なんにもない鳥の生に較べて／おれたちの眼つき・体つきや心までが／なんと奇怪じみて見えることだろう》／雲に隠れることもなく／いっさいを構わないで飛んでいるもの／宇宙はそこで氷のように素直になる／視界の果てには星群が／河のようにでも音を立てて流れているか／《無為すらない／石であり巌であることを／むしろおれたちは願う／そして鳥のように一片の骨であり／吹き貫く宇宙のものであることを》／やがてその鳥は囁くだろう／色彩に永遠のないことを／永遠には血潮の色がないということを

昭夫が同人に参加するのは二号からで、岩手サナトリウムに入院してきた髙橋昭八郎の誘いによる。二号まではガリ版印刷であった。

からす　　　村上昭夫

からすが／穢くて不吉な鳥だなんて／言っちゃいけない／からすは／生きることがどんな時一番苦

しいか／知っている／そんな人達に何処へでも飛んで行って／一生懸命に、ああして鳴くのだ／そして、からす自身／誰よりも重い荷を背負って／飛んでいるのだ。∥からすが鳴いて／縁起が悪いなんて／言っちゃいけない／からすは思いっきり森と話すことを／森のほんとうの精神を／知っている。∥それに／たった一本の荒野の枯木でさえ／決して見捨てはしないことを／私はかみさまを感じたように／嬉しい。∥さあ、ちっとも淋しくなんか／ないのだから／寮舎まで飛んでおいでよ／そして私がいつも／夢にまで見ようとした／行きたかった／深い果てしもない森の／誰にも知られない詩を。／もう間もなく頂上も／真っ白になったに違いない／岩手山の／たくましい精神を話してくれないか。

『首輪』は創刊号からエッセイや詩論にも力を入れている。三号からは孔版印刷になり読みやすくなった。三号には昭夫の詩はない。四号に昭夫は「笑いについて」を書いている。

笑いについて

その笑いは、底に笑うべき、なんにもなかったのだから／憂愁の悲しみの枯れた野の上を／カラ、カラ、と渡って行った。∥その笑いは、ただ、たくさんの／ニヒルの集まりに過ぎなかったのだから／限りのない洞の中の響きのように／空の果へ消えて行った。∥天上の神々は、黄や緑の光を一層やわらかく／おさえたらしい。／地上の人達の首のない笑いだけが／うつろにいよいよ強くなって行った。

五号には阿部三夫、内川吉男、金原南、髙橋秀穂、清水小次、髙橋喜三郎、南川比呂史らが加わる。昭夫は「母について」の詩を発表。

母について

母の胎内に　ふと／黒い稲妻が走るのだ。／果てのない熱砂の方向に　又原子雲の下に徘いつくばろうとする子供達の／その子供達の真紅な傷の痛みの生なのだろうか。〃重く粘りつく顔の陰影に／苦悩の愛が刻まれてから　早や幾年の時が流れ去ったろう。／母の瞳に　又その故郷の／水色の風の音がやわらかく聞こえるのだった。〃雲は異郷の子供達の悲哀を　浮べては浮べては飛んで行った／母の胎内に強く雷鳴が響いてくるのだから／母の眼は　黒い雲の流れるのを追って／おろおろと　しかも狂うように／輝き始めていた。

昭夫は「たより欄」に、「髙橋昭八郎君もすこぶる元気です。2回目も恐らくこの調子で成功すると思ってます。来年の春には退院するとはりきってました。芸術祭の1、2席は相変わらずの事だから『首輪』もたいしたもんだと床の中でニヤリニヤリ笑いました。それにしても県の詩界もこっちがあわてる位な勢で進んで来る人達があったら面白いと思うのですが少々一人相撲をとってるような感じもして淋しくもありますね。私も健康が恢復次第皆んなに遅れないようにぼつぼつと歩むことに致したいと思います。27、10、13　村上昭夫」と入院の様子を寄せている。同じ病院に入院している髙橋昭八郎は「或る挿話」を載せている。

或る挿話　　高橋昭八郎

異国の旗がしめった雲とともに空をおおっている季節。ぼくはとある街角で足を停め、燻んだ雨に肩をたたかれながら思いだすのである。〃一九四四年夏／漢奸と呼ばれる彼等は帰るべき故郷を持たなかった。食糧不足、王たち五人の苦力は殺されたのである。謀られて、水汲みに行った彼らの背後から、日本兵の機関銃は火を吐いた。／それは確かに。――夕暮れ、日は兵隊たちの心の中から昏れて行った。〃「ナゼ……撃ッタノ……？　ナゼ　ワタクシ……タチヲ……撃ッタノ……？」〃夜晩く、王だけ一人　草むらのところに突立っていたのだ！懐中電灯に照らし出されて、體いちめんを血だらけにした王。兵隊たちは天幕の前に崩れるように駆け寄って来た両手にバケツをにぎったまま、蹌踉《そうろう》と自らの存在を支えながら　王は片言の日本語で苦しく言った。〃「ナゼ……撃ッタノ……？　ナゼ　ワタクシ……タチヲ……撃ッタノ……？」〃王は倒れた。血の塊。悲しみと怒りのもだえ。〃大陸の夜だけは沈黙のまま幻影に似てふかく巨きかった。〃一九五二年夏／ぼくはいま日本の空を見上げている。街にあふれる生活に疲れた人々の群れを前と後ろの感じながら――。王たちにつながるぼくら「ＪＡＰ」ひとりひとりの孤独。ぼくは歩き出す。／挿話としてのみこれらは語られるのだろうか。／ぐるり梅雨の季節。

南川比呂史もまた「アジアの中の……」許南麒《きょなんき》詩集『朝鮮冬物語』に寄せての書評を書いている。

六号に昭夫は書いていない。「日本未来派」の池田克己追悼号。岩手サナトリウムにいた村上昭夫と髙橋昭八郎は家に帰り静養中と書いてある。昭和二十八年六月十日発行。

詩誌に作品を発表し始めていた昭夫は、この年の岩手芸術祭に「荒野とポプラ」を応募した。昭夫より若い詩人たちの多い『首輪』は注目されていた詩誌ではあるが昭夫にとっては詩を書き始めて次々と作品を投稿し力をつけている途中である。もちろん詩においての完成は永遠にないのだが、それにしてもまだまだ暗中模索の詩作である。

そんなときに応募作「荒野とポプラ」が入選し最初に掲載された。事実上の第一席である。

荒野とポプラ
その始めから、荒野にはポプラがつきものであったろう。／ふりかかる太陽の愛欲のなかに、／ひょうひょうとして髄のようにたつ姿が。／荒野は嵐の中に燃えるのが無性に嬉しいのだから。／風は、さらに巨大な嵐を呼ぶものだから。／それなのに虚空によじのぼる。／針のような思索だけは失ってはいけないのだが、／それをポプラがやってくれる。／ポプラが炎になって昇天したなら／荒野は崩れるように沈んでゆくだろう、／その時以来、愛や憎しみのあらゆる神々が、／地上から意識を枯らしてしまうだろう。／この世界の終末まで消えることはないであろう意識は、／ポプラによって蒼天をかきならす。／唯一の神々の場なのだ。

「今日百篇近い応募作から、村上昭夫『荒野ポプラ』、菊池弘子、藤原明の三篇を入選とした。『荒野とポプラ』は感覚的な好作品。然しポプラと天地、神々とか世界とかいうのも作者の意図が奈辺まであるのか、思念が通り一遍で掘り込みが浅いから概念に堕してしまっている」というような評である。昭夫にとっては男女のさまざまな年齢層の中から選ばれたという喜びがあったようだ。この後に発表される詩作上の自信にもなっている。詩集収録の時には推敲されて次のように変わっているが指摘された「通り一遍の思念」はそのままになっている。思念が先行しているのは昭夫の詩においてよく見られることでもある。

その始めより／荒野にはポプラがつきものであったろう／ふりかかる太陽の愛欲のなかで／ひょうひょうと髄のように立つ姿が〃荒野は嵐の中で燃えるのが無性にうれしいのだから／嵐は更に巨大な嵐を呼ぶものだから／それなのに虚空によじのぼる／針のような思索は失ってはいけないのだが／それをポプラがやってくれる〃ポプラが炎になって昇天したなら／荒野は崩れるように沈んでゆくだろう／その時以来愛や憎しみのあらゆる神々が／地上から意識を失ってしまうだろう〃この世界の終末まで／消えることはないであろう荒野は／ポプラによって蒼天をかきならす／唯一の神々の場なのだ

七号は昭和二十八年十二月十日発行。斎藤彰吾が「V君への手紙」で詩誌『首輪』同人への真摯な問いかけをしている。大坪孝二、岩城邑、八重樫康喜らが同人に加わっている。昭夫は「ドンコサック」という詩を書いている。

ドンコサック
鉛色の寒さの円蓋に吸いこまれてゆくものだから／数知れない音が生まれるのか〃こだまなど、何処からも帰って来はしない／曠野なのだから／つかめない淋しさなのか〃怒る極北の重量に／耐えて調和する　と／母なるヴォルガ〃嶮しさの果の重厚な光の中の／ソヴェット　ロシヤなのか

この号は『首輪』に対するアンケートも採っている。昭夫は最近読んだ作品でよいと思ったものに、茨木のり子「ひそかに」や山本太郎「歩行者の夜の唄」を挙げている。あなたは『首輪』に何を求めて来たか、には「抵抗（反戦）とか又（人類の苦悩に対して）もそうでしょうがもっとそういうのでなしに、獣や植物や一切を含めた、消すことのできない苦悩に対して、人類の苦悩と犬馬や雑草木等の苦悩と、一体どこに区別があるのか、僕には、そいつが全然分らなくなってきたものですから」さらに質問は続き、あなたは首輪に何を求めて来たか、の質問には「短歌や俳句からやっと現代詩にたどりついたばかりの僕は、先ずもって『首輪』から、たしかな現代詩を学びたいと思ったのです。ですからサナトリウムで高橋昭八郎氏と会った時は僕の療養生活の中で第一等に嬉しかったのでした」と答えている。

「全体として『首輪』の方向はどうみてもフラフラとしてます。だからこそ早十号足らずで、出したって意味がないという事にもなってくるでしょうが……。これはどういう事なんだろう。つまり背骨がしっかりとしていないんですね。どうやらこの辺で『首輪憲法?』というものでもうち出す必要

がでて来たかな。ともあれ、こんなつまずきも一つの前進の礎石ともなる事ですから、まず大いにつまづいて大いにおき上がる事バンザイです。」

短信欄では本年度岩手芸術祭文芸部門詩の部において昭夫の作品「荒野とポプラ」第一席入選とある。九号ではアンケートを踏まえて一層『首輪』守り育てていこうと呼びかけている。

昭夫は作品「かたい川」を発表。

かたい川

流れているのは水であろう／だが水ではないかも知れない。∥川を見つめている町／町を見つめている河／草原がいつ消えたのか／それを河だけが知っていたはずだ。∥水は風だったのに／風は水だったのに／あれは／何處できれたのだったろう。∥かたい川の流れる町は／もう故郷ではない。∥だから川をベトンでつつむな／ベトンは雲ではない。∥いつから流れ始めたのか／空にひたしてもひたしても／かたいこの川は。

昭夫の詩が良くなってきた。九号の合評会は盛岡の同人、大坪孝二の大坪旅館の案内が載っている。

昭夫は発表していない。十号には「兄弟」を発表。

兄弟

「お礼など要りません／日僑の護衛任務を果しただけです／困っている人達からは／物をもらうな

お金をもらうな／借りたものはわらくずでも返せ　と／毛沢東が言いました。」〃一九四六年北満の秋。／汚いぼろきれのように不恰好な／若い農民兵隊はそう言うのだ／それならばと出した一本の煙草でさえ／受取ろうとはしないのだ。〃「元気で日本へ帰られるよう／向こうに見える山はもう蔣匪の軍です。／でも悪いようにはしないでしょう／兄弟なのですから。／私達も戦いたくはありません／兄弟なのですから。」／〈このぼろきれのような格好の何処から／このような言葉が出るのだ。〉〃毛沢東よ／支那人だと馬鹿にしきっていた軽蔑を／心から中国人と呼びたくなったのは／それからだった。／あなたも恐らく知らないでいよう。／恐らくあれから／革命の戦いの中に死んだでもあろう。／ぼろきれのような兵隊。〃「お国へ帰っても／中国の者を忘れないで下さい。／私達も日本の方達を忘れません／兄弟なのですから。」〃日本帝国軍とソ聯軍と／イギリス聯邦軍とアメリカ軍を通じて。／敗戦の空しい胸のなかに。／一粒の灯をともしてくれた／ぼろきれのような兄弟である。

ソヴィエト軍のシベリアに行く列車から脱走し、発見されないように、注意深く、夜間に行動した昭夫。何とかハルビンにたどり着き、一時は毛沢東の率いる八路軍のなかで、手伝いをして命をつないでいた昭夫である。八路軍に対して心情的共感を示した作品である。

十一号に昭夫は「枯野」と「つながれた象」の二篇を発表。

枯野

空は枯野のように曇り／佛陀は枯野のように立っていた／まるで／厖大な枯野のように〃〈愚かなものよシュダイナ／女身を戒を犯したもの／わたしから去るがよい〉〃その時鹿のように美しくて／誰よりもかしこい瞳をもっている／アーナンダ／せめてその憂愁の光の一滴を／愛恋の日々になげよう〃空は枯野のように曇り／年老いた佛弟子達の幾人かは／既に見えない〃〈弱きものよシュダイナ／諸々の罪業を調伏する故に／信ぜざるものを信ぜしめる故に〉／シュダイナよ立ち去るべし〃ミコラ河はただ／はらはらと流れていたであろう／空は枯野のように曇り／佛陀は枯野のように立っていた／まるで／厖大な枯野のように

つながれた象

立っているよりほかはないから／細い瞳で立っているのだ〃見るよりほかはないから／隣の象をさぐるのだ〃空が乾けば鼻をゆさぶり／空が濡れれば鼻をゆさぶり／それが／生きる事なのだと〃乾いたはての歌がどんなに空しいか／虫は身をもって体験している／ほころびた観念が葉先茫をひるがえす時／祈りは喧騒だ／真平だ／そういって／鳴き急ぐものたちへ／襲いかかっているようだ／虫は自分と世界の調節のために歌っている／自分だけのためになら／なぜ血を吐く思いをすることがあろう／生の計算がないのは確かだが／浅茫な純情のために燃えているのなら／なぜ大気の格調に合わせて鳴く必要があろう／虫が弾くのは試練の鍵盤だ／いつも音楽は／とどき難いものへの挑戦である／音は体から流れ出る／自分の体から出て行くことだ／長い探索の揚句／光をとらえ／その厚い光の拒絶を突き破ろうとすることだ／泣くよりほかはないから／遠く遠く吠えるのだ／そう

して／眠るよりほかはないのだから／死んだように眠るのだ。

『首輪』の同人会とか編集には昭夫は参加したくても病気のために参加できなかった。唯一、高橋昭八郎をとおしての『首輪』とのつながりであったが、当時の『首輪』は岩手を代表する詩誌に育っていた。

その『首輪』は十一号で終えることになったが、原因は同人誌に対する同人間の見方の違いによるものであった。主宰の斎藤彰吾や昭夫たちは同人誌のなかで切磋琢磨しながら伸びようとしているが、もう一つの立場はサークル詩（主義主張を掲げてそれを書いていく立場で、斎藤彰吾に筆者が確かめたところ「それは、民主主義的な詩」ということであった。一般的に当時のサークル詩は行動も伴う部分を持っていた。政治的活動と文筆活動が裏表の関係にあった）を目指す立場の違いから終刊になったという。高橋昭八郎は『ＶＯＵ』の北園克衛などと交流があり高橋の詩風は視覚詩へと変わって行った。斎藤彰吾によれば、昭夫は「耕地」という詩誌名に変えて詩誌の継続を願ったという。

『首輪』解散時の同人集合写真。中列一番左が昭夫

希望　斎藤彰吾

希望を走らせる／一晩中／雪白くふりつもった／夜明けの／真直ぐにつづく／鉄路を／希望を／走らせる／いくつかの橋越えて／ラッセル車が　腕をぐるぐる廻し／満身で　雪をはらいのけて行く〃希望を走らせる／息を吐いて／朝の一番列車が出発する／駅員達はにごりない顔で／真剣に仕事に取りかかる／車掌／君は眼光らせてサツマノカミを摘発せよ／あるいは気紛れな職業意識で／サツマノカミを一人見逃してくれ／デッキに乗った小僧風のハンチング／かれは　君をただ恐れている／膝をぴくぴくさせながら／しかし／車掌／君はやっぱり／かれの襟首を摑んでしまうのか／では／車掌／三等車の席を埋めている　人々を／見給え／農の手すきを見つけて／乗って来た／角巻姿のお母さん達／オーヴァーを着た娘子等／疲れ切っている商人を／蟻のような／公務員を／かれらの歪んで笑う顔／かれらの沈みきった顔／車掌／切符と同時に／かれらの表情を直視せよ〃希望／目立たない自分の行為／出来ることに最大の努力の火を燃やす／ぼくたち／風に眼をつむるな／瑞々しい眼をひらけ／希望を／体の中に産め／空光り／樹木から／青い芽は　バネのように噴き出る／希望を走らせる／今日／新鮮な服を着て／悪びれず向う所に向え／美しい少年少女諸君／青年

ひとりひとり／われわれ自身の持前を信ずる／奇妙な腰曲がりのオトナ達の／骨組と／間違いだらけの／肉付を／尊敬しない／われわれは希望を走らせる／小さな歯車／小さな響き／たくさんのタンポポを抱えて／われわれは希望を走らせる〃きかんしゃ／きかんしゃ／まどの／よるの／あかりの／ものすごいスピードの／きかんしゃ／きかんしゃ

気候　　　斎藤彰吾

たくさんの他人が水色の街の中にいた　足を失くして泳いでいるようだった　ただにんげん的な顔があっちにもこっちにも漂流していた　その顔は浮かんでいる虚無　何もかいていないのっぺらぼうの風船と言ってよかった　それでも何かをしきりに探しもとめているのか顔を近づけてはおたがいがおたがいの顔を確かめ合っているらしかった　「お父さァん」「お母さァん」耳の形のサボテンの蔭でしゃくりあげている子供が居た　子供は手に一粒の紅い実を握りしめて　他人から忘れられていた

春　　　及川安津子

うっとりした春の陽ざしの中を／精神病院にむかう車がある。〃遠く汽笛のおとをききながら／からまつ並木のそばの麦畑に／わたしがかげろうのように立っている時／精神病院にむかう車がある。〃白い道をゆっくりと流れるように／精神病院にむかう車がある。

霧の盲　　　内川吉男

霧のなかに生みつけられた／お互いの盲を憐れみつつ／霧の吹く笛をきいていると／あの稀薄な青い気流がなつかしく思われる／〈青い気流はゆたかに溢れ／空を羊が歩いていた〉／それなのに／何故か性急に流動する霧を／〈しかし深く〉／風が巻いて／お前の髪が炎ともけじめがつかない〃

蕭々と／お前の体内で龍脳が揮発している／朝なのだ／しかし太陽は私達の眼には昇らない／私達は宇宙の距離をもっていた／それが収斂して／霧の吹く盲の笛となったのだ／〈真黒い太陽が／霧の彼方を泳いでいるだろうか〉〃盲は五体にひろがって／私はお前を一本の植物と感ずる／お前は私をいらくさと呼ぶであろうか／山頂の砂礫を踏みながら／私達は生きてあることの／波間の果に漂っているのかも知れない〃駒草のにおいは／漁火に似てはるかなものであった

霙に打たれて　　内川吉男

霙に打たれて歩いていたら／泣きじゃくりながら／追い掛けてくる声がした〃山の林が葉を落として／身の寄る処がなくなると／お前はいつもそうして追い縋る〃沢地のはずれで途絶える道の／枯れ葦の先の沼にまで／お前の声が付いてくる〃霙で墨がにじんだ声が／葦にはじかれ風になぶられて／しだいにかすれてきたじゃないか〃水際に立って振り返ると／お前は何処かにしゃがみこみ／声をひそめて隠れてしまう〃逃れるように船に乗ったが／先回りしたその声が／すでに水面に満ちていた〃霙の声を掻き分けて／声の葦の根を掻き分けて／沼の水面を裂いていく〃追い縋ってきた声の影は／凍えた肩をふるわせて／空耳の沼に沈むだろう〃水に広がる残響が／しびれる闇のそちこちに／紫斑を浮かして消えていった〃風が渡った向こう岸へ／滞る櫂をはげまして／重い軸先を立て直す〃光の戻った沼の水は／わずかに揺れて身をよじり／片照りの空が晴れていく〃ふと傾いた暗い虹／沼に立つ裸形の胸の窪むあたりに／小さな太陽が懸かっていた

昭夫の没後、内川吉男は岩手を代表する詩誌『火山弾』を発行した。村上昭夫らの時代を詩の黄金時代とすれば、第二次詩の黄金時代と呼べる多くの詩人が執筆した。執筆した詩人の半分以上は第一次黄金時代の詩人たちであったが、あたらしく朝倉宏哉、砂子沢巖、板垣崇志、菊池唯子、齋藤岳城、佐佐木匡、沢志郎、永田豊、糠塚玲、藤森重紀、森三紗らの名を確認できる。

銀河——湧いてくる微笑について——　渡辺眞吾

風葬の／骨灰の／砂漠の／果てから／流れ寄ってくる銀蛇〃酩酊の眼球《めんたま》の／破壊の／サブリエの砂の粒／砂の粒共の　正確な秒針〃煌り　翳り／澱み　黝《くろ》む／ピエロの　肉共の　風化の／汐騒の匂いの／天の果てを／《脊柱の影で》／しらじらと流れている

花について　渡辺眞吾

薔薇の刺が落ちていた／一年ぶりで帰って見たら〃四季の風に曝され／滑らかになった肌を撫でてみる〃尚更にその花の底の／黒い魔性の匂いを感じながら〃尚強く朱い薔薇を／白い薔薇に変えねばならぬと思う〃カミソリの理性が／透明な哀しみの水を泳ぐのだが〃花〃わたくしの中で結晶した／白い花は死なないであろうと思う

月について　渡辺眞吾

段段の砂丘の脳天に／鋭くえぐられているもの〃あれは何か

2　『Là』の詩人たち

詩誌『Là』に参加する昭夫

『首輪』が十一号の最終号（一九五六年）を出した後に、昭夫は居住地盛岡に発行所を持つ大坪孝二主宰の詩誌『Là』に参加する。佐藤章、立花肇、杉山澄夫、佐伯郁郎、三浦和三、有原昭夫、吉田慶治、斎藤彰吾、大村孝子、中村俊亮、藤井逸郎らが書いていた。昭夫は、五～八号に集中して「動物哀歌」の連作を発表している。昭夫の体調がよかった時期でもある。

『Là』五号掲載作品

序曲

人の子ひとり通らない／けれども通って行ったものがある〃それがなになのか分りはしない／ひとつの点のようにも遠く／ひとつの塵のようにも軽く／けれどもたしかに振返りながら／歩いて行ったものがある〃例えば見詰めてくれていた誰かの眼が／あんなに冷たくはない／まっ白な雲になってはいないかと／冴えてくる虹のようなその道を／登って行ったものがある／あるいは落としてくれた誰かの涙が／若しかして／水晶の玉になどなってはいないかと／とぼとぼひとりその道を／捜

していったものがある〃人の子ひとり通らない／けれどもたしかにその道を／通って行ったものがある

空を渡る野犬
凩を吹く者は誰だろう／角笛よりも一層深い音の色で／終りなく吹き鳴らす者は／誰なのだろう〃〈無法に殺されるすべてのいきもの／今こそ空に甦れ／無法に怯えているすべてのいきもの／今こそ空に眼をひらけ〉〃あゝ愛を裂かれるその苦しみよりも／なお一層深いまなざしで／渺々と果てなく遠く／凩を吹き続ける者は／誰なのだろう〃その時数知れぬ野犬の群れは／一面の西の夕焼けのように／なだれ始める砂丘の傾斜のように／一斉に／空を渡り始めたのだ

化石した牛
一言の言葉もなしに／牛は化石した／乾いてゆく草原の痛みを／もう誰も知ることはできない〃そして千年／今は反芻されるなにものもないだろう／鞭うたれる／きびしい雪も降らないだろう〃化石した眼からなおもせんせんと滴る／それは泥なのか／〈遠い河の／固まり始めたような音が／かすかに聞こえるのだが〉〃化石した牛は話そうとしない／二度と歩もうとしない

坂を登る馬
坂を登る馬があった／その時馬を見詰めている人と／人の眼があった〃坂を登る馬は／坂のために

生きたという／その時村があった／町さえもまだ広く広くあった〃だが坂を登る馬が／坂のために永劫を昇華し果てた時／馬の背にあった一切の未来は／豪雨のように流れたろう〃そうして今は／登るべき坂もない／たゞ抵抗のない白の平面が／原始のように／続くだけなのだ

豚

悲鳴をあげて殺されてゆけ／乾いた日差の屠殺場の道を／黒い鉄槌に頭をうたせて／重くぶざまに殺されてゆけ〃皮をはがれてむきだしになってゆけ／軽いあい色のトラックに乗って／甘い散歩道をころがってゆけ／なまあたたかい血を匂わして行け〃臓腑は鴉にくれて行け／そのために屠殺場が近いのだと／思わせるように鴉を群れさしてゆけ〃人は涙など流さぬだろう／人は愛など語らぬだろう／人は舌鼓をうってやむだろう／曳光弾のように燃えてゆけ

蛇

蛇は頭を裂かれて死んだ／まるで生きている／蛇そのもののように〃蛇は重い影のように川を流れた／若しかしたら／蛇を流れてゆく川だったか／流離した川の瀬音だったか〃世という世にはなぜ／嫌われるものと嫌うものがあったろう／蛇の記憶は／流れ星となって虚空に消えた〃それからの一面の野の亀裂／一面の荒野の果に／白い花は咲いたという

マンモスの背

禁欲した姿勢のままに／マンモスは夜を眠ったという〃禁欲した姿勢のままに／マンモスは未来を信じたという〃眠りの姿のマンモスが／其処にあった一切の形象を否定して／豪然と崩れ落ちるのは／何時の日だろう〃未来を信じたマンモスが／遠い海鳴りのように／歩み始めるのは〃禁欲した姿勢のままに／今五十万年を眠るという／その背こそわびしきいのちたちの／唯一の実存の／歩行の場なのだ

『Là』六号掲載作品

宇宙を隠す野良犬

野良犬はなぜ生まれてきたのか／それが分る時／宇宙の秘密は解けてくる〃それはなぜ好かれないのか／その肌はなぜ悪臭に汚れていて／なぜみなに追われるのか〃それはなぜ痩せているのか／消え果てそうにも痩せていながら／なぜなおも撲殺されようと／つけねらわれるのか〃それはなぜ尻尾をたれるのか／人の姿を見さえすると／なぜおびえた痛ましい眼を向けて／逃げ去ってゆくのか〃そうして野良犬は／これからも生まれるのだろうか／生まれて誰にも好かれはしないのに／何時も固い棒で追われ　るばかりで／何時も角立った石で打たれるばかりで／何時も暗くて際のない死に／おびえていなければならないのに／野良犬は／何べんも生まれるのだろうか〃それが分ってくる時／宇宙の秘密は解けるのだ／宇宙の端がいったいなになのか／その先がどうなっているのか／一匹の地に飢えた野良犬が／雨に濡れながら逃亡を続ける野良犬が／それをしっかりと／隠してい

るのだ

猿

猿のなかを／いま嵐が渡っているのだ〃猿のなかを／いま乾風が吹きはじめているのだ〃猿の際限は／はかり知れないほど広いのだから／猿のなかを／嵐が渡ってゆくのに／五十億年はかかるだろう〃猿の奥底は／深さ知れないほど深いのだから／猿のなかで乾風が吹きやむまでに／それから五十億年はかかるだろう〃猿のなかを／暗い嵐が渡っているのだ〃猿のなかを／あの吹きやまぬ乾風が／いま吹きはじめているのだ

野の兎

野の兎を追いだすな／そのように新しい銃をかまえなくても／兎ならばいし弓ででも追えるのだ〃兎の赤い眼を消すな／そのように尖鋭な弾をこめなくても／兎の赤い眼ならば／石つぶてでも消せるのだ〃野を渡る兎の跳躍は／世界と共に流れるものなのだ／野をみつめる兎のうす赤い目は／世界と共に終るものなのだ〃だから兎を撃ってはいけない／兎を野から追い出したところで／あとにはなにも残らないのだ／兎を血みどろに殺してみたところで／そのあとには／なにもありはしないのだ

ひとでのある所

ひとでのある所までおりてゆこう／そこから地獄の火が見えるはずだ／かなしくゆれる古い船の尾灯のように／地獄の火がかすかに見えるはずだ〃ひとでのある所まで／九十九億の階段があるだろう／そこから地獄の火まで／さらに九十九億の／かたい階段があるだろう〃百段目から／周囲が古い森林のように／暗くなるはずだ〃千段目から／すべての眼が失われかけるように／見えるものがなくなるはずだ〃ひとでのある所まで／九十九億の階段をおりてゆこう／ひとではそこにいるはずだ／ひとではいなければならないもののように／ひとででいなければならないもののように〃ひとでのある所から／そうして九十九億の階段を／おりてゆこう

『Là』七号掲載作品

こおろぎのいる部屋

部屋にはこおろぎがいるのに／なぜこおろぎの話をしないのか／この部屋の人達はみんな女の話ばかりする／女は男の話ばかりする／そうしてそのために／みんなが猜疑し合っている〃部屋にはこおろぎがいるのだ／秋になるとどの部屋にも／きまってこおろぎが出てくるのだ／こおろぎは世界のすべての恐怖や／死や病いや離別やその霧の彼方とかいうものと／同じ深い方向からくるのだ／それをこおろぎというのだ〃だのにこの部屋の人達は／みんな酒に酔う話ばかりする／そうしてみんながそのために／軽蔑し合ってばかりいる〃こおろぎを話しさえすればいいのだ／こおろぎがなぜ現れてきたのか／こおろぎがあらわれなければならない不思議が／世界の何処かにあったのか／

こおろぎのかたちのことを／こおろぎの鳴く音のことを／こおろぎの遠い日の恐怖のことなどを／この部屋で／話さえすればいいのだ

人

ひとのことを言うのは恐ろしい／それは世界のかなしみのなかで／一番悲しいことだ〃人は殺すことをよすわけにはいかない／人は盗むことをよすわけにはいかない／それから人は／交尾することをよすわけにはいかないのだ〃人はその体の上に衣を着たり／風と雨や雪を防ぐ建物を建てたり／それから世界のなかで一番高い／樹木より高い塔を建てたりもするのだ〃人の村は長い冬でも食べ物をたくわえるし／人の都会は星のない夜のなかでも／火や明かりがチカチカ輝くのだ〃だが人のことを言うのは恐ろしい／それは世界のかなしいことのなかで／一番悲しい〃人は殺さなくてもすむのに殺すのだ／人は盗まなくてもすむのに盗むのだ／ことさらに人は／交尾しなくてもすむのに／交尾をするのだ〃そうしてそのことよりも／人が一番かなしいことは／人は生まれなくてすむのに／生まれるのだ

ねずみ

私等にはねずみを殺せない／ねずみは二つに裂いても殺せない／それをさらに二十倍して裂いてみても／殺せないものなのだ〃ねずみは実はどのねずみも／うさぎよりも小さいのだ／弱いことならば／子猫にさえ簡単に食べられるのだ／だのにそのねずみも／私等は殺すことができない〃私等は

むかしから／ねずみを憎んできたのだ／ねずみは嫌らしいいきものだから／ねずみは人に恐怖をあたえるから／例えばそれは人の食物を盗んでいったり〃人にペストという／恐ろしい病気を運んできたり／それは何れもほんとうのことだから／私等はねずみを殺そうとしてきたのだ〃だが私等には／ねずみを殺すことはできない／微塵にうちくだいても殺せない／強い毒を飲ませても／火で焼きこがしても殺せない／ねずみが恐ろしいことには／ねずみを殺すためには／世界を殺してしまわなければ／ならないのだ

うみねこ

うみねこをかもめという人がいる／かもめと同じものだという人がいる／うみねこはかもめと呼ばれながら／あの冷たい逆白波のたつ浜辺を／さまよっているだろうか〃うみねこは害鳥だという人がいる／うみねこは苗代を荒らすと／うみねこはたにしや人のものを盗んでゆく害鳥だから／滅ぼしてもかまわないという人がある／うみねこは人に害鳥だといわれながら／あの腐った港の水やさびしい島や／貧しい村の田の面の上を／鳴き続けているだろうか〃うみねこが魚をみつけるのは／たかが知れているという人がある／せいぜい僅かな鰯ぐらいだという人がある／うみねこはまだ見えない魚を尋ねながら／あの広いはげしい沖に向かって／出てゆくのだろうか／もはや帰ってはこないだろうか／その時／人はうみねこをなんと呼ぶだろう／あれは海へ行ったと呼ぶだろうか／あれはもう帰ってこないのだ／あれはいけない鳥だった／あれは見えなくなったと呼ぶだろうか〃だが／うみねこは億年来うみねこだったのだ／うみねこはまた億年来害鳥であった／ためしはないの

だ／うみねこはまた億年来魚を捜しもとめながら／はげしい沖へ向って出て行ったのだ／それがうみねこなのだ／うみねこと呼ばれなければならない／鳥なのだ

あざらしのいる海

あざらしのいる海は／からからからからと鳴るという〃あざらしのいる海は／氷塊と氷塊がふれあう音がして／それが／からからからからと鳴るという〃実はその人のなかにあざらしの住む海があって／それが／からからからからと鳴るのだ〃あざらしのいる海は／灰色の雲がひくくたれこめてあって／そこから灰色の雪が／毎日毎日降るのだという〃私はあざらしを見たこともないのだが／それを聞いてあざらしが分るのだ／世界にはあざらしがいるのだ／世界にはからからからからと鳴る海があって／そこにあざらしという／いきものがいるのだ〃その海があざらしを話す人のなかで／永遠に／鳴り続けるのだ

『Là』八号掲載作品

じゅうしまつ

じゅうしまつはふいに部屋にやってくる／じゅうしまつは病んだ人の飼う鳥だ〃隣の部屋では／じゅうしまつを人に踏みつぶされた女が／髪をふりみだして泣いた〃下の草はらでは／めでたい日にも美しい着物を着れない少女が／じゅうしまつとたわむれて遊んでいる／じゅうしまつは逃げる

少女に／幾度も幾度も追いついてゆく〃すでに病んだ人には／じゅうしまつははっきりとその姿を見せる／病みかかっている人には／じゅうしまつは僅かな声を聞かせる／そしてまだ病まない人には／じゅうしまつはそのまだ見えない姿を／かすかに覗かせるのだ

すずめ

すずめは撃たれたっていいのだ／すずめは捕まったっていいのだ／すずめは威かされたっていいのだ／すずめ威しは一日いっぱいすずめを威かすし／なまりの弾は世界の暗い重い色だし／かすみの網はすずめを一度に百羽も捕るのだ／だが誰もすずめを／消し去るわけにはゆかない／すずめを撃つ人も／すずめを捕える人も／すずめをたわいなく威かす人も／すずめを／失うわけにはゆかないのだ

からす

あの声は／寂寥を食べて生きてきたのだ／誰でも一度は／からすだったことがあるのだ〃ひとが死ぬと／からすが一羽何処かで死ぬのだと／隣のベッドの老人が言った／あたかも七十年を生きてきた／その秘奥をいま始めてうちあけるように〃からすの食べる食物を何時か見た／道に捨てられているけだものの腑を／川を流れてゆく／腑のような血の固まりを〃だがそれ等のすべては／人のおのれを他のいきものたちと区別する／高い知性とか進歩する科学とかと／なんの変りもないものなのだ／からすは／それを食べて生きてきたのだ／誰でも一度は／からすだったことがあるのだ

雁の声

雁の声を聞いた／雁の渡ってゆく声は／あの涯のない宇宙の涯の深さと／おんなじだ〃私は治らない病気を持っているから／それで／雁の声が聞こえるのだ〃治らない人の病は／あの涯のない宇宙の涯の深さと／おんなじだ〃雁の渡ってゆく姿を／私なら見れると思う／雁のゆきつく先のところを／私なら知れると思う／雁をそこまで行って抱けるのは／私よりほかないのだと思う〃雁の声を聞いたのだ／雁の一心に渡ってゆくあの声を／私は聞いたのだ

一九五三年二月、昭夫の病気は軽快になり岩手サナトリウムを退院し、盛岡市加賀野中道二七の自宅に帰ることができた。記録によれば、まだ闘病中の昆ふさ子を見舞い励ます、とある。

昭夫は岩手日報の詩投稿欄にも積極的に応募している。選者は第一回目が草野心平、第二回目からは村野四郎になった。村野四郎により昭夫は才能を見出される。終生、詩を投稿した。このことが昭夫をして村野四郎を終生の師と思うようになった。

岩手県詩人クラブ（会長・佐伯郁郎）の事務局が盛岡市の大坪孝二方におかれていた。大坪の家は「大坪旅館」をやっていたため岩手県詩人クラブの会員始め、当時秋田にいた前原正治など会員ではない詩人たちもやって来た。「大坪旅館」は詩の熱気に満ちていた。昭夫はこの時期に大坪のところに出入りし、事務局の会報誌『皿』の編集にも携わっている。詩人クラブ事務局のある大坪旅館によく出入りしていたのは村上昭夫、髙橋昭八郎、中村俊亮の三人であったと髙橋昭八郎は述懐している。

第七回岩手芸術祭に昭夫の「荒野とポプラ」が第一席入選し『岩手日報』にも掲載された。このことが昭夫をして詩に自信を持たしめることになったようだ。「荒野とポプラ」以降の作品の完成度が上がっていることからも判断できる。選者は佐伯郁郎らであった。

一九五九年一月、レントゲン検査で昭夫の右肺に空洞が発見された。大事を取り、昭夫は詩人クラブの仕事からもはなれる。昭夫の詩が多く発表されたのは僅か五年間である。

当時の『Là』に掲載された主な同人の作品を以下に記しておきたい。

天職　　　　大坪孝二

斜線がひかれる　日本国有鉄道勤続三十六年の一枚のカード／／雨の構内に残される廃車の存在／／眼鏡の霧の底に消えるテールランプ／／乾く弁当箱に　きちんと天職を吸い込む

回帰　　　　大坪孝二

北風の雪の部落　消えずに並ぶランプの散点／／角巻をかぶり　長靴をはく　女達の白い道／／壁の闇に藁をうつ　暗く重い生活の音／／めぐり来る回帰　山脈は湖に凍る

大坪旅館跡の「岩手県詩人クラブ発祥の地」標識

北国　　大坪孝二

海の向こうで　兵隊達が空砲をぶつぱなすのだろうか／灰色の雲の下／名前もない子供を腹にいれた女が歩いている

外套　　大坪孝二

すべて枯れてしまったと淋しがる顔よ　山道には栗が一面撒かれてある　小さな自分をいっぱいつめて　誰にも奪われまいと武装して　ブランコに揺れる星空の下で冷たい風に吹かれながら／何処を歩いて来たんだ　半分つぶれた靴は泥に汚れて　曲がりくねった道に疲れた二本の足よ　きびしく冷たい雪の道を　凍りながら踏みつけるんだ　新しい結晶の上を確実に／手よ　限られた風景を前に　林檎のように赤く結実した自分を描け　張りつめた氷の刃をその掌に落とされても　しっかと天に向って弓をひかねばならぬ／秋の陽沈むベンチに座って　コップに溢れる夢を彼等はのんでいる　灰色の壁に掛かって　外套は　ひとり涙で濡れている　たとえからっぽの胴体をつゝんだとしても遥か花のない季節になれば　ライトのついた舞台から忘れられた父親のように　去っていかねばならぬとは

詩誌『Là』に動物などの作品の連作を始める時に、大坪孝二が動物哀歌ではどうかとアドバイスした。後に、詩集名を決める時にはそのまま『動物哀歌』にすんなりきまったのだった。詩誌「Là」

主宰、大坪孝二は岩手県詩人クラブ事務局長として佐伯郁郎会長と共に県内の詩人を牽引した。

詩の合評会では昭夫の詩についてそれほど評価はしていなかったが、昭夫が自作について何か言った時は、またオシャカサマが始まった、大坪は揶揄したような言い方をしていた。大坪の言葉は昭夫の詩に対する裏返しの深い愛情ではなかったか。だからこそ、詩集をつくる時やその後は深い愛情をもって昭夫の詩の普及にも尽くした。昭夫より一歳年上であったが昭夫は兄のようにも感じていたようだ。大坪孝二が昭夫に言ったオシャカサマを聞いてやる、という言葉は微妙なニュアンスがあり、重ねて言うが、愛のこもったものであり、揶揄ではない。

昭夫の死後、大坪は県内各地で昭夫についての講演を行い、昭夫の詩を先駆的に県民に広める役割を果たした。

売淫者の歌　　　佐藤　章

かつてか　もとよりか／けだものはひとの原因だった／だがいまこそおれは寸分たがわぬ／けだものの結果だ／それはともあれ／おれはもとよりの売淫者だ／にぶい糸杉よ　だりやの肺よ／好いたらしい夕べの雨足よ〃病者の精悍だ／おれは全き売淫をしよう／光年を疲れて落ちる星くずと／億年の

大坪孝二と昭夫

憂鬱と／億年の無意識と／したたらせ　したたらせ／神の不在と　未知の実存過剰と／億年生まれの淫売だ／したたらせ　したたらせ／男色の種たる戦争と／狭隘な鎖国の豊満な人口と〃苦悩の精緻と／困難の誠意と／ぺにしりんの抵抗体と／富士のせだけをこえた詩華集と〃けちな未来に値切られても／身持ちの言い中世には高値を張るな〃したたらせ　血の光り／モジリアニの女みたいに／人間という愛の死因と　したたらせ／かまうな　好いたらしい海よ／決して癒されぬものは／決して患わぬものよりたえず強いからな／衰弱なんかしないのだ〃それよつか　空気と横になれ／酸えた麦角よ　電子音楽よ／透る演技よ　傷よ〃どうだ　この新月の明日の体重を／どうだ　あの万有らの困憊の極みを／そしてあれらの核だけがのこるのを〃おれは行先　ゆっくりゆっくり／鉄扇をあをぎながら／なすびいろした象と逢引いて淫獄だ〃内ではまごうかたなき謝肉祭が待っている

後に、佐藤章は毎日新聞北上支局に勤務した折、岩手高校で同級だった詩人の川村洋一とともに日本現代詩歌文学館の設立運動に深くかかわっている。当時、岩手県詩人クラブ会長であった斎藤彰吾は詩歌文学館の賛同者会議をもち、佐藤章、川村洋一ら三人で話し合った。詩歌文学館をやろうという灯を点したのだ。

3　日本現代詩歌文学館に関わった三人の詩人

佐藤章は『詩歌文学館ものがたり』の中で次のように書いている。

「私はかつて毎日新聞記者として三度、北上市にお世話になり、今はまた詩歌文学館の仕事でお世話になっている。まず最初は昭和四十二年三月、ちょうど斎藤市長さんが北上市長になられた一年後になる。（略）

さて、五十七年九月二十七日、私が十数年ぶりに出版した詩集の記念会を、親しい人たちが東京屋で開いてくれた。斎藤市長さんも出席してくださったが、この時、高校時代からの友人の川村洋一氏（現日本現代詩歌文学館振興会理事）がわざわざ神奈川県から飛んできてくれた。実はこの夜、川村氏が相賀徹夫小学館社長、萩原廸夫芸風書院社長と構想されていた今の日本現代詩歌文学館の話を斎藤市長さんと私に話したのであった。忘れもできない夜となった。

その年の十二月八日、記者クラブと、斎藤市長さんはじめ市首脳の方々との恒例の忘年会があった。私はこの時、斎藤市長さんと酒杯をかわしながら、文学館の続きの話をし、つくっていた〝北上近代詩歌資料館〟という仮称の構想メモをおみせしたところ、『うん、いい計画だなあ。うん、わかった』と、背広の内ポケットにしまった。（略）明けて五十八年三月十七日の夜のことは、まえにもまして忘れられない。やはり記者クラブの同僚の送別会の時、盃をもってあいさつにいったところ、やがて斎藤市長さんが、私の手をにぎりながら『おれ、腹をくくったぞ』と力をこめて話した。温顔、少し酔顔のなかにも、決然とした目で、詩歌文学館を黒工（著者注・黒沢尻工業高校）跡地に、と決断されたサインであった。

それから間もなくの四月三十日、相賀社長、萩原社長、川村氏が市役所を訪れ、斎藤市長さんと会談した。この日が、詩歌文学館が事実上、創始した日になるだろう。この日から約一年間、文学館についての調査、研究や、計画の具体案づくり、そしてまず振興会をつくり、資料収集、文学館基金のよびかけからスタートしよう、と五十九年四月二十九日、市役所五階の大会議室で日本現代詩歌文学館振興会設立総会を開き、文学館が一歩を踏み出したのである。」

彼ら二人の活躍があって今日の日本現代詩歌文学館が存在するともいえる。詩に対する深い愛情と情熱からできた詩歌文学館である。それを支持した北上市民、源流は十一号で終刊になった『首輪』であった。斎藤彰吾も日本現代詩歌文学館の設立に深くかかわりをもった。斎藤彰吾は北上市立図書館長として活躍しており、実務にも長けていた。また、岩手県詩人クラブ会長でもあった。『首輪』同人たちの果たした役割は極めて大きいと言える。

岩手県詩人クラブ（内川吉男会長）はそれぞれ「地」、「水」、「火」、「風」、「空」をテーマに、五年の歳月をかけた一大アンソロジーを刊行。詩歌文学館賞特別賞を受賞した。

井上靖は詩歌文学館の名誉館長、最高顧問、詩歌文学館賞選考委員長として日本で初めての詩歌文学館を牽引し、日本を代表する詩歌文学館の隆盛の基礎を築かれたのである。最高顧問には井上靖、山本健吉の二人が就任された。

ことば　　川村洋一

山の上に秋がきて／くぬぎ林に蝶あふれ／まもなく冬がやってきたが／春はいつまでも訪れなかった／それでも花は何処かで咲き／風は時を乗せて消えていった〃春を恋う小鳥の声が／幽かに聞こえていた／小川には沢蟹が／はさみをふりかざし／風を切り取っていた／かにのはさみに／遠くか

すむあなたの姿をのせてみた／独り　酒を汲み／過ぎ行く時を数えることしか／することがなかったからだ〃騒がしい言葉が／ふもとの町に溢れていた／狩人の絃にも踊らず／消えてゆく風の音に／美しい言葉だけをそっと乗せて暮らした〃山の上に秋がきて／くぬぎ林に蝶あふれ／ふたたび冬もやってきたが／春はやはり訪れなかった／蝶は死に沢蟹も姿を消し／ことばは枯れていった〃花も時も風も恋も枯れたのだ

川村洋一は佐藤章、斎藤彰吾と共に日本現代詩歌文学館設立運動の中心になって働いた。詩誌『青焔』主宰。『灰色の夜の唄』はじめ十数冊の詩集、他に童話集、人形劇集などがある。村上昭夫、佐藤章、川村洋一は現在の岩手高校卒業生というのも縁である。

4　岩手県詩人クラブと佐伯郁郎

佐伯郁郎

海にて　　佐伯郁郎

絶え間ない／波のリフレエーン／渚はいつもしろく濕《ぬ》れている〃あなたの出発したのは／いつであったか？／わたしも／いま　出発しようとしている〃「別離」とは／かくも非常のものであるか〃あなたも　あの時／胸一杯の愁いをこめたことであろう〃熱い映像の中で／鷗が／一斉に／海へ

羽搏いて行った

佐伯郁郎は岩手県詩人クラブの初代会長も務めた。ちょうど昭夫が活躍していた時期と重なる。佐伯は大学卒業後、内務省情報局文芸課兼出版課に勤務した。その仕事は図書の検閲、出版傾向の調査及び企画など。戦時中は文化団体の情報局情報官として文化団体などに対する指導監督などに携わった。多くの重要な詩集などを保護した。それらの厖大な本は子供の佐伯研二が整理、分類した。「人首《ひとかべ》文庫」(館長・佐伯研二)として、奥州市江刺区米里に私設文庫で残っている。

蟻　　佐伯郁郎

殺戮を茶飯事とする／職場から帰ったばかりの／その人に／なんど喚びかけても／振り向こうともしなかった／うす汚れた戎衣に身を包んで／背中を見せたまま／その人は頭をかかえて／塑像の「考える人」であった。／その人が目を落としていた地べたを／蟻が這いずり廻っていた。／その人にとって／それはまぎれもない／生きている生物であった／凝視めればみつめるほど／蟻はその人に大写しになった。〃こうしている間も／必ずどこかで／取りかえしのつかぬ／冒瀆が繰り返されていた。

有原昭夫

血　　有原昭夫

屠殺の車がやみにきしる／あふれる血のりが川をにごす／きのうもふたり命が細り／肉の煙は夜空に絶えない／ぼくたちすこやかに生きてきた／たくましい知恵も骨も肉も／ふいにむなしいときがくる／あかんぼうの死ははかりしれずさびしく／としよりの死はささやかにむなしい／ぼくたちふたりの愛の死は／うすらいでゆく血の波紋〃なまぬるい風が吹く／こんな夜は／きまってどこかで雪崩がする／こんな夜は／きまって誰かが死んでゆく／つなぎとめようふたりのからだ／その手と手　その胸と胸／ひとみをのぞくと／水晶体に映ったぼく／ふいにきえた／（なぜ？）／手さぐると／なまあたたかいかたまりがあった／ぼくはいつか犬の形をしていた／ぼくはいつか蛇の形をしていた／ぼくはいつか猿の形をしていた／ぼくはいつか鳥の形をしていた／ふいに烈しくこみあげるものがあった／噴いたのは／血だった〃ぼくはいつか何の形もしていなかった？／形のないものすなわち不滅？／不滅すなわち永遠？／永遠すなわちぼくの形？／（また再発したぼくのやまい）

地蔵尊　　有原昭夫

やがて海が見えるのだろう／潮のかおりは濃霧となって漂い／霧の花ひらく空はにび色／話しかけても呼び止めても／人はみんな風のように過ぎて行ったら／私もいかねばならないのだが――／あどけない表情に見えたのは／汀の小石やがらくた珊瑚や／貝がらの虹や雲丹の殻や／それら愛らしい供物のせいなのか〃あなたの視覚は聴覚は／そんなにも退化してしまったのに／このうえ何を惟《おも》い続けようというのか／降る雨に何時か変貌してゆく憂鬱の峡湾を前にして／わずかに風化に耐え

ている／あなたのその肌に手を触れさしてください

僻地教育に全力を注いだ。『Là』同人としても活躍した。岩泉の大川での教え子には詩人・歌人の山内義廣、詩人の畠山貞美らもいる。

佐藤守男

冬　　佐藤守男

氷河時代――それは世界の終わりが来たのではなかった。世界は変わっただけであった。新しい世界が始まったのである。／（イリン）／しんしんとさむいよ／雨のふりしきる夜ふけの途上に／いま／焔える篝火のそばにあっても　なお／しんしんとさむいよ／ひょうひょうと夜ふけは哭いているよ／輝くようにもえさかる炎の中に雨は降りしきり／しんしんとさむいよ〃そして　いつしか／青い花びらも／洪水期の奔流も／みんな凍りついてしまい／きりきりとつめたく骨が鳴り出すと／樹氷は白く鋭いメスになって胸に突き刺さる／ふりしきる雨も　そのまま／氷結してしまって／あらゆる人々の　黄昏の／生理や肉体など　そして／あの精神や思考など／すべてが冷却の中につかる／しんしんとさむいよ／凍りつく夜の中に　いま／どうにもならない雨は降りしきって〃ぼろぼろのらんるはいたいよ／火をもやしても　なお／きりきりと鋭く雨は肌に沁みて／しんしんとよるはさむいよこの詩について、村野四郎は「詩精神の尖端が細く鋭く冬というテーマの焦点につきささっている。この詩は感覚的に冬の現実のみをえがいたものではなく、現代の『精神の冬』を表現したものであることはいうまでもない」と評している。この詩は昭和三十年一月一日の『岩手日報』新年文芸「地」賞。昭夫も応募したが、このときは選外佳作であった。詩の傾向は昭夫と違うが掲載される『岩手日報』の詩欄常連であり、昭夫は刺激を受けていたと思われる。

佐藤守男（本名・千葉守男）は一関市出身。投稿時は岩泉に住んでいたが、岩泉中学校を辞職後は一関に帰り詩誌『浪漫残党』を北川れい、及川和夫、佐藤文郎、阿部聡らと三号まで発行した。その後、上京。詩誌『現代詩評論』に作品を発表。遺族によって二〇〇五年（平成一七年）詩集『射座』（けやき出版）が刊行された。

斎藤彰吾

わかれ
斎藤彰吾

橋のたもとで虫が　星の光のように／鳴いていました／枯草のちらばった秋だったからでしょうか／あなたは見知らぬ人でした／いつまでも連續《れんぞく》の愛を／短い季節の雲に告げているのでした／ふるさとに生れて／ふるさとの壜の中で　もがいていた／ぼくを／あなたは／遠い外地の空の下／戦争に行った／女学生たちのことを／被服廠《ひふくしょう》での苦い体験を／微笑んで　語りながら／水のほとりに美

しく立っているのでした

斎藤彰吾は『首輪』以来、昭夫とは長い付き合いがある詩人。農民文化賞（「岩手の保健」大牟羅《おおむら》良《りょう》の基金）、岩手の詩を精力的に牽引している。前出のように日本詩歌文学館の設立にも尽力した。

吉田慶治

蒼の記憶　　吉田慶治

クレインが築山の裾に、さびた呻きを残して――また諦観の夜の溜息を渚の石原の上から吐きかける。するとその頃の夜は不思議に了解のあきらめが湧いた。／迷彩を施した失明の燈台の脚に暗い波は口を抑えて哄笑を怺《こら》えた。／その時代、余暇の音盤は、空しくその溝を埋められていて、僕たちはその上をずっと向こうの堤防の先までそわそわと鋲《びょう》の音をしのばせて荷を置きに行き来した。壓《お》しこめられた雲の下の蟻のように。人間の蟻となって。／徴用のマドロスは礼儀正しく、しかし太いパイプの代わりに錆びた一個の薬莢を咥えていて、もうボルガなんかうたわなかった。／おどおどと船艙の中に寝そべってばかりいた。／或夜、エンジンは湿っぽいドラムを叩いて異常の出帆を告げる。出師の（遁走の）義務の（ぎまんの）……栄光の出発。／僕はあのもののけに憑かれた出帆の寂寥を知らない。／誰かが黒に塗りつぶされた倉庫のがらんどうのあたりでひきつった笑い声をあげた（ような気がした）。僕たちはきっとその方を眺めやる。／黒々と遺骸のように横たわった岸堤の上に、眠りにつけないその町の市民のためいきがあった。その見えない視線できっと僕達を追っていた。／それから暗澹たる海へ向った。

一番の人　　吉田慶治

夜明けに／この雪道を踏んでいったのは誰だろう／まだヤマドリやノウサギもわたらないま新しい新雪の道を／ガラス砕くように踏みしだいて／低く這ったケモノの形のこの雪山の下を／一人駆けて行ったのは誰だろう／裸の樹林が立ち竦む山合の部落が／雪をおった重たい草屋根の下に／まだ深い眠りにある頃を／火事のように燃え立つ朝焼けを待たないで／この村はずれを／ひとり出かけて行ったのは誰だろう／鈍い夜明けの雲の光芒《ひかり》に／あなたの足跡は／案内人のように自信に満ちて／いま僕の前をたしかに進む／あなたは　病人の呻く山陰の部落から／カラスの群れが飛びたたぬうちにと／医師を呼び戻しに行く青年であったか／あなたは　二里もある金田一の村に急ぐ／ブリキ罐を背負った浜の女だったか／あなたはまた／里の駅へ早出しの荷扱いに出向くかの村の駅員であったか／聖なる朝の使徒のように／甦えった彫刻のように／光の向こうにつづくあなたの足跡は勇ましい／山から垂れた黒木綿の闇をつき抜けて行くとき／あなたの後ろできり立つ崖やササヤブは／音とともに崩れ落ちなかったか／雪を踏みさばくあなたの硬い足跡に／耳をそばだてるチミモウリョウはいなかったか／黒々と立ちはだかるはがねのような雪山の壁は／あなたの逸る呼吸をとめなかったか／あなたの足跡はそれを言わない／ためらいもなく且つてらいもなく／ただ雪道のかなたに／克明に行方を示すのである／この道を通った一番の人の足跡は／朝の白光をいっぱいに

吸って／ハナビラのようにまばゆく／徽章のように美しく／ああ　今朝一番にこの道を駆けて行ったのは誰だろう／（九戸郡観音林にて）

昭和三十二年秋（十月八日）の岩手芸術祭に、県詩人クラブは岩手公園下の教育会館（旧館）で第二回詩祭「現代詩の講演と詩劇の夕」を開いている。このとき、東京から招いた江間章子、秋谷豊両講師の講話のあと、創作劇を二つ公演しているが、そのひとつは、北上・花巻在住の詩人たちによる「黒のタンタルス」（斎藤彰吾、渡辺眞吾合作）。

「黒の…」は上演中にひとりの論客が突如客席から舞台におどり出て来て、出演者と即席の「詩劇」論争を繰り広げるという一幕もあって観客のど肝を抜いたりした。対する盛岡詩の会は「馬を主題とする三つのファンタジー」（大坪孝二、藤井逸郎、吉田慶治が脚本分担）。「馬を…」のけいこは例によって大坪旅館におじゃましたり、不来方町の県福祉協議会裏の一室を借りてやったりしたが、不来方町でやっていたとき、夜分、劇中で歌われる合唱練習の「赤く汚れた月の晩、おいらはポアンで死んじゃった…」といったふうな蛮声が、近隣にこだまし、数人のおばさんたちが何ごとかと駆けつけてきていぶかしむ場面もあり、詩祭の呼びものは変なところで評判を呼んだりしたようであった。この詩劇上演には、詩人クラブ員のほか、これに共鳴加担する画家、演劇サークルの人たちが献身的な協力をするという美談までついて、なかなか愉快な催しであった。その顔ぶれをあげてみると、北上・花巻組では大村孝子が演出担当、大宮政郎の装置、阿部鎮子の衣装、効果髙橋喜三郎、それに出演者は前記渡辺、斎藤たちのほかに高橋昭八郎もルパシカを着て出ている。盛岡組の面々は、演出に佐伯郁郎氏、同助手に栗栖保之助、装置に村上善男。そのほか裏方に高橋収盛岡市議ほか多士済々の詩劇のとりこたちが群がり集まってきていた。配役には村上昭夫、内川吉男、小野寺真雄、井上政夫、それに佐々木ミヨや中村敏子ほかで佐々木と中村は岩大生で詩を書いている才女たちであった。（略）さて、いよいよ本番到来、岩手町からの馬車車も無事着いて、それが象徴的に頭上につるされた舞台で、村上昭夫は当夜、詩劇「いななきを…」の主人公――戦争の悪夢的幻影にさいなまれるアングロ・アラブ役を演ずるのだが、どうしたことか、彼は一カ所せりふをとちってしまいあわてるのだ。といっても脚本を読んでいない観客にはわかりっこないのだが、彼の方で積極的に？辞任した格好で、すこしうろたえ、次の瞬間すばやくわれを取り戻すのだが、てれ笑いと苦

「現代詩の講演と詩劇の夕」集合写真。２列目右から２人目が舞台衣装を着た昭夫

笑をごっちゃにしたなんともいえない感情をかみころすのに、舞台の上で懸命にこらえているのだ――あの真摯な表情。あの晩、三つのオムニバスの役柄を使いわけなければならなかったひたむきな彼、それに演劇などという器用なことは無縁に思われる彼のことであるから、あらかじめせりふの暗唱は終わっていたつもりでいても、木の精を演ずる三人の若い美女たちに囲まれてやりとりしているうちに、いつのまにか順序をとりちがえてしまったというふうなのであった。

〈吉田慶治「村上昭夫のことば」（『岩手日報』昭和四十四年一月二十日）〉

昭夫が亡くなって（昭和四十三年十月十一日）から間もない頃の記事であるが、この頃の岩手の詩人たちの動きが画家をはじめ演劇関係者などいろいろな分野の人々との交流もあったかとが窺い知れる。この記事にも名前がある大宮政郎氏は本書の表紙画を飾っている画家である。

中村俊亮

少年期　　中村俊亮

自分にさえたよれるかどうか／パンがかえるかどうか／眠っているひまもなく／闇のなかでめざめているばかり　出口のない世界〃ぼくたちの都市は牢獄／不信な骨が住んでいるゆえ／ぼくたちの都市は牢獄／寂しいばかりの穴ぐらから不幸にもだえるジャズが／ぼくたちをひどく笑わせ私刑する／私刑されたぼくたちは／これ以上の痕跡はないと／人々の前で歌い／人々の前で猿踊り／踊り

疲れたぼくたちは／みずからまがった道に立っているのに気ずく／ぼくたちは愛することより憎むことを／おぼえ／いかなる愛も嘘／ぼくたちの都市にも嘘がある／／どこからわいてきたのだろう豚／女の沼をおもわせる田んぼには／住宅がたちならび　生産地帯／もはや米の味を知らない国／まるで食いざかりのぼくたちの責任のように／この責任はいったい誰がいじるのだろう／こんな現実にはつながりがないと／いわんばかりの無数の顔が／ぼくたちを絶望させ／自分の像だけを彫刻している獣／おお　火星に夢を求める人間／／食いざかりのぼくたちは／なぜうまれてこなければならなかったのか／かんがえたい／しかし　かんがえることよりもさきに／ぼくたちを神経質にする記憶／熱病　　蛇／ふたつの愛は不健康な愛欲の渇きゆえ／要求された武器をうんだ／ふたりは希望を語っただろうか／いくたびか　永遠の霊魂／ぼくたちは武器／あらそいがつづいていたら／ぼくたちは武器以外の何物でもない／雨の日に行方不明の著名をしただろう／完全に焔／／ぼくたちや老人を殺そうとする殺し屋は／ぼくたちの国を飢えからすくう英雄が／殺し屋は見る　水分だけのうんこ／ぼくたちは人を信じたい／ぼくたちにはうたぐることが人を信じること／どのような真実にも／爪をたてるぼくたち／それはそむかれた日々をおもいださせるために／いちはやくぼくたちを不良少年にする毒／／どうにもならない時間が／おかしい歩きかたをして／にんげんのどうにもならない／空虚の崖で中毒自殺する／すくってやりたい！／そう思う　情熱／しかし　誰ひとりとして追いかけて／なっとくがゆくまで／やさしい言葉をかけてやる愛がない／ぼくたちの都市に帰れと忠告する愛がない／その人よりはるかに愛は失望していたから／しごとをさがす三月／しごとのきまった人たちと一緒に歩いている無職の男たち／男たちは一緒に歩いているというだけだ／たが

いに自分の運命を意識し／たがいに他人の運命とひかくする／満足感と不安と腋臭の嫉妬／どの仕事も満員の札をさげ／ぼくたちの魂をなお埋没する／ぼくたちの神は少女を夜逃げし／生活力のある心に住む／ぼくたちの胸と少女たちの胸とのあいだにうごめく計算された友情／なぜ　欲望は美しいものから醜いものにかわりはてるのか／自由であるだろう風と／焼き鳥屋に入るぼくたちは／あらゆるものからそむかれた／人々がぼくたちをそむこうと思っているように／ぼくたちも人々をそむこうと思っている／泣き笑い声だけが大きくて／希望の小さいぼくたちの少年期／さびしいぼくたちの性は／ざらざらした蛇の舌にはさまれうっとり眠り／ぼくたちは男と女が赤くただれた美を／かさねあう一瞬をかんじた　さびしい種子／おお　ぼくたちは狂っていない／狂ったように踊ったぼくたちが／ほんとうはいくど夢みたことだろう／明日が約束される世界／でも　いつもぼくたちはコンクリイトの顔／／夕ぐれ　ビルデングのあいだに沈む夕暮れは／解放された無数のなまぐさい匂いに驚き／いっせいに逃げる／ぼくたちは群集のなかに入りこみ／ゆっくり時間を消す／ぼくたちをとびこえてゆく人／ぼくたちにおいこされる人／人々は何よりもおいこすことを／人々はせわしなく街角をまがり／めいめいの道をふむ／ぼくたちは街角をまがり／屋上からにんげんが降るのを見／いきる権利を／ぼくたちの歌う歌にした／／ぼくたちこそはこの世の／泥なんだ　地獄なんだ／火酒なんだ　堕落なんだ／口をあけ　食う牢獄の空気／口をあけ　もどす牢獄の空気／おお　苦痛そのものだ／おお／うらぎれ／うらぎれ／夏の反抗

悪い子　中村俊亮

ぼくは悪い子だ／めまぐるしくからだの機械にぼくの血があふれると／ぼくはぼくを殺してみたくなる／あなたの肌を殺してみたくなる／ぼくの血がどんなに赤くてもあなたにはわからないのだ〃ぼくは悪い子だ／太陽が燃えると　ぼくも燃えてあなたを熔かしてみたくなる／かぎりなく愛をのぞいてみたくなる／ふたりが眸を宝石のようにきれいにみせあっても／眸はしずかではない〃ぼくの血は河をこわし　大河に流れて／ぼくの掌にあなたをくるもうとする／風は　はげしく震えて／ぼくははげしくぼくのなかでぐっさりと刺している悪い子をだまって見ている／あなたはあなたの美しい女をいつまでもいつまでも／ぼくにみせようとしない／なぜだろう／ぼくらがふたつの海鳴りをべつべつにきくのは〃ぼくは悪い子だ／悪い子になって　なお眸をぬらして羚羊のようにあなたの眸に／ぼくのさびしい眸をはっきりみせる／すると／あなたはあなたに身を投げて死人のようになる／羚羊が広い胸の上で吠えると〃ぼくは高原のようなひろいあなたに身をなげだし／孤独のうたを首すじにおいてくる／すると／あなたは泣く／なぜ泣くのかぼくにはわからない／ぼくが悪い子だからか／ぼくはあなたを女にしなかった／おそろしくぼくは悪い子を殺したから／ふたりはまだ愛のことを裸にはしなかった／ぼくはひとりの夜に／あなたが宝のように思えてぼくのなかにしまっておきたくなってきた／いつまでも　いつまでも　花屋の花が水につかっているように〃ぼくは悪い子だ／やさしさのなかに抱かれていても／ぼくはあなたの言葉に反対の言葉を投げるのだ／ぼくは助けられるのを知って／なおも　遠くあなたにシャボン玉は重いという／あなたにはわかっているのだ／甘い言葉のなかにぼくをひるがえすのが／ぼくが乳母車にのってみたいのが〃ぼくは悪い子だ／ぼくはつかれはてて孤独の身をわけもわからなくあなたの愛にひたして／広いあなたの

胸に　いつもの悪い子のぼくをなげるのだ

年下だが才能豊かな中村俊亮にたいして、時にはライバル心をもったという昭夫である。村上善男が居合わせていた時であった。その時、中村俊亮は「昭夫の詩は賢治思想のエピゴーネンから一歩も出るものではないこと、また、断定的行わけ詩は、まるで自分自身の世界に閉じこもるか、自ら閉ざしているようにさえ思われる」と批判した一方、昭夫はかすかな笑いをたたえ、当惑の面持ちで黙して語らなかった（彼等はすでに幾度となく、こうしたテーマで議論をくり返していたようだった）。やがて中村俊亮がだまると、短く区切るような断定的な言い方で、自作のよってきたるところをかたりはじめる。そこには、他者の入りこむすきがない。昂然と胸をはっていた。その場に居た村上善男が書いている（『火山弾』二十一号）。俊亮も昭夫と同じ結核になったが、肝臓癌のため五十一歳で急逝した。詩集『愛なしで』土井晩翠賞受賞。村野四郎は「このきわめて直接的で、原初的な魂の告白が、読者を心の深いところで純粋にゆり動かすのではないかとおもわれる」と評している。

雪が降る　　　　中村俊亮

北の町に雪が降った／甘い雪が降った／誰のこころにも白い花びらが降った／僕の魂にも　ふんわり　ふんわり／雪が降った／北の町は僕のように白い／北の町は少女の血のようにうつくしい／／〈雪はどこから落ちてくるの／　雪はどこから落ちてくるの〉／／〈天から落ちてくるのかしら／天から落ちてくるのかしら〉／／〈どうして落ちてくるの／どうして落ちてくるの〉／／〈あばれん坊だ

からよ／いい子でないからよ〉〃〈雪はどうして白いの／雪はどうしてかなしい色をしているの〉〃〈死んだ少年の骨の粉だから白いの／死んだ少年の骨の粉だからかなしい色をしているの〉〃そのことが知りたい／少女のことが知りたいように／星たちのダンス会の夜　僕はそっと／天に登ってみる／少年は星の少女と恋をしている／少年は星の少女と未来を語り合っている〃星の机　星のペン　雪の便箋／ひとりの白い少年が白い手紙を書いている／アイラブユーがうまく書けないらしい／だから　ちぎって　ちぎって／こまかく　こまかく／涙のように雪が降る

大村孝子

1　唄　　　大村孝子

そのときわたしは／まだ少女だったので／たくさんの波の間でねむっていた／ねむりながら／わたしはかすかに聞いていた／遠くささわれそうな／始めての男の唄を／唄のなかには／どこかひとつ／荒々しく明るい空があり／その青さだけが／やがて／少女だった私にはわからない／沈黙の夜に変わっていった／唄のなかの夜をみつめていると／わたしはいつか海の底へ／目をおとしてしまったような気がした／見ることによって絶えず見失い／わたしはしだいに／闇のなかに／住みついてしまったような気がした〃……わたし／だれにさらわれてしまったのかしら／あのひとの唄のなかで／かすかに目をひらいたとき／わたしの友だちは／だれもいなくなっていた／ちょっとした風の

ふるえにも／すぐ体つきの変ってしまう／名まえのわからない人たちは／もうだれだか／区別がつかなくなってしまっていた／……どうして／すれ違いに雪祭りへでも急ぐように／みんな／わたしのそばから離れてしまうの……／あのひとの唄の／つめたい空にふれ合っていた鎮魂歌が／不幸な花の輪になって／いくつもいくつも／わたしを流れたから／わたしはとてもさびしくなって／ひとりのひとの唄のなかへ／ふしぎな気持で入っていった／それから唄のなかの／明るい空だけをかきあつめ／むげんにひろがる／たてごとになりたいと思っていた

2

あなたのうたうのは男の唄／愛しても憎んでもわたしの行きつけぬ／男の砂漠がもえている／だから／わたしは手あたりしだいに／そこらじゅうの星をはずして／胸にかざり／あなたに背をむけて／すがすがしく黒い水面へおりてゆく／すると／あなとわたしの／昼の距離を遠くするうすい影が／二重の輪を曳きながら／ゆるんだ曲線にたたみこまれてゆくのが／見えてくる／そのとき／わたしは急にあなたの確かな唄声に／すがりつきたくなり／どよめいている胸の底から／つぶれたトンボのようないびつないのちが／あとからあとから／あかく流れでてくるのをみている／……あゝ／わたしは生まれながらの女なのか／わたしはいつか／花のたねだったのか／知らない／知りたい／わたしは知りたい／わたしがだれよりもうつくしい／花であったという証拠を／わたしはあなたの唄のなかで／突然折られる花であったという／証拠を……／あなたの唄は馬になって／わたしを見知らぬ国境へはこぶ／はこばれながらわたしは／ついにわたしのものではなかった／あなたの唄の空間へ／こまかくしたたりおちながら／やがて／ひろげられた火の過去のように／男の唄への／は

げしい執念の底にうずもれて／死ぬ

3

きこえましたか／きこえました〃もしうたわずにいる唄のことなら／無数の星々をのみこんで／明日へのつづく狙いのきびしさが／あのひとりの心に応え得る歌のことなら〃きいていますか／……でも……／きいていますか／いいえ〃それから眠れない夜がつづいたので／旅人だったように／あのひとの唄／ききながら忘れようと／木の舟へのせてかえしてやった／舟を川にうかべたとき／唄は突然わたしの血のなかで／音をたてはじめた〃きけますか／とても……／あのひと／孤独な空のいのちをまさぐろうと／涙のついた手はげしく振ってるから／きけますか／きけません／きけません〃あのひとのうたうシベリアの唄／錆色の太陽が追いかけてくる／あのひとのうたう草のうた／いつも蹄の音がきこえる／あのひとがうたうのは／いのち酔う男の唄だけだから／あのひとはわたしに遠く／いつも／灼けたひとつの銃身になってしまう

ゆき　　大村孝子

〈おお　唄がのぼってまいります〉／さやぎあう雪のかげのあいだから　しずかにはだしになり／〈このむらさきの肩かけをして〉／ゆきおんな　雪の中で着物を脱ぐことはうつくしい〃くるおしいきもの　あざむかれたきもの　しらしらと体じゅうの毛皮を脱ぎすてると　ゆきおんな　こいびとを　食い殺した黒い壁画の王女のように　飢えた空がそこで燃えている〃〈ゆきは／心せつない女のコーラス〉／〈ゆきは／すぎ去ってゆくおびただしい水死人〉〃ゆきおんな　急になまめかし

い鼓動を波打たせると　そらぞらしい一本の青いろうそくになる∥このとき　ゆきおんなの体には小さい靴がいっぱい脱ぎすてられて　みるみる寒暖計のようにあふれてくる∥ゆきおんな　雪をみごもり　雪はべつのゆきおんなを生み　ゆき　ゆき／空を鳴らしてはげしく訴える心のように∥ゆきおんな　裂けた鱗のようなまなじりをして　冷たい鏡の中に入ってゆく　ゆきおんな　鏡にいっぱいの波紋をおこし／失楽園の詩のように　むらさきの雪の埃をおいてくる∥雪がふかくなるとゆきおんな　とてもきれいになりながら気を失う　ふとただよいの中から目ざめると　いちめん白い炎になって　息するたびに痛みつづける／みずからの　とめどないいのちのしげみにおどろく

村野四郎は「これは何という異様な美的衝撃でありましょう。ある時は、雪にも、もくれんにも、落葉にも、迫害を受ける女の精霊が宿って、性の飢えのように執拗な精神の飢えが、つめたい炎を上げて燃えています。私は最近、こんなになまめかしくて痛々しい抒情詩をみたことがありません。著者は、私の知らないうちに、いつ、誰の手引きによって、このように人のあまり行けない世界を経験してきたのでしょうか。また、いつ、そうした世界の言葉を身につけてこられたのでしょうか。ここの言葉はすべて、個々の意味をこえて、一つの直接的な情緒のうねりに溶けこみ、もう跡形もありません。なんという不思議な言霊の働き。それがこの詩の肉体に、たとえようもなく艶冶《えんや》な劇性をあたえているのです。この詩集は、真に本質的なるものの、異様な在り方を示すものとして、現代詩界に高い評価を要求することが出来るものと思います。私はこの詩集が、一人でも多くの具眼の人に読まれ、広く取り上げられることを心から希望します」との言葉を寄せた。

さんさんと心残りせよ　　大村孝子

「死者の錆びた骨を探すな／死者たちを愛すな、生あるものを愛せ」と／詩人木原孝一は戦争をうたう／その痛恨を胸におさめてなお／私は死者をうたわずにはおられない／雲の行方が見通せぬ光の迷路／その隙間からA子は昔のお下髪に／女学校の制服のまま、薄い目で私を見ている／A子、心残りはなかったか〃昭和十七年、A子は女学校卒業まもなく／突然私に別れを告げにきた／近くハルピンに行くの、何をしに？／束の間　微笑が消えて／今は言えない　あとで手紙書くから…／胸の奥につめたい波紋がひろがり／その日から口をつぐんださびしい獣が／肋のあたりをさまようようになった〃数か月たってA子から手紙がきた／（今は言えない）A子の住所は／「満洲国　関東軍ハルピン特務機関」／父は、特務機関とは日本陸軍の／最高機密機関だぞ、険しい顔になった／A子の手紙は便箋二枚に端正な文字で／――タイピストになりました――／けれどタイピストの近況には一行も触れず／最後に――赤い夕日を見ていると／胸が張り裂けそうです――と結んでいた／いま何かが失われ、何かが始まっている／何かが還る血をすすっている／A子は遠い日の赤い夕日にすがって／（胸が張り裂けそうです　わかって下さい）／（略）／ある日、職員室にもどってみると／机の上に手紙の束／なんと、A子に宛てた私の手紙ではないか／手紙もつかず一通も封切られぬまま／手紙は紐でくくられ戻されてきたのだ／薄紫色のハガキが添えられ／「A子様は昭和十九年九月、病死」／差出人は女文字のハルピン特務機関／無い空の赤い夕日にA子がおちていく…／（略）

ハルピンとなっているが当時の日本人はハルビンをハルピンと発音していたようだ。

A子のことは大村から、実際にあったこととお聞きしている。昭夫がハルビンに行く前のことだ。ハルビンには人間の生体実験を行った七三一部隊もあった。三〇〇〇人もの中国人、朝鮮人が犠牲になったといわれる。森村誠一の小説『悪魔の飽食』に詳しく書かれている。現在、七三一部隊の痕は見学もできるようになっている。

内川吉男

失語の明日　　内川吉男

春の雨は／僕がコンクリートの壁で泣く／僕がその声でいっぱいにとざされ／ガードの上の重い空を崩す／触ると／さび鉄のにおいをさせて／持ちあげてくるあの子の愛は／雨のなかで／どか／どか／弾ける花火／というよりも／狂ったレールの裏側にねばりつく／血の色のガーゼ／昨日よりも今日今日よりも明日／レールの上で細かくていく僕の／それを傷口いっぱいに挟みこんで／妙な腰つきでしゃがみこむ夜が／いちめんに砂利の上でふるえる〃けさ／もみくちゃにされた朝焼けの下で／あの子の顔と僕の顔と／真っ暗に塗りあった芥子粒ほどの太陽／それが愛／レールの上でひきさかれながら／新しいことばを待っている／僕らは聞き飽きた／退屈なことば／僕らにはてんで聞こえない意味／だから僕らは抱きついた今日を放さない／レールの上でひきずられる／新しいこと

ばだけを信じる〃しかし来る日も来る日も／からっぽの空／心臓の上の轢死／血のなかの汗／骨をとりまく空から鳥を追いうつ／そのこだまのなかのコンクリートの壁／それが僕の笑う顔／夜になれば／どか／どか／弾ける花火／というよりも／あの子の体のなかできこえる／コルトよりもかたく／鞭よりもはやい／僕らをリンチする新しいことば〃僕らの外ではいつも／いやらしい自殺未遂／その雨が風圧の穴につまってむせぶ／堕落だ！／それは宇宙よりも汚いことば／スッとぶ僕らの傾斜のなかで／僕らは触る／新しい不信／ガードの壁にはりついた僕の顔を／鋭く切りつけてくる／新しいことば／僕はその持ちあがって来る愛に／かすかに触る

内川吉男は詩誌『火山弾』の発行を精力的に行った。岩手県詩人クラブ会長としても活躍した。昭夫の詩の全盛期と重なる詩誌『Ｌà』での主な発表作品を任意に選んだ。

詩誌への発表と併せて『岩手日報』に多くの作品を投稿していた昭夫。選者は村野四郎である。村野は「断崖の思想」の詩人であり昭夫の断崖とも呼ぶべき「死」と相通じ合うものがある。断崖はそこから先が無くすとんと落ち込んでいるが死もまたいのちの終わりであり先がないのである。

5　『岩手日報』で活躍した詩人

『岩手日報』紙上での投稿では岩泉晶夫、長尾登などの作品が昭夫に近い傾向の作品であった。それは存在の意味を問いつづける作品であり思考を深めてもいる作品であった。

香川弘夫は土俗的で独自の詩風を展開していた。暗いなかにつき抜けた明るさがあった。

有原昭夫は生存の原初的な場に自らをおき、生存することの哀しさ、美しさを書くことで飢餓の系譜を表現した。

長尾登と昭夫の「亀」をめぐって

亀　　長尾登

わかるような気がする／涙をいっぱい泛べて／卵を産み落とす　亀のことが／産み落とした卵を砂で隠して／薄明の海へ立ち去る　亀のことが〃ふしあわせにした女の側に　暮らしていると／わかるような気がする／亀のせつなさが〃わかるような気がする／亀のせつなさが〃わかるような気がする／ひとつの言葉を捜しあぐねて／懊悩の夜を明かしたあとには／何故か　わかるような気がする／つねに貧しく／詫びるように生きていると〃産み落とした卵に別れて／薄明の海へ立ち去る亀を思うとき／しみじみわかるような気がする〃世界が／愛で　しっぽり濡れていることが／罪で

どこまでも裂けていることが

わかるような気がする、という言葉で詩の調子を整えてゆっくりと詩は進む。卵を産み落とす亀は子孫を残すために砂に穴を掘り有精卵を何個か産卵する。その時、亀は目から涙を流しているように見える。それをふしあわせに暮らす女の涙にも見ている作者。作者は世界が愛でしっぽり濡れていると書き、罪でどこまでも裂けていると書く。すると長尾にとっての愛は罪によって裂けていることが自覚されたときに見えてくる愛である。現実に存在することが罪であるという認識は昭夫の言う「間違った世界」のとらえ方と通底している。昭夫の詩「亀」にもそのことを見ることができる。

亀

亀の甲羅を割った人と日を覚えている
固い石の上にうちつけたのだが
その時から一瞬
世界の不幸が始まった気がする

割られた亀の甲羅は
まだ若くてみずみずしかった
宇宙が改まらない限り
亀は何時でも亀のままな気がした
亀は何時でも静かな水の底でいるものだから
亀の流す涙は

亀自身にも見えない気がした
亀は宇宙の改まる日を
じっと待っているのだ

昭夫は宇宙の改まる日と表現しているが、現実には宇宙が改まっていないから改まる日がくるのをじっと待っているのだ。そのことを長尾は「罪で裂けている」と書いている。両者とも現実は罪を自覚していることが前提である。

二人の交流はあったのだろうか、おそらくなかったに等しい状態ではなかったか。今よりも道路事情が悪く、交通手段が自家用車ではなく気動車《ジーゼルカー》しかなかった時代のことである。二人とも岩手県内に在住しているが長尾登は釜石市で昭夫のいる盛岡市とは距離的にも遠い。交通の便からいっても会うことは難しかったと思われる。唯一の出会いは『岩手日報』紙上でのことであったろう。長尾にこのことを電話ではあったが直接お聞きしてみたが、予想した通りであった。長尾登もそれぞれが発表された詩を読んで刺激を受けていたのだと思う。

長尾登の詩をもう二篇紹介しておきたい。

道　　長尾登

とだえたところ／消えたところから／ほんとうの道が　始まるのだと思う〳〵その道を　惻々《そくそく》と行く

のは／せいぜい／びっこの驢馬か／めくらの鳩ぐらいなものかも知れない〃しかし／そこから始まる道こそ／ほんとうの道なのではないか〃見えない道に／ひざまずいて　耳をあてると／世界中のかなしみの触れ合う音が／かすかに　聞こえてくるものだ〃その道を　ずっと行くと／曼珠沙華よりも不幸な花が／しんみり　燃えていそうな気がする〃だから　その道は／びっこの驢馬か／めくらの鳩でなければ／とうてい／たどれない道なのだと思う

風　　長尾登

かすかな　罪の匂いを消しに／風は吹いてくる／かすかな　滅びの匂いを消しに／風は吹いてくる／異端児のような／この　ちっぽけな星の／血の匂いを消しに／風は吹いてくる〃ああ／その風で／つつましい花たちが／しんみり　受精するのだ／その風を負って／孤独な帆を張った船は／大洋をめぐるのだ〃風は／人の匂いを消しに／銀河の崖から吹いてくる〃その風が／青い麦畑を撫で／濡れた女の髪を　乾かすのだ／その風が／木の実を降らせ／パスカルの葦たちを／考え込ませるのだ〃かすかな　傷みを消しに／風は吹いてくる／かすかな　計らいを消しに／風は吹いてくる

『岩手日報』新年文芸一九六五年（昭和四〇年）では昭夫と競ってお互いに昭夫が「天」賞、長尾は「人」賞に輝いた。

長尾登は一九三二年（昭和七年）青森県生まれ。幼少期を北海道で過ごす。太平洋戦争の末期、勤労動員で、有島武郎の「カインの末裔」の舞台であるマッカリヌプリの山麓で働く。一九六一年（昭和三六年）より詩作を始め、村野四郎選の『岩手日報』詩欄に投稿。日報詩欄での投稿時期は村上昭夫ともわずかであるが重なっている。詩誌『地球』『火山弾』同人。詩集に『巡礼』（現代詩工房一九六五年）、『陋港の神話』（L à の会　一九六七年）、『防雪林』（無限　一九七四年）。詩集発行時は岩手県釜石市に居住。元中学校教員。現在は千葉県在住。

どちらの詩が良い悪いではなく、読者にとってどちらが受け入れ易いかどうか、読者の好みに委ねたい。日本語の美しさや豊かさにも気づいて欲しい。日本語の詩といえば昭夫と同じ頃活躍したもう一人の詩人香川弘夫を挙げなければならない。

香川弘夫

香川弘夫は村上昭夫より六歳若い一九三三年生まれ。詩誌『杙』『樵』『歴程』同人。

冬の夜の頌歌　　　香川弘夫

1 〈序章〉

雪　雪／雪が降ってまいります。／ぶつだ。／雪は今宵はまたしんしんとわれらの村に。／するとわれらは聞きました。／ひょうらひょうら鐘打ちならして／あなたがた一〇八人のぶつだが空をわたるのを。／あなたがた一〇八人のぶつだが空を通れば／われらの村雪の底で何もかも身動きかないませず／その底でかぎりなく交わり　かぎりなく涙して／一〇八人のおとこ〈それはわれらの父〉／一〇八人のおんな〈それはわれらの母〉／暗い地獄の歓喜にうごめくのは何のためと申されまするか。／ぶつだ。／見えてまいります。／まるで地獄の鬼の遊びに似て暗い灯火の下／コタツを囲んでうす汚れた小銭を盛り／手アカに輝く一〇八本の麻綱を奪い合う　一〇八人の百姓女老婆たち。／そしてそのころ一〇八人の男たちの　そこだけむき出た黒い地肌にも似た　冬のおんなのほとを目ざしていんいんと雪の夜道を這って行くのが。／ああ　それらはみな　一〇八人の男と一〇八人の女の報われない冬の遊びでございますか。／

2〈婚姻〉

ほんとうに雪でございます。／ぶつだ。／われらの村にしんしんと雪が降ればほら／縁の下で二匹のふけ猫も叫び声を上げ　婚姻が始まります。／板の間の熊の毛皮の上で　いまは左手を失い落ちぶれた一人の犬殺しは／かたわの子を連れてやって来た女とふたりだけの祝婚の祝福の宴を張りまする。／冬の不妊の牝犬一〇八頭も殺したその男は／火のようなどぶろく一〇八合腹に流し込み／新しき女房は初夜にそなえて板戸を開けて／高々とすそをまくれば　ああ　その豊かな／ししむらは　雪の中で一〇八個の月のように輝くのでございます。／〈早くこちらへ来て　一〇八人目の亭主に／その一〇八匹の牛の内臓のように盛りかたまった乳をまさぐらさせるがいい。〉／動けない骨なしの子はその横で　その決してなじめない一〇八回目の光景にぎたぎた／仏像のように嗤いながら転げまわるのでございました。／〈われはだれの子でもない。／うぬらはだれの親でもない。／だからひっつけひっつけ　ふた目とみられぬ冬の犬のように。〉／（略）

土俗的、呪術的な言語表現も特徴的であるが、なんといっても業を見据えた意識の底に仏陀への問いかけがあるのだ。昭夫の詩が標準語とすれば香川弘夫は呪術的、土俗的な手法で根源を問う。

生前、香川弘夫の居る安代町荒屋新町に齋藤岳城さんに連れて行っていただいたことがある。その時、村上昭夫の詩を意識して詩を書いているのだと仰った声が耳の中に残っている。昭夫より長く生きたが脊椎カリエスを病んでいた。

岩泉晶夫

岩泉晶夫は昭夫との面識もあり、その意味ではより身近な詩人として意識していたのだと思う。

「大坪氏宅の合評会では、お互いにないものねだりばかりしていて、いつも同じような、ものがない詩をしか書かない彼は黙ってはずかしそうだったり、むっつりして、ひそかに立腹したりしていました。今でも合評会にはそんなところがあります。少しばかりスタンドプレイがあって、少しばかり難解で、少しばかりどころか理解できると、注目されたり、評価されたり、最後はむなしさばかりずっしりと抱いて、お互いに別れたものでした。」（岩泉晶夫氏の北畑宛私信）

遠い馬　　　岩泉晶夫

雨の草原で放たれた馬をみたことがあった／たてがみから雫をしたたらせ／ただ静かにうなだれていた／草も背も光っていた／雨雲が霧のように流れていた〃互いのためにできることはなにもな

かった／寄りそいながら馬は限りなく孤独だった／運命に対する従順さが／恐ろしい孤独を伴っていると気附いたのは／そのときだった〃世界と馬が向き合っていた／とうてい勝ち目はなかったのだ／いのちが常に漂わせている暗い焔のようなものが／濡れた大きな目の奥にみえた／それは眼底を貫いて／なびく芒の斜面にそって／溶けていく稜線の方へと続いていた〃遠い眺めだった

雁《かり》の道　　岩泉晶夫

あの鋭い尾根へ連なる採草地の斜面と／ここカラマツの林の空は／北へ帰る雁の道です／細く抉られた空にそって／ある時は高く　ある時は低く／驟雨のように羽音を響かせ／一陣の風となって消えていきます／一叢の葦の蔭から／優しくしげる猫柳の岸から／とある夕／彼らを苛酷な旅へ誘うものは何だろう／黄金の巻雲映す流れの面に／季節の気配がしのびよるとき／賢者の老鳥はしげみを分けて水面にあらわれ／その柔らかな睦言をやめ／ふくらんだ胸に顔を埋めていた雛鳥も／ひたと瞳を空へ据え／息を殺して北の気配をうかがうとき／雁はもう雁でなく／吹きよせる永遠の炎を浴びて一陣の風に変わり／原始から果ない明日へと続いている／風の通路へ飛び立つのです〃風の内側でもえるものは／老鳥といわず雛鳥といわず／力を尽して生きる時の身震いするような苦痛と喜悦／たとえ彼等は異郷の地へ行きつくことができなくとも／悔いることはないだろう〃今宵また風のように北へ向った一群の雁がありました

以上、詩集『遠い馬』

岩泉には「闇へのサイクロイド」という詩ノートがある。その中に次のような短文がある。

「星は遠くてもいい。それがそこにありさえすれば。それはさし伸ばされた掌の向こうでいつもまぶしい。それがそこにありさえすればここはどんなに暗くてもいい。わたしに守るべきものがある限り闇は私を犯せない。

人は星が星であるための神聖な距離を飢えに駆られてあばきすぎた。飢えは満たされない方がいい。夢はその淵からこそ羽ばたくのだ。」

文明を支える我々を撃つ言葉である。単に撃つだけではない。文明のあり方への提言も含んだ我々への言葉でもある。

岩泉の詩の言葉もそうであるが、詩ノートにおいても、言葉に思考が加わり、その思考は根源的なものに迫っている。詩の言葉は遠くにあり、光を放っていることであるのが特徴である。岩泉は中学校理科の教師。遠野市立土淵中学校校長の時に急逝した。『地球』同人であった。

ここからは、同じ詩誌の同人に限らず昭夫と同時代に影響し合ったと思われる詩人とその作品を取り上げてみたい。

宮静枝

吹雪の光太郎　　　　宮静枝

愴然とこんやも吹雪／榛の木が吹雪を招くので／ブランデンブルク協奏曲とよく共鳴する／ここは

世界のメトロポールだから／智恵子のいるいろりべだから／さびしくはないといった言葉を／苦く反芻している／今日ももくねんと／内なる彫刻を彫って崩して暮れた〃戦争は自分のすべてを奪った／ここにうずくまる一つの影は／愚直の一つの典型と自らのあざけり／血を吐きながら耐えたこし方／閉じた心の深い所で／あとじさりするいつものアリジゴクが見える〃山暦に洗われて／はりついた一枚のウロコがハラと落ちる／ダヌンチオもバイロンも／祖国のためには銃をとったではないか／世に罪のない旗があるだろうか／自らを慰めては見るが／光太郎には振った旗のやり場がない〃テイコクの命運をさかしらに流され／自己流謫《るたく》の北の山小屋に／明滅するいろり火にゆれる傷ついた命／淋しくはない／言わねばならない苦さを／吹雪がせつなく切りきざむ／こもごもの背反にさいなまれる光太郎を／片隅からうかがういのちまたたくもの／生きものの小さな目を見つめながら／もう一人の光太郎は考える〃吹雪は一と晩吹き荒れるだろう／あしたは吹きだまりで／小屋の戸は開かないだろう／褥に雪は吹きこむだろう／夜具の襟布は凍りつくだろう／他人ごとのように／吹雪の朝の秩序を思う光太郎である

時々、昭夫は宮静枝、大村孝子らと近くの岩山（盛岡市にある山で昭夫の自宅から近い場所にある山）に登ったのだった。歌う昭夫の声は岩山の木々をして楽しく葉をそよがせたのではないか。ある時は自転車の後ろに宮を乗せて、またある時は宮の家で話し込む昭夫。仏経のこと、世界のこと。宮より十七歳も若い昭夫の五、六年間であったたか。宮は昭夫の親に勘違いされて昭夫の嫁にと思われたようだ。このことを知った昭夫は大笑いをしたのだった。それほど二人は話がよく合ったという。

北川れい

ほたる　　　北川れい

ほ　た　る／夜の夏田にとぶ／ほ　た　る／／お前は冷たい理智／お前は静かな愛／お前は深い哀愁／私が夜露に濡れた草原で／もう戻らない愛の思いで／なつかしんでいる間／／とべ／ほ　た　る／／踏まれた青草の匂いに包まれ／熱っぽい頬を／夜風にさらしている間に／／光れ／ほ　た　る／／ああ私の追憶のために／静かで暗黒な世界の中で／舞い踊るもの／／ほ　た　る／夜の夏田にとぶ／ほた　る

燈籠流し　　　北川れい

燈明をのせた方舟は／闇夜の水にのった／／源徳院様／あなたはどこへ行かれるのですか／／盆の八月／まつりの終った里に／御詠歌が流れ／一本のロウソクを立てた／白い小さな方舟は／躓きながら／別れても／別れきれず／流して／消えはしないつらい思いが／波の背で重たくふるえた／／天上に咲いた花火／闇夜の水は／星のように散った光を／吸いこんだ／／たった三夜の仮住まい／／和紙にあなたの名をたたみ／源徳院様／あなたを闇夜の水に帰したが／あなたはどこへ行かれるのですか／／どこまでも／灰白く列をつくって／たくさんの方舟はひかれていく／あなたの方舟も／群れの中の一つ／振り返り去っていくあなたを／忘れまいと／手を振る子供／／帰る日のない／方舟の船出／さ

びしい水に運ばれて／あなたは闇へと急いでいく〳〵青い燈明が／たよりなげにゆれ／方舟の底は／じっとりと濡れだした

昭夫が活躍していた同じ時期に、北川れいは童話や小説も書き、才筆をふるっている。北川れいの父は昭夫の中学入学時の担任、牟岐喆雄《むきてつお》先生である。

平野春作

夜光り　　平野春作

〈よひかり〉／それは星のようにチカチカと／いつまでも眠らない子供のことだ／片方の瞳で父を思い／片方の瞳で母を思い／幼女は貧しい空間を凝視する／まだ単純な憧憬しかない脳は／懸命に眠るまいとしている〳〵ポリエチレンの匙がなめらかに傾斜しても／眠り人形がママママアと泣いても／松葉牡丹の田舎炉傍に／夫婦共稼ぎの家屋は／ガランとした涼しい影に満たされ／仔猫のようにひとり花井と遊んでいる／幼女は／何か知れない浮遊する母の細胞のような／唄を／ひとり形造ろうと願っているのだが……〳〵〈よひかり〉／それは星のようにチカチカと／いつまでも眠らない子供のことだ〳〵父には雑草の匂いがあり／母には乳牛の匂いがあり／日向の藁のような乾燥具の家屋で／寂しい放任の終った安堵の中で／幼女は起きている楽しさに／いっしんに／いちいちの経過をむずかりつくすのだ〳〵〈夜光り〉／〈夜光り〉〳〵淡い電灯のひかりが／孤独な真昼の延長のよ

うにかかっている
平野は昭夫より年長。満洲に長く抑留されていた。
死の戦線のなかを正攻法でつき抜けていった彼は求めるよりは放棄からスタートしたのだ。この絶えず放棄を連続するものが、放棄の影の真実を捜索しながら、蒼白な血を点滴しながら、見えないCOSMOSをみようと、償いを希まない難路をいったのだ。生きている鶴が彼を見る。でも鶴は彼にとっては生きているのではなかった。すべての動物は生かされていたのだ。

藤井逸郎

業　　藤井逸郎

日だまりのなかを生きながらえよ／もはや何もなすことがなくてもよろしい／あなたはあなたのつとめをりっぱにはたしたと思っていい／それだからこそ／こうして　日だまりがあなたにふりそそごうというものだ〃安心してぬくぬくとこうしていなさい／あなたの孫たちは／すらりと伸びてもうあなたを意識していないかのようだ／それだって／しかたのないことですものね／そのことばは思わぬかたから／みごとにはじきかえされる／――ぼくらはみごとに成長するだろう／そうしたらあなたもやっぱりそうなのだ／いやあなたは中途半端で終わるだろう／そんな顔つきしかしていないから／ぼくたちはいっせいに金色のゆめをはらんでくる／もう夜がくる／草木は金色に染まった

というだけで夜をもちこたえる／しかしぼくらはそれがない／そのようなよるをどうしてもちこたえられるか／ぐったりとよりそって／眠るほかないのだ

『醜怪と永遠と』のエッセイで藤井逸郎は次のように書いている。

「お母さん／もし私が醜塊なひき蛙だったなら／あなたならどうします」これは〝ひき蛙〟である。彼はいみじくも醜塊といったが僕は醜怪という用語を使わせてもらいたいと思う。そのぶざまな奥にいつも死があって、大げさに言えば村上昭夫は詩で世界を殺して、みずからも死んでいったのではないかとさえ思われる。

血ぬられた両手を高くあげて／私は法廷で叫ぶだろう／これが遍歴のすべてなのでした／救の願いは今果されましたと／そしてゆっくり一万年を／地獄へ落されてゆきたいと思う（村上昭夫「乞食と布施」）

彼の夢とはこうしたものであったろう。愛とはこうしたものだと教えている。彼の説法である。僕は盛岡人ではないから、彼とのつきあいは薄かったが、いつか彼が言ったことが今でも気がかりになる。彼の死の報せが大坪からあったときも、葬式の坐にいても、今これを書いていても、それが思われる。村上昭夫といえば、いつもそれがうつしだされる。もったいぶっていうのではない。

「五億年たったら帰ってくる――、という高橋新吉のこの詩ほど大きい詩はないですね。」と、彼はぽつりといった。それだけのことである。彼の一万年とか五十六億七千万劫とかいう言葉に出会うと、妙にそれがはっきりとうつし出されてくる。彼にとってはすべてのものはひとつであり、ひとつのものとは醜怪さのすべての謂であり、それが永遠だということだ。

動物をテーマにした以外のものでは、その永遠を直接書いたものが多い。それは星であったり、人であったりするが、醜怪さに裏うちされている。彼にとっての造型はこうしたものであったと見たい。

街角に一本足の廃兵が立つと／人々は星のように淋しくなる／殊更に／女は一層淋しくなる（村上昭夫「一本足の廃兵」）

この詩句などから、はっきりとそれが見える――というのが僕の視点である。

6　高村光太郎

昭和二十年四月、東京で空襲に遭いアトリエを焼失した高村光太郎は、宮澤家の誘いで五月、岩手県花巻町に疎開してきたのであったが、八月、賢治の家も空襲で焼かれたのを機に、十月、太田村山口に質素な小屋をつくりそこで暮らしたのであった。この詩では宮静枝も光太郎を訪ねているが、いろいろな人が光太郎を訪ねている。その一人、彫刻家の小野寺玉峰が訪ねた時のことを書きたいと思う。

冬の一日、少年の小野寺は有名な高村光太郎という先生が疎開していると聞き、どんな人だろうと光太郎に会いに行ったのであった。話し込んでしまい、帰ろうとしたら外は吹雪。道は全部雪に覆われていてどこに道があるのかもわからない。外灯もないし道も消えている。今帰ると遭難する危険が大きいと思った光太郎は「あぶないから泊まって行け」と言って布団を敷いてくれた。囲炉裏端に敷かれた布団。真夜中、ふと小野寺少年が目ざめると、少年の枕もとで真っ白になった光太郎が腕を組み胡坐をかいてこっくりこっくりしていたという。吹雪が吹きこんできていたのだ。その吹雪から少年を守るために、少年の枕もとに座り眠っている光太郎。布団は一つしかなかった。しかも吹き込んでくる吹雪は小屋の中にも積もっている。この時、小野寺少年はこの先生に一生ついていこうと思ったのだという。今は立派な彫刻家になった小野寺玉峰。本人から直接、筆者が聞いた話である。

盛岡市の郊外にある岩手サナトリウムに入院した昭夫は院内での俳句の会に参加していた。その時の昭夫の俳号は高村光太郎の詩「鈍牛の言葉」からとっている。

思索と批評と反省とは／天上天下誰がはばまう／日本産のおれは日本産の声を出す。／それが世界共通の声なのだ。／おれはのろまな牛《べこ》こだが／じりじりまっすぐにやるばかりだ。／一九五〇年といふ年に／こんな事を言はねばならない牛がある

〈「鈍牛の言葉」部分〉

岩手の人眼静かに、／鼻梁秀で、／おとがひ堅固に張りて、／口方形なり、／（略）／岩手の人沈

深牛の如し、／両角の間に天球をいただいて立つ／かの古代エジプトの石牛に似たり。〃地を往きて走らず、／企てて草卒ならず、／つひにその成すべきをなす。〃斧をふるって巨木を削り、／この山間にありて作らんかな、／ニッポンの青春岩手の地に／未見の運命を担う牛のごとき魂の造型を。

〈「岩手の人」部分〉

「岩手の人」とは初の民選知事である国分謙吉のことであるとも。県庁でも長靴をはき、その飾らない人柄は県民から慕われた。深沈の牛に例えた光太郎。深沈とは落ち着いて物事に動じないことの意味を持つ。知事を鈍牛ともみたのであった。昭夫はその鈍牛を自分の俳号にしたのであった。昭夫が光太郎に捧げる詩を残している。職場の同僚らと昭夫が光太郎を訪ねに行く途中で、長靴をはいた光太郎と道路上でばったり出会い、道端に座り込んで話をしている。光太郎に出会ったのはこの時が最初で最後であったか。

長靴をはいて

――高村光太郎に捧げる詩

長靴をはいて歩いていた
雨降りや雪降りやらの
それ等あらゆるものを越えて

まっすぐに歩いていた

私は思い出す
日本の貧しい牛であった人
東洋の魂であった人
なによりも深い川底であった人を

私は描き出す
今こそ流れである人を
うたわれるだろう
天にきざまれる裸像であるその人を

あれからやはり雨降りや雪降りやらの
それらあらゆるものを越えて
歩いているのだろう
かなしみの果に智恵子だけが持っていた
あの阿多多羅山の上の
ほんとうの空の向こうを

長靴をはいて
ぽとりぽとりとまっすぐに
歩いているのだろう

7　宮澤賢治

宮澤賢治のことを書く前に、昭夫の次の体験を紹介しなければならない。

「ハルピンに行って省に勤めていた時、上長が鮮系で、わたくしになにくれと仕事を教えてくれていた。ある日課長に呼び出されて言われた。あれは鮮系なのだ、頭を下げる奴があるか、みっともない、あれを追い越すことを考えろ‼

暗い気持ちになった。どうすればいいのか分らなかった。

航空機工場の挺身隊に入った。鮮系と日系が半分半分位ずつ居た。逃げた豚を追い逃がして泥まみれになって笑い合った。

死んだ豚を料理して食べて、えたいの知れない熱を出してばたばたと床にふした。鮮系も日系も同じであった。妙に嬉しかった。

日本民族は一大雑種民族だと言う。私の血の中にも、中間民族の血、朝鮮民族の血、アイヌ民族の血や、又南方民族の血が混然と流れているのだろう。一緒に喜んだり苦しんだりする事ってなんていい事だろうと、その時しみじみと思った。

　赤紙がきて臨時招集兵になり、やがて三ケ月余りの流浪の抑留生活と、再びハルピンに帰ってからの一年余りの生活を通じて、どれ程中国の人達や朝鮮の人達のお世話になったか分らない。生涯忘れられない事である。」（「答も愉し」部分）

　朝鮮の詩人金素雲《きんそうん》が盛岡にきたときのエッセイの一部だが、ハルビンでの昭夫の様子を書いてある唯一の資料である。昭夫は小説「浮情」の中で戦争を次のように書いている。

「人間は真実から言えば戦争なんか欲してはいないのだ。皆一緒になって和やぎたつのだ。それはこの車中の人々を見ても分るではないか。白い顔も黄色い顔も互に争ったり軽蔑したりすることなく仲よく腰を下したり立ったりしている。それが一寸したはずみで戦闘心を湧きお越し、にくめない各国人の間にその波乱を巻き起こすのはその国の支配階級じゃないか。ありもしないことを国民の間にばらまいて敵愾心《てきがいしん》をあおりたてる。

宮澤賢治（大正 13 年 1 月撮影）
© 林風舎

　牡丹江省の山道で雨風にごろごろと醜い屍をさらしていた兵隊の姿が彷彿としてまぶたに浮かんでくる。ザクロのように砲弾の破片で飛び散った顔が半ば腐れかけて真黒くなっていたっけ。血でべっとり汚れた階級章が何ものかを暗示してるようであわれだった。いつまでも服にこびりついて離れない屍臭がたまらなかったな。

だが俺はそんなときでも驚くほど平然としていた。

付近に横たわっていた牛や馬の屍と別に何の変わった考えもなかったのだ。

人間は実に簡単に命を失う。

ふん天皇陛下萬歳も笑止じゃないか。靖国神社の大鳥居が戦争の実態を見たならドギモを抜かしてひっくりかえるだろう。

牡丹江の戦場から軍用トラックが何百台とひっくりかへっている山地を命がけの逃避行をやった苦しさが思い出されてくる。」


エッセイは昭夫の病が小康状態で体調のいい時のもの。小説は帰国した昭夫が勤務していた盛岡郵便局の組合の機関誌『意吹』に掲載したものである。まだ発病する前の作品である。

満洲に渡った後の昭夫は、人間はみな、同じ感情を持っていることを改めて知ることになった。入院することが出来なかった時期に映画「きけわだつみの声」を観たことは人間のあり方がどうあらねばならないかを、自己犠牲の精神（憎むことのできない敵を殺さないでいいように、早くこの世界がなりますように、そのためならば、わたくしのからだなどは何べん引き裂かれてもかまいません）にまで高められたのではなかったか。

一九五〇年（昭和二十五年）。昭夫二十三歳。自宅療養であった。六月頃見た映画「きけわだつみの声」の画面に挿入されていた宮澤賢治の童話集『注文の多い料理店』の中の「烏の北斗七星」の中の、からすの大尉の言葉。昭夫が賢治の作品をとおして、賢治の言葉に出会った最初である。

賢治とのかかわりは小説「浮情」でも見ることが出来る。
「頭のしんがキリキリ痛む。それをかかへるようにして楡の切株に腰を下す。夜目に怪しくゆれる楡の木の群れは、宮澤賢治の童話の中から出てきた妖精のように風に動いている。その間に数知れない星の光りが消滅する。（略）人工的な酒の酔いは、大宇宙銀河系の中にかたっぱしから引き込まれて行くように心が晴晴としてくるのだった。いや、それればかりではない一切の人生の悩みは想像もつかない程の空間の中に、時の大流と共に、流れ去ってゆくような気さえするのである。」

ここでは主人公小田の自己の悩みが大宇宙銀河系によって流れ去る心理を表現している。

宮澤賢治と昭夫とのかかわりは法華経信者の賢治との関係から生まれているが病の苦しさを救ってくれたのは般若心経だった、と昭夫は述べている。だからそれがどうした、とも思えるのである。病の苦しさを治すのは病に適切に対処できる医師、病院があればいいのであって、それは医師、病院に比喩したが宗派の違いは経典の若干の違いなのではないか。富士山の頂上に行くのに吉田口からもあれば御殿場口もある。

賢治の星

小熊の星のまっすぐ上に
むせぶように光っている星がある
あれはね

賢治の星ともいうのだ

僕は賢治のことはよくは知らない
でも賢治の星なら知っている
あらゆるけものもあらゆる虫も
みんな昔からの兄弟なのだから
決してひとりを祈ってはいけない
賢治の星ならばよく分る

さそりの針を少しのばすと
おののくように光っている星がある
あれはね
賢治の星ともいうのだ

実をいうと
どれがほんとうの賢治の星なのか
はっきりということはできない
でもどれにしても

まるであやまちだとは言えないのだ

お前がほんとうにポウセを愛するなら
なぜ大きな勇気を出して
すべてのいきものの
幸福をさがそうとしないのか

もっと目をあいて大きく見ようよ
北からも南からも
限りなく光ってくる星がある
あれはね
みんな賢治の星と言ってもいいのだ
そうしてあなたたち
ひとりひとりの星だと言ってもいいのだ

8　石川啄木

小説『浮情』第三回では、石川啄木の歌が出てくる。

東海の小島の磯の白砂に　我泣きぬれてかにとたわむる
――東海の小島とは日本の事だ
おい柳田起きろ!!外に出よう
しかし軽い鼾をかいていつしか起きようともしない柳田を見て、小田は苦笑しながら又寝ころがった。雨のしづくにパラパラと音をたてる日本の家屋が何となしになつかしくなる。

啄木の短歌は小説の中でも、故郷への郷愁、ホームシックになった感情と重なって捉えられている。唯一、昭夫の声がのこっているが、それは啄木の歌をうたっていたのを、家族が録音したものだ。「しっ　静かに　今　昭夫兄ちゃんが歌っているから、録音をとる」そう言って襖を閉め、録音した昭夫生前の声である。

東海の小島の磯の白砂に　われ泣きぬれて　蟹とたはむる

やはらかに柳あをめる　北上の岸辺目に見ゆ　泣けとごとくに

昭夫にとっての啄木の歌を郷愁、ホームシックと決めつけていいのだろうか。昭夫の場合は存在の劫初にまで遡る郷愁でありホームシックの歌なのであろう。

そこから雨に濡れ
岩につまずき泥にすべり
雪の寒さにふるえ
クレバスの深さに恐れおののき

そして最早ふりむくことのならない
私等その山を越えよう
〈「その山を越えよう」部分〉

9　昭夫の本箱から

「別に改まって読もうともしない。もういい加減ほこり臭くなったドストエフスキー全集を、貧しき人々　死の家の記録　罪と罰　カラマーゾフの兄弟　と次々に頁をめくり　一応読んだことのあるこれ等の内容をゆっくりと脳裏に浮かべ、可哀そうな位深刻な顔をしているドストエフスキーの肖像画に　偉いぞ!!偉いぞ!!とわけもなく賛辞をあびせかけて。

月の砂漠をはるばると　旅のラクダは行きました　と低い声で歌ひながらひそかに美恵子の様子をうかがった。」

この文章は昭夫の書いた小説『浮情』第三回にでてくるドストエフスキーのところを扱った部分。

昭夫は郵便局勤務時代にドストエフスキーも読んでいたことがうかがえる。ドストエフスキーの小説は人間の中に抱える心理的な矛盾と相克を追及した。人間の矛盾を徹底して追及する昭夫の寂寥とも似てはいないか。また、このことはキェルケゴールの神に向かう姿勢とも似通っていると思うのである。寂寥に慈悲が、あるいはキェルケゴール的に言えば神の愛を持ちえた昭夫。

昭和三十六年（一九六一年）昭夫三十四歳の時には「私の祈りに真実があるならば助かると信じ」「助からないならば私という人間をもう一度立てなおさなければなりません」「あらゆる欲の中にある限り、祈りは決してジョウジュしない」と自戒する昭夫でもある。少なくともこの時代を経て後に、次第に現実をみつめるようになっていく。仏教の本（『仏教聖典改訂版』、『阿含経講和』、『現代語訳仏教聖典』、『法華経進講』、『般若心経』、『維摩経の解説書』）やキリスト教の「聖書」などの言葉が昭夫に浸透していったのだった。昭夫は般若心経の無に仏を見ていたようだ。病のために動きまわることが出来ない昭夫。病床で合掌していた。亡くなったときは両手を合わせ胸のところに手を置いていたという。

昭夫は自然科学関係にも強い興味を示している。植物図鑑、動物図鑑、天文関係の『天体写真集』などのこれらは昭夫の詩の中に単語の言葉として、あるいは心のなかで消化されて詩へと形象化している。

10　村野四郎

優れた詩人にして優れた批評家とは村野四郎のような人であろう。『岩手日報』に投稿する昭夫は、同人誌に作品を発表した数よりも『岩手日報』への投稿作品数ははるかに多い。それをみていたのが村野四郎であった。村野は『新潟日報』でも詩欄の選者であった。

いつしか、村野は『岩手日報』の投稿作品の方が村野の志向性に近い作品が集まるので楽しみだったようだ。

現代の冬　　村野四郎

あの人は／あちらの世界からきて／わたしのそばを歩いている

〃ときには　昼ちかく／街の車輪の翳のなかに消え／また　遠い丘の向こうに現れる／鉄の手の音をさせ／あの固い幻の人は／いったい何だろう〃二つの世界の境界が／ガラスのように冷えて／冬陽がぼんやり屈折し／そこに幾十年まえの／白い幻影たちも現れる〃ときどき　むこうの世界で／大砲の音がする／（略）〃あの白い影は／人なのであろうか／或は新しい霊魂なのであろうか／（略）

この詩について秋谷豊は次のように書いている。

「村野四郎のこの『現代の冬』は、存在論的意味を持つ新しい抒

国立盛岡療養所にて。（左から）村野四郎、村上昭夫、大坪孝二

情詩といえるだろう。現代の詩人で、村野ほど存在の深さと広さを見つめている詩人はいない。『鉄の手の音をさせた固い幻の人』とは、この詩人にとって、戦争の痛みの意識の中に経験された一つの存在である。そしてその白い幻影は詩人の孤独な意識の内奥から、あざやかにイメージを浮かびあがらせる。ここにあるものは、自分の内部変革を経験したところの存在なのだ。」

盲導犬　　村野四郎

あれに何もあたえてはいけない／あれは孤独を食って生きているのだから／やさしい言葉もかけてはいけない／人の声をきく耳は　皮癬《ひぜん》をやんで／小さく退化しているのだから／あれはツツジの植込みをくぐり／見知らぬ国境の方へ行く／（略）／あれの寂寥を食うものは／みんな死なねばならぬからだ／神さえ　あれを／取ろうとはしない／あれはひとり／深夜の崖の上にきて　たちどまり／かすかに流れる血の匂をかぐ／そして無限に遠く／祖先の祭のさみしい気配に／きき耳をたてるのだ

存在するものに寂寥をみている村野。昭夫においても寂寥は表現されている。
ところで存在とは何か。「存在は言葉によって問われるまでは闇の中で無に等しい」（村野四郎）
村野は詩に霊性が必要であるとも言っている。昭夫やキェルケゴール、G・マルセルに照らせば神や宮澤賢治の仏性からの言葉なのであろう。宗教的な発見とか直感ともいうものであろう。

11　澤野紀美子

澤野紀美子は村野教室の生徒であった。「澤野さんは岩手だったね。いい詩人がでたよ」といって村上昭夫詩集『動物哀歌』を紹介したという。入手困難であることを知った澤野は思潮社版の『動物哀歌』を出版し、印税は奥様のふさ子さんに行くように手配したという。澤野から直接聞き取りしたことである。また、動物哀歌から「私をうらぎるな」（村野四郎選）の詩を石に刻んだ。詩碑建立の費用は澤野が負担した。「見ず知らずの澤野紀美子さんて、どんな人だろう」と、昭夫は病床で感謝するのであった。

澤野紀美子は郷里の東和町に育英基金も作り後輩たちに援助した。日本現代詩人会に大金を喜捨していただいた。当時の役員だった安西均、新川和江らの東奔西走により現代詩人賞の基金とすることができた。

東和町からはキュービズムの画家の萬鉄五郎が出ている。澤野は萬のことをよく〈鉄っあん〉と呼んでいた。詩集『冬のサクラ』で土井晩翠賞を受賞した。

あなたの魂　　澤野紀美子

ヒマラヤ杉の大木の／枯れた小枝に／見えない形で／ぶらさがっているもの〃その枝々鳩が来て啼いたり／小鳥達が来

澤野紀美子

てさえずったりしている〃私がどこかへ出掛けようとすると／いつもあなたはそこから降りてくる／私の寂しさを／いっしょに負うていきたいというように〃私の跡に　ひそひそと／ついてきて／ああ　はてしもない

冬の桜　　澤野紀美子

白い月が／避雷針に／引っ懸りそうに／浮んでる〃白亜のビルの／冬の桜は／春の花よりも／生命的だった〃私はこのごろ／黒い／冬の桜の／枝々に〃かたい蕾を／見て通る

昭夫の活躍した時代は美術家の大宮政郎、村上善男などの異なる芸術分野の人とも頻繁に交流があった。大宮政郎は昭夫の詩碑「私をうらぎるな」の設計をしている。詩誌『Là』の表紙絵も画いている。そのうえ、本書の表紙も深い精神性の画で飾っていただいている。また、在京の詩人及川均や地元の直木賞作家森荘已池なども詩人たちとの交流は活発であった。

盛岡市立図書館敷地内の村上昭夫「私をうらぎるな」詩碑。
選・村野四郎、碑銘・草野心平書。大宮政郎設計

12　もう一人の証言・松浦喜一の場合

松浦喜一は『戦争と死』の「はじめに」で次のように書いている。

「『戦争だから仕方ない』という言葉があります。しかし私は『戦争だから仕方ない』という戦争は、絶対にやるべきでないと考えます。（略）当時の日中戦争の実態は、兵器の量や質などは日本軍が中国軍より圧倒的に勝っていましたから、各地で中国軍を破り各町村を占領してゆきました。それで中国軍は軍服を脱いで一般市民や農民に変装して、日本軍に不意打ちの襲撃をくり返していたのです。（略）日本軍は彼らを便衣隊《べんいたい》と呼び、一般市民の家や農家を襲い、家宅捜査をして便衣隊発見につとめました。その時、一般市民や農民も間違われて引きずり出され処刑の対象となりました。この家宅捜索でレイプや掠奪なども行われたと思われます。（略）戦争での狂気は、『戦争だから仕方ない』という言葉の中に埋没してしまったのです。それで、戦後では、それを糾明しようにも、そのような事実を誰も語らないから、百人斬り（実際は数人しか、刀で切ることができなかったと思われる。刀の刃がすぐに使えない状態になったようだ）もレイプもなかったという常識がまかり通ることになりました。（略）関東軍は昭和一九年に始まったフイリピンでの戦闘や二〇年四月に始まった沖縄戦守備のため大兵力をその方面に回すことになり、残留兵力が手薄となり、それを補充するために開拓団の男たちはほとんど全部が軍隊に徴兵されていたのでした。男たちのいなくなった開拓団は女と子供だけになり日本の軍隊に守られることなく、自力脱出か自決を強制されることになりました。（略）一方、せめて子どもたちだけでも何とか助けたいという母親たちの悲劇から脱出を試みる集団が、広大な広野に点在する開拓地から出発していったのです。（略）何より食料の不足はすぐにやってきました。疲労度の違いは集団の団結を乱れさせ始めました。そして前途の困難に絶望して、子どもを殺して自決する母親が続出しました。（略）なおも逃避行を続ける人々の後ろからは、戦車を先に立てたソ連兵が迫ってきたのでした。日頃、日本軍の横暴に怨みを内に抱いていた反日の中国人もソ連兵と一緒に迫って来るのです、ここにレイプという屈辱の被害に遭うという悲惨な事態となってしまったのです。」

昭夫は満洲にいたことで、これに似たような事実は見たり聞いたりしたと思われる。入院先の病院でも、小説、映画などでも、巷でもよく話されていた。運よく帰国できた昭夫自身の戦争観、人間観が入院生活の中で、さらに深められていったのであった。

解説

高橋克彦

昭夫が昇りつめた果ての哀しみ

高橋　克彦

名著には冒頭部分からすでにして、ただならぬ気配が漂っている。漠然と読み進め、半分辺りからこれは傑作だと気付かされることはまずない。料理の最初の一口でその味わいの奥深さや料理人の腕まですべて分かることとたぶん一緒だ。

北畑さんの、昭夫のことを語り始めて間もなく〈愛宕山の向こうに〉を、まるで練達の奇術師がカードを切って取り出して見せたような、鮮やかな手腕に思わず唸ってしまった。

昭夫とは、こういう郷里に育ち、心にこれほど繊細な羅針盤を抱えていた子供であったのだと、短い詩からすべてが伝わってくる。この詩はもちろん昭夫の『動物哀歌』に収められているものだが、今ほど明瞭に理解できたことはかつてなかった。むしろ読み飛ばしてきた詩のうちの一つである。けれど昭夫の生涯と思いを解き明かす導入にこの詩ほど的確なものはない。やがては豊かな裾野に支えられ、頂は万年雪に輝く秀峰と真向かうことになるのではないか、と襟を正した。

その予感は頁を繰るごとに確信に変わっていった。私たちはこれまでに接したことのない本当の昭夫と向き合っているのだ、と。

昭夫とはなんと愛しく、なんと高潔で、なんという寂しさを胸に抱えていた人だったのか。昭夫の辿った美しく険しい道が、昭夫の遺した詩を北畑さんが並び替え、抽出して示すことによって鮮明に浮かび上がってくる。何度となく私は泣いた。昭夫の訴えが素直にしみ込んできたのは、単に私の気持ちが年齢や体調によって弱まってきたせいなのかも知れない。けれどそれを私は悲しいとは思わない。昭夫に近付ける心となったことを反対に嬉しく感じた。私の中にも昭夫と変わらぬ迷いや恐れがある。しかしそれが人間であり、自然のことなのだ。ただ、昭夫はそういう迷いや恐れと否応なしに早くから向き合わされた。だからこそ私などよりもっと鋭く、研ぎ澄まされていったのだ。私はもはや諦められる年齢となったが、昭夫は違う。無理に自分を諦めさせなくてはならない。その過程で昭夫は仏や神に光を求め、人の道を模索し、何度も捨ててはまた戻りつつ昇華していく。どれほど昭夫はふさ子を大切に思っていたのだろう。愛犬クロを宝としていたのだろう。その思いすらすべて無となっていくのか。詩はだれのためのものなのか。昭夫自身の弱さを甘美な安寧に導くものでしかないのではないか。諸々の宇宙が昭夫の頭の中に渦巻き、否定してはその美しさに恍惚となる。しかしそれは一瞬の幻だ。人はなんのために生まれ、なにゆえに苦しまなくてはならないのか。哲学は頭の中だけの問いかけで済むが、昭夫にとっては紛れもない現実なのである。昭夫は、人間すべての代表としてそれと向き合った者、と言ってもいいだろう。

そして昭夫は、人類がこの地球に誕生して以来、世界のだれ一人として思いもつかなかった恐るべき結論に達した。

北畑さんもむろんそれを知っている。

北畑さんは人への優しさからあえて明らかにしていないが、この著作の道筋はそこに繋がっていて、だから私も気付かされたのだ。

人は動物の上に立つ存在ではない。

地球上ではむしろ突然変異によって生み出された一番の弱者なのだ。思考する脳や恐れは弱さを守る鎧でしかない。人間より遥かに大昔からこの地球の生物であった魚や虫や獣や鳥たちは、危険を察知する本能は持ち合わせていても死への恐怖はない。なぜ自分がこの世に存在するのか悩むこともないだろう。インパラは自分を食べているライオンにさえ憎しみを抱かずに死んでいく。植物とてそれは同様だ。なんの意識もなく条件が揃えば美しい花を咲かせ、水のない砂漠地帯では何年に一度かの洪水のときを待ってひたすら地中に眠る。争うこともない。一方の人間は同類を恐れ、憎み、簒奪し、地球を破壊し、必要以上の欲を持ち、他の動物を哀れな存在と決めつける。なにより自分が無となる「死」を恐れる。すべての宗教が「死」からの解放を根源としていることからでも明らかだ。けれど人間を除くすべての生き物たちはもともと「死」の恐れと無縁で、ゆえにこそ永遠の命を持っている。我々人間はその桃源郷から追い払われた哀れな塵だ。

やがていつか人間は滅びて地球もまた原初の豊かな星に戻るだろう。そのとき新たに生まれたこおろぎの一本の脚にも人間の積み重ねた歴史や思考や愛や恐れは値しない、と昭夫は断ずる。こおろぎは地上に与えられた短い命の中で銀河の果ての別の宇宙を眺めている至高の者なのだから。

ここまでの高みに達した昭夫にとって詩集の刊行は無意味なことだったはずである。

詩は他のだれのためのものでもなく、昭夫自身が踏み上がる階段でしかなかったのだ。

それでも、と説き伏せられて昭夫はその表題を『生き物哀歌』とした。この「生き物」には昭夫自身も必ず含まれている。けれど表題は『動物哀歌』と変えられた。そこから昭夫に対する世間の誤解がはじまる。宮澤賢治のエピゴーネン云々もここからきている。賢治の凄さを私とて否定しないが、賢治は結局「動物より人間が上位にある」という常識から逃れられない人だ。だから動物に人間の言葉を語らせ、安らぎや喜びを歌わせ人間と同等のところに引き上げてやろうとする。中村俊亮が昭夫に対する賢治の影響を口にしたとき、昭夫はただ笑っていたと聞く。常に自分の思いしか綴れない詩人たちに対する限界や哀しみを感じていたに違いない。

動物に遙かに劣る『人間哀歌』をこそ昭夫は書いていたのだ。

私は夢想する。

北畑さんによって昭夫の道程と昇華する思考が明確に伝わる新編集の『人間哀歌』を。

そうしてはじめて人々は昭夫のとてつもなく大きく崇高な魂に触れることになる。

そして人間のあまりの小ささにうちのめされてしまうだろう。

この著作は昭夫にとって唯一無二の顕彰碑だ。それは昭夫もきっと分かっている。

あとがき

三年前に出版のお話を戴き、細々と続けてきた村上昭夫研究に日の目があてられることになりました。昭夫生誕九十周年の年に間に合うことができ、この上ない喜びです。

村上昭夫の詩に出あってからおよそ五十年。何とかここまで辿りつくことができたのは、多くの方々の温かいお導きを頂くことができたからです。心より御礼申し上げます。

本書は大きく分けて、「宇宙哀歌」「大悲と衆生の幸せ」「村上昭夫をめぐる詩人たち」。および年譜と参考文献、人名索引を付け加えました。年譜では、昭夫の帰国年月日が、弟の成夫氏によって特定されました。ソ連軍の侵攻後のことは不明なことが多いのですが筆者の調査で少しは分るようになったと思っています。一番大事な作品への反映が、昭夫の心情の変化と併せて理解できるようになったのではないか、と思います。戦後の昭夫をとりまく詩の動きなども詩誌『首輪』、『Ｌà』、『岩手日報』、岩手県詩人クラブなどと関連して主なものを掲載しました。本書は昭夫研究の基礎資料にもなる事を心掛けてもいますが、参考文献については多くのページを割くため、必要最小限にとどめました。

明治から六十数年しか経たない、封建制の強い時代に、大地主の長男として生まれた昭夫は、父親との葛藤のなかで自我を芽生えさせなければなりませんでした。二十年に満洲に渡ったのもその顕われなのではなかったか、とも思います。満洲に渡った昭夫は地獄のなかに生きなければならなかったようです。このことが原因で、帰国後間もなく、昭夫は結核になりました。「病んで／花よりも美しいものを知った／病んで／海よりも遠い過去を知った／病んでまた／その海よりも遠い未来を知った」（「病い」部分）と、書く昭夫。病から多くのものを発見し魂の糧にしていることは、昭夫を斃そうとした病さえビックリ仰天したことでしょう。

本書を書くにあたり小誌「雁の声」に執筆していただいた詩人の皆様方や昭夫が詩の道を歩くことになった故・高橋昭八郎氏、昭夫の妻で俳人の故・昆ふさ子氏、斎藤彰吾氏、昭夫の岩手中学時代の同級生の岡澤敏男氏（歌人・小泉としお氏）、小森一民氏、豊泉豪氏、故・大坪孝二氏、キェルケゴール研究者の渡部光男氏、『宮澤賢治語彙辞典』の原子朗氏、齋藤岳城氏、昭夫のご両親故・村上三好・タマカ氏、昭夫の弟故・達夫氏、成夫氏、昆精司氏、鳥畑弘幸氏、故・澤野紀美子氏、故・河邨文一郎氏、新川和江氏、大村孝子氏、北川れい氏、清岳こう氏、王歓氏、冨長覚梁氏、佐久間隆史氏、菊田守氏、坂本正博氏、日本現代詩歌文学館、岩手県立図書館、盛岡市立図書館、岩手日報社、盛岡タイムス社、盛岡大学、岩手高校同窓会、中国の黒龍江大学はじめ実に多くの方々や関係の機関にお世話になりました。また、この本の誕生に尽くしていただいた表紙画の大宮政郎氏（画家・昭夫と一緒に活動した）、解説と帯文をお寄せいただいた高橋克彦氏（作家・昭夫の岩手高校後輩）、コールサック社の鈴木比佐雄氏、座馬寛彦氏にも厚く御礼を申し上げます。

小生の出身地は六年前の東日本大震災、昨年は台風十号により大きな被害を受けた岩泉町。本書が復興に励む方々や、平和を願う人々の何かのお役に立てれば幸いです。

二〇一七年四月　　著者

村上昭夫年譜

この年譜は平成十一年十二月二十日発行の『動物哀歌』（動物哀歌の会）のものを骨子に、坂本正博『村上昭夫の詩』及び『岩手日報』に掲載された入選作品名をいれた。『岩手日報』の大きな恩恵を受け育っていった昭夫詩である。村上昭夫をとりまく大事な環境の一つである。弟成夫の調査もいれた。

◇昭和二（一九二七）年

一月五日、母の実家、岩手県東磐井郡大原町字清水田一八番地（現・一ノ関市）村上三好、タマカの長男として生まれる。

◇昭和三（一九二八）年　一歳

七月、父、一関区裁判所藤沢出張所長として赴任。一家は、岩手県東磐井郡藤沢町藤沢字町裏二一〇番地の三に転居。

◇昭和四（一九二九）年　二歳

八月、弟・和夫生まれる。

◇昭和七（一九三二）年　五歳

七月、弟・貞夫生まれる。

◇昭和八（一九三三）年　六歳

東磐井郡藤沢町立藤沢尋常小学校に入学。

◇昭和十（一九三五）年　八歳

三月、弟・達夫生まれる。七月三十一日、父遠野区裁判所盛出張所長として転任。気仙郡盛町字舘下九番地の四（現・大船渡市）盛町立盛尋常小学校第三学年に編入。

◇昭和十四（一九三九）年　十二歳

三月、盛町立盛尋常小学校を卒業。父の勧めで岩手県立一関中学校を受験するも不合格。四月、盛岡市の私立岩手中学校入学。同市仁王小路の佐々木守彦方に下宿。入学後間もなく担任の牟《む》岐喆雄《きてつお》先生（北川れいの父）の漢文の授業で生徒に「釈迦は生まれた時何と言ったか」と質問したところ、皆黙っていたので思い切って「天上天下唯我独尊」と答えた。盛町の実家には多数の保育絵本やキンダーブックがあったのでそれで覚えていたのかもしれない。剣道部に所属し、熱心に稽古に取り組む。岩手山登山を毎年続けた。

◇昭和十六（一九四一）年　十四歳

一月、弟・成夫生まれる。三月、父、盛岡区裁判所に転任のため、盛岡市天神町五地割（番地は不明）に移住。佐々木方の下宿を引き払い一緒に住む。パラチフスのため二学期に病気休学三ヶ月。留年となる。

◇昭和十七（一九四二）年　十五歳

一家は近くの加賀野中道二七番地（現・盛岡市天神町三番地）の一軒家の借家に住む。学業は武道と修身が優で他の科目は良または可だった。昭夫は、記憶にも残らないほど目立たずおとなしい生徒だったと後年、同級生たちが回想している。当時の中学では軍事教練があり、演習の時には実際に銃が使われた。演習前日に家に持ち帰った銃を弟たちに見せた。

◇昭和十九（一九四四）年　十七歳

五年生となり、勤労動員で横浜市鶴見区の日本鋳造鶴見工場に動員される。宿舎は川崎市にある紫雲寮であった。盛岡中学校三年の和夫は松尾鉱山や平塚市へ、同校一年の三男貞夫は外山牧場の開墾、国民学校四年の四男達夫も愛宕山の開墾に動員された。父の職場でも多くの同僚が兵士として出征し、人手が足りなくなって多忙をきわめ、家には母と達夫、まだ幼い成夫だけとなった。

◇昭和二十（一九四五）年　十八歳

三月、工場の寮に満洲国大使館の人事官が訪れ、引率の教師に満洲国官吏募集の斡旋を依頼した。日本の敗戦を感じ取った中国人や朝鮮半島系住民の官吏が相次いで逃亡し、その補充のために中等学校卒業生を募集していた。教師が募ると五名が応募し、全員合格した。その中に昭夫もいた。十一日に盛岡帰着。家督として矢作の家を継ぐはずだった昭夫の行動に、父は〝好きにしろ〟と激怒した。三月下旬、五名のうち一戸成光は家族の反対にあい満洲に行かず。村上昭夫、山内健一郎、古舘敏夫、浜田彪の四名は博多港から釜山に渡り、四月初めに新京（現・長春市）に到着。南嶺大同学院付属中央訓練所で一ヶ月間に及ぶ訓練を受けた。その後配属先が決定。昭夫は濱江省公署交通庁運輸課のある哈爾賓《ハルビン》市に赴任。宿舎は馬家区巴陵街七六の濱江寮。上長は何くれと仕事を教えてくれる鮮系の人だったが、課長は彼を人間扱いしなかった。七月初め頃、各省庁の日本人職員を中心にした「官吏挺身隊」が組織され昭夫も航空機工場に、その後、臨時招集兵となり入隊。ソ連軍が侵攻し、隠れた日本領事館から拳銃が見つかり拷問に合う。一緒に働いた中国人や半島人（朝鮮人）たちが拳銃の所有者を突き出し、昭夫の命は助かる。ソ連軍によって牡丹江に連れていかれ戦場の片付けをさせられた。さらに列車でシベリアに連れていかれる途中で、列車から脱走し逃げ切る。友人はシベリアで死亡。ソ連から死亡通知が日本に届いている。十一月頃新京の街角でタバコを売っている昭夫に山内健一郎が出会う。「変わりないか」と声をかけ、「変わりない」と昭夫。男狩りが新京でも起きている話をする。また会えると思った山内はそのまま別れた。昭夫は新京から、知っている人の多いハルビンに戻ったものと思われる。ここで、八路軍の荷物運びの手伝いや砂糖大根から砂糖を製造する手伝い、溝掃除、印刷工場での労働などにも携わっていた。印刷工場では百科事典などもあってそれで勉強もできたという。

◇昭和二十一（一九四六）年　十九歳

成夫の調査により八月二十八日帰国者名簿に帰国の記録があることが判明。昭夫はよれよれの戦闘帽、カーキ色の服（軍服？）を着て只今と言ったまま直ぐには家には入らなかったという。親の意に反して満洲に行ったため、親の許可をもらわなければ家に入れなかったのではないか、と成夫は推測している。家に入った昭夫は中国で体験したことなどを一気に話したあと、何日か眠ったままであったという。難民生活を経て積極的な性格に変わっていたと達夫は感じた。郷里の矢作に通い、食料とともに大量の本を持ち帰るが、父は結核で亡くなった人の本なので結核菌を恐れ、持ち帰らないように注意したが、昭夫は持ち帰っている。

◇昭和二十二（一九四七）年　二十歳

一月二十二日盛岡郵便局事務員に採用される。春、岩手青年師範学校を受験し合格したが弟たちの学費のこともあり入学を諦める。父の三好は前年に裁判所を辞職し、同年に矢作に帰郷し村助役を半年勤める。この頃農地改革が実施され、不在地主だった村上家が所有していた小作地は、安い価格で政府に買い取られ、耕作していた小作人に分け与えられる。嘆く父を昭夫は慰め、これでいいんだよと諫めていたという。

◇昭和二十三（一九四八）年　二十一歳

この頃農地改革（昭和二十二年布告、全国に実施されるまで五年間程かかったようだ）が実施され、不在地主だった村上家が所有していた小作地は、安い価格で政府に買い取られ、耕作していた小作人に分け与えられる。嘆く父を昭夫は慰め、これでいいんだよと諫めていたという。父は矢作村の家を妹夫婦に譲り渡し、東北電力に入社。九月三十日昭夫は郵政事務官となる。職場の合唱団「交声会」のリーダーとして活躍。加賀野の家の近くにある芦野音楽学院に通って個人指導を受ける。組合活動にも熱中し「赤旗」（日本共産党機関紙）の配布をしていたと伝えられている。

◇昭和二十四（一九四九）年　二十二歳
全逓盛岡郵便局支部発行の機関誌『意吹』に小説「浮情」や詩「友に捧ぐ」などを発表。戦場や敗戦後のハルビンでの体験などを踏まえた作品になっている。

◇昭和二十五（一九五〇）年　二十三歳
春、結核発病するもベッドが空かず自宅療養する。六月頃、映画『きけわだつみの声』を見る。画面に挿入された宮澤賢治の「ああマヂエル様、どうか憎むことのできない敵を殺さないでいいように、早くこの世界がなりますように、そのためならば、わたくしのからだなどは、何べん引き裂かれてもかまいません」（童話集『注文の多い料理店』の中の「烏の北斗七星」のなかの、からすの大尉の言葉）に感動した。秋になって盛岡市下米内の岩手医科大学付属岩手サナトリウムに入院。自宅から三キロほどの山際にある病院。

◇昭和二十六（一九五一）年　二十四歳
二月、十九人の大部屋に移る。院内では俳句が盛んで、回覧俳句誌「青空」に投句。高村光太郎の詩「鈍牛の言葉」からとった鈍牛の俳号を用いる。同じ入院患者からは鈍牛さんと親しみを込めて呼ばれる。七月、詩人の高橋昭八郎が入院。詩誌『首輪』の創刊号を昭夫に見せる。また、『高橋新吉の詩集』（日本未来派発行）の「五億年たったら帰ってくる」に触発される。『首輪』に同人参加。第二号に「からす」を発表。その後、同誌に数編の詩を順次発表。十月左胸郭成形手術。

◇昭和二十七（一九五二）年　二十五歳
院内俳誌『草笛』発刊される。草笛句会に参加、月例の病床句会に鈍牛と号して投句する。草笛句会の仲間である昆ふさ子と親しくなる。彼女は重症患者であった。

◇昭和二十八（一九五三）年　二十六歳

二月、病気軽快となり岩手サナトリウムを退院。市内の加賀野中道二七番地にある自宅に帰る。まだ、闘病中の昆ふさ子を見舞い励ます。五月十九日『岩手日報』学芸蘭に「日報詩壇」(選者・草野心平)が設けられ投稿を始める。「ある音について」が選ばれた。七月二十八日「砂丘の歌」が選ばれている。その後、「日報詩壇」の選者が村野四郎に変わり四十一年まで投稿を続ける。才能を認められ村野四郎を終生の師と仰ぐようになる。野良犬のクロが住みつき、後に飼育手続きをする。動物哀歌の元になったと言われる。十月岩手芸術祭詩の部門で「荒野とポプラ」入賞。

◇昭和二十九(一九五四)年 二十七歳

一月、『東北文庫』に「月光と犬」。二月二十八日、岩手県詩人クラブが結成され会員となる。会長・佐伯郁郎、事務局長・大坪孝二(盛岡市仁王新町一六二大坪方)。

◇昭和三十(一九五五)年 二十八歳

三月三十一日「願いにより」盛岡郵便局郵政事務官を免ぜられる。病気休職から免職。この冷厳な事態に直面し激しいショックを受けた。近くの岩山に登って逍遥する。坂本正博によれば同時期に『仏教聖典改訂版』を読み込み、さらに「維摩経講和 現代聖典講和五」も読む。菩薩には慈愛の他に哀れみがあるとして、〈危害を加えることの逆で、相手をあわれみ、その苦痛をのぞいてやること〉と著者は解説している。さらに菩薩のあわれみの行を自らの詩法と一体化。高橋昭八郎あての書簡で「維摩経」を典拠として〈衆生の病は煩悩より始まる。そして、菩薩の病は大いなる慈悲から起こるという一節を咀嚼したものであった、という。〉昭夫は「今の私達の苦悩なんていうのは恥ずかしいぐらいまだまだちっぽけなものでしょうが、苦しむことは自分のためなどという事よりもたくさんの他人のためという気がします。詩には何よりも愛と救いがなければならないんだという事、そのためにはまず自分の魂を苦悩の火の中に投げ入れてその中からほんとうの愛の認識を救い出さなければならない事、それが結局、たくさんの他人のための詩を創り出す事になるのではないでしょうか」と素直に語りかけたのであった。『首輪』十号のアンケート「『首輪』をどうすべきか　われわれのアンケート」の項目に、あなたは何を求めて来たか、があり昭夫は、「『抵抗』（反戦）とか又（人類の苦悩に対して）もそうでしょうが、もっとそういうのでなしに、獣や植物や一切を含めた、消す事のできない苦悩に対して、人類の苦悩と、一体どこに区別があるのか、僕には、そいつが全然分からなくなって来たものですから」と答えている。『岩手日報』掲載作品「五億年」（二月十六日）、「化石した牛」（二月二十三日）、「星をみていると」（五月三日）、「破戒の日」（五月十三日）、「悲歌」（六月三日）、「仏陀を描こう」（六月二十一日）、「乞食と布施と」（六月三十日）、「一本足の廃兵」（七月六日）、「賢治の星」（九月一日）、「靴の音」（十一月十二日）。

◇昭和三十一（一九五六）年　二十九歳

三月十五日宮澤賢治をたずねる会に参加。『皿』第五号のアンケートで宮澤賢治を尊敬していると答えている。『岩手日報』掲載作品は「シリウスが見える」（一月十九日）、「坂を登る馬」（二月十六日）、「海の向こう」（四月十五日）、「屠殺場にある道」（四月十八日）、「マンモスの背」（五月二十三日）、「蛇」（五月三十日）、「月から渡ってくる船」（九月一日）、「精霊船」（九月七日）、「お母さん聞かしてください」（十月八日）、「悲しみを覗く」（十月十一日）、「去ってゆく仏陀」（十一月五日）、「金色の鹿」（十一月二十六日）、「誰かが言ったに違いない」（十二月三日）、

「出家する」（十二月十四日）。

◇昭和三十二（一九五七）年　三十歳

岩手県詩人クラブ機関誌『皿』編集。ほとんど毎月開かれた「盛岡詩の会」には欠かさず出掛けた。会場は大坪宅。四月二十一日盛岡市内詩人有志による春のハイキングがあり、国鉄の合唱団員でもある米内貞二と二部合唱をする。報恩寺、五百羅漢、愛宕山、高松の池などをめぐり佐伯郁郎宅を訪れ解散。盛岡ホテルに来ている朝鮮の詩人金素雲を、盛岡の仲間七人で訪ねる。金素雲が朗読した、李光洙の詩「御身」に深い感銘を受けた。十月八日「現代詩の講演と詩劇の夕べ」が教育会館で開かれた。キャストとして出演、稽古中セリフの覚えが悪く皆をひやひやさせたが、本番となるや見違えるほど流暢であった。講師　江間章子、秋谷豊。『岩手日報』掲載詩は以下の如し。「薔薇色の雲の見える山」（一月一日）、「それが天なのだ」（一月十四日）、「人は山を越える」（三月二十六日）、「私をうらぎるな」（六月十四日）、「豚」（六月二十四日）、「橋を渡る兄弟」（十月一日）、「航海を祈る」（十月二十二日）。

◇昭和三十三（一九五八）年　三十一歳

六月十五日ラジオ岩手で開かれた第二回ラジオドラマ研究会に参加したが、途中で大村孝子、中村俊亮らと岩手公園に行き詩を語り合う。九月二十一日花巻市の賢治祭に岩手県詩人クラブの代表として大村孝子と参加。碑前で「稲作挿話」を朗読。大村はオルガンを演奏した。十月十五日「講演と詩劇の夕べ」が岩手教育会館ホールで開かれる。講師村野四郎、木原孝一。会主催行事なので入場券発売に奔走、雨に打たれ風をひく。十月十七日NHK盛岡放送局の座談会に前記講師、大坪孝二の四人で出席。十二月五号から連作「動物哀歌」を開始。『岩手日報』掲載「宇宙を隠す野良犬」（四月八日）、

「道」（四月十五日）、「死んだ牛」（八月十二日）、「太陽にいるとんぼ」（十月二十八日）。
◇昭和三十四（一九五九）年　三十二歳
一月、レントゲン検査の結果、前に成形手術していなかった右肺に空洞ができていた。手術を覚悟し、安静自重を期するため詩人クラブの仕事から手をひくことにした。月末に『皿』十七号の編集を終える。三月八日　盛岡市内の川村医院に入院し、クリスチャンの院長と接することで、仏とキリストについてさらに考察を深める。五月　仙台市北四番丁六四の仙台厚生病院に入院する。『岩手日報』掲載「アンドロメダ星雲」（一月六日）、「野の兎」（一月二十七日）、「ねずみ」（三月三十一日）、「雁の声」（五月二十六日）、「すずめ」（六月二十三日）、「死と滅び」（十月六日）、「こおろぎのいるへや」（十二月一日）。
◇昭和三十五（一九六〇）年　三十三歳
父、東北電力を退職。院内で開かれる聖書研究会に出る。九月　父一家は下厨川字赤袰五九番地の五（現在は西青山一丁目八番地一一）に愛犬クロを連れて転居。クロは一夜だけ泊まって加賀野の旧居に戻る。同所で公衆浴場『玉の湯』を開業。『岩手日報』掲載「樫の木」（一月五日）、「病い」（一月十九日）、「じゅうしまつ」（三月五日）、「五月は私の時」（五月二十五日）、「都会の牛」（七月五日）。
◇昭和三十六（一九六一）年　三十四歳
九月、右肺葉切除手術をする。経過悪く苦しがった。肺活量少なくあと五年ぐらいしか生きられないと言われた。あまたの詩も、聖書、法華経も死の恐怖を救ってくれず、ただ般若心経だけが心の支えになった。『岩手日報』掲載「リス」（一月十日）、「鳩」（一月十七日）。
◇昭和三十七（一九六二）年　三十五歳
『岩手日報』掲載「おおそれはそれは」（五月一日）。

◇昭和三十八（一九六三）年　三十六歳
七月、仙台厚生病院を退院。三年間の闘病生活を終えて盛岡市下厨川の自宅に帰る。連作「動物哀歌」の契機となった愛犬クロが死んだ。両親への感謝をこめて家業の浴場業務に精を出す。六月、季刊誌詩『無限』第十三号「終わりに」を発表。九月二十二日　大坪宅で開かれた詩人クラブの会合に出席、クラブの面々と久しぶりに懇談する。

◇昭和三十九（一九六四）年　三十七歳
八月『無限』第十六号に「秋田街道」を発表。
十月　浴場で仕事中、滑って転び肩を脱臼する。

◇昭和四十（一九六五）年　三十八歳
三月、盛岡市青山一丁目二五番地の国立盛岡療養所に入院。結核、胃潰瘍、十二指腸潰瘍、胆のう炎、悪性の貧血がカルテに書かれていた。

四月、大坪孝二、藤井逸郎、岩泉晶夫、内川吉男らの鞍の会（事務所、大坪孝二）に参加、創刊号に仙台時代に書いた「鶴」を発表。七月十日、国立盛岡療養所を退院。一週に三度病院通いをする。入院中に原稿五百枚ほどを整理する。冬、また変調をきたす。『岩手日報』掲載「氷原の街」（二月一日）。

◇昭和四十一（一九六六）年　三十九歳
一月　松の内に大坪孝二宅を訪問。大坪孝二と酒を飲みながら、詩は生きるためのチリほどにも頼りにならないと語る。大坪から詩集を出すように勧められる。春、浴場を清掃中に再び倒れ、歩行不能となる。五月、『無限』第二十号に「安全なる航海を祈る」(「航海を祈る」)、「エリスヤポニクス」の二篇を発表。十月九日、岩手芸術祭の会が盛岡市内丸の自治会館で開かれる。応募作「狼」が入選。病状悪く、弟の成夫が代理出席する。十月十日、宮静枝が詩集発刊のことで訪ねてくる。これまで幾度か促されたのであるが、療養費などに迷惑をかけてきたことを理由に断ってきた。しかし、宮静枝の懇望に両親も賛成し発刊を決意する。次の日曜日、宮静枝、大坪孝二が訪問。二人にダンボール箱に入っている全原稿を渡し一切を任せることにした。詩集の題名を『動物哀歌』に決める。

◇昭和四十二(一九六七)年　四十歳

一月三十一日、かつての療友で俳句作家の昆ふさ子(北上市黒沢尻町字黒岩第一四地割二番地・昆精一郎長女)と結婚。六月三十日、再度国立盛岡療養所に入院。七月中旬、院内を歩行でき、手紙も書けるようになる。家が近いので遊びに行く。日記、手紙類を焼却する。九月十八日、詩集『動物哀歌』上梓(一九五篇を収録。限定三百部、序文村野四郎、装幀および編集髙橋昭八郎)。紀野一義、花巻の宮澤清六宅を訪問。村上の作品を紹介された。紀野から本を贈られ、交際のきっかけとなる。十月、村野四郎、吉田慶治から土井晩翠賞に推薦される。十月十九日、『動物哀歌』によって第八回土井晩翠賞。父、ふさ子、和夫出席。十月二十五日、『岩手日報』夕刊に「晩翠賞受賞の記〝死の眼鏡を通して〟」を寄稿。十一月十四日、晩翠賞祝賀会、『動物哀歌』出版記念会が盛岡市のニューヤマトで開かれる。父、国立盛岡療養所の石川義志、弟の村上貞夫、成夫に付き添われて出席。親類の村上余市、惣一郎、河野通義らも席につらなる。

◇昭和四十三（一九六八）年　四十一歳

二月、気管支炎に罹る。三月十一日、日本現代詩人会のH氏賞選考委員会が東京新橋の蔵前工業会館で開かれ、十冊選ばれたうちの一冊に『動物哀歌』が入る。三月二十六日、第二回選考委員会が同所で行われ、鈴木志郎康『缶製同棲又は陥穽への逃走』と『動物哀歌』に決定。その旨現代詩人会から連絡があり受諾することにした。四月五日、NHKラジオ第一放送の時の人に登場。動物に非常に関心を持ち、実際動物の声がわかることを語る。五月十日、東京新宿の紀伊國屋ホールで、第十八回H氏賞記念「五月の詩祭」がひらかれる。はじめ医師の許可を得て上京出席予定だったが欠席し、代理に母、弟・和夫、妹・睦子が出席、和夫が代わって賞を受ける。地元の詩人では佐伯郁郎が参加した。参集者の一人であった澤野紀美子（岩手県和賀郡東和町出身）は、詩集『動物哀歌』がすでに絶版になっていたのを知り、再版を決意。六月、視力の減退を感ずる。次第に字も書けなくなった。八月、詩集の再版が思潮社から出版決定。眼科医の診断を受けたが、視神経には異常がないという事だった。十月十日、急変の知らせで、父をはじめ家族が駆け付けた時はすでに言語不能。ただ顔でうなずくだけだった。手を胸に組み合掌の姿をしていた。十月十一日、午前六時五十七分、国立盛岡療養所西下病棟二号室で肺結核と肺性心の合併症、および永い闘病生活のため全身衰弱し永眠した。十月十三日、告別式は盛岡市青山寺でおこなわれた。

参考文献

『村上昭夫『動物哀歌』への道』（日本現詩歌文学館）一九九七年
『村上昭夫『動物哀歌』の背景』村上達夫著、坂本正博監修（私家版）二〇〇七年
『村上昭夫　作品と生涯』ふくしのりゆき（三人会）一九七二年
『村上昭夫の詩』坂本正博（国文社）二〇一六年
『高橋新吉の詩集』高橋新吉（札幌・未来派発行所）一九四九年
『禅の古典「詩と禅」講座禅第六巻』高橋新吉（筑摩書房）一九六八年
『東北文学の世界』6（盛岡大学文学部日本文学科）一九九八年
『小説・ハルピン物語』作田和幸（文芸社）二〇〇〇年
『満州国最期の日』（新人物往来社）一九九二年
『今日の詩論』村野四郎（宝文社）一九五二年
『村野四郎全詩集』（筑摩書房）一九六八年
『村野四郎詩集　藝術』（冬樹社）一九七四年
『あれか、これか　第二部（下）キルケゴール著作集』浅井真男、志波一富、棗田光行共訳（白水社）一九六五年
『キェルケゴールの研究』渡部光男（保坂出版）一九六九年
『近代デンマーク文学史』渡部光男（保坂出版）一九六九年
『現代デンマーク文学史』渡部光男（保坂出版）一九七〇年
『ソ連が満洲に侵攻した夏』半藤一利（文藝春秋社）一九九九年
『昭和史　1926～1945』半藤一利（平凡社）二〇〇四年
『昭和史 戦後編』半藤一利（平凡社）二〇〇六年

『ハルビン学院と満州国』芳地隆之（新潮社）一九九九年
『日軍侵略の足跡・ハルビン地図』（ＡＢＣ企画）二〇〇八年
『死にざまに見る昭和史』大野芳（平凡社新書）二〇一〇年
『満洲国史総論』満洲国史編纂刊行会編（第一法規出版）一九七〇年
『宮澤賢治の深層へ　心象スケッチ論』（ワルトラワラ35）松田司郎　二〇一二年
『宮澤賢治語彙辞典』原子朗（筑摩書房）二〇一三年
『図説　満州帝国』太平洋戦争研究会（河出書房新社）二〇一〇年
『ソ連が満州に侵攻した夏』半藤一利（文藝春秋）二〇〇二年
『新研究資料　現代日本文学　第七巻　詩』（明治書院）二〇〇〇年
『海を流れる河』石原吉郎（花神社）一九七四年
『動物哀歌』村上昭夫（みちのく社）一九七二年
『村上昭夫作品と生涯』ふくしのりゆき（三人会）一九七二年
『猫の墓』香川弘夫（母岩社）一九七一年
『遠い馬』岩泉晶夫（Ｌàの会）一九六九年
『岩手の詩』（岩手県詩人クラブ）二〇〇五年
『山荘　光太郎残影』宮静枝（熊谷印刷出版部）一九九二年
『日本の詩歌10　高村光太郎』（中央公論社）昭一九六七年
『人間の尊厳』Ｇマルセル著、三雲夏生訳（春秋社）一九七三年
『詩とは何か　現代詩の鑑賞と創作のために　角川選書85』伊藤新吉＋井上靖＋野田宇太郎＋村野四郎＋吉田精一（角川書店）一九七七年
『昭和詩大系　澤野紀美子詩集』（宝文館出版）一九七七年
『戦争と死』松浦喜一（自家版）二〇〇六年

『村上昭夫の詩　受苦の呻き　よみがえる自画像』坂本正博（国文社）二〇一六年
『新潮　世界文学小辞典』（新潮社）一九六七年
『詩歌文学館ものがたり　日本現代詩歌文学館』（日本現代詩歌文学館振興会）二〇〇〇年
『高橋新吉の禅と詩とエッセー』高橋新吉（講談社）一九七三年
『荒川流域の文学』埼玉文芸家集団編（さきたま出版会）二〇〇六年
『新校本宮澤賢治全集』（筑摩書房）一九九五年
『岩手県郷土将兵の記録』（岩手県郷土将兵の記録刊行委員会）一九七八年
『帝国陸軍編制総覧』（芙蓉書房出版）一九九三年
『地図・哈爾賓市』（中国・哈爾濱地図出版）二〇〇八年
『哈爾浜市全図』（一九三九年版）
『岩手日報』一九五八年八月二十七日「新人・旧人」、一九五八年九月三日「中村俊亮の詩をめぐって」、一九六七年十月二十五日「死の眼鏡を通して」、一九六七年十月二十五日「晩翠賞受賞の記」村上昭夫、二〇一五年四月二十一日
『東海新聞』一九九五年一月一日、一九九六年七月四日
『盛岡タイムス』二〇一七年一月五日、二〇一七年一月七日
『意吹』5、6（全逓盛岡郵便局支部）一九四九年
『どらみんぐ』（小泉とし夫）5～25（二〇〇〇～二〇〇三年）
『北の文学』（岩手日報社）第六十五号「動物哀歌の詩人・村上昭夫」村上成夫（二〇一二年）
『花貌』（釜石市）四十八号「悪童と師」村上貞夫（一九八三年）
『皿』（岩手県詩人クラブ）No.9「咎も愉し」村上昭夫（一九五七年九月一日）、No.49「村上昭夫特集」（一九六九年十二月三十一日）
『農民文学』No.２９６「満洲農業の近代化に貢献し

た興農合作社」坂本進一郎（二〇一二年）
『歴程』通巻124号（一九六九年）
『火山弾』創刊号（一九七四年七月三十一日）～
六十五号（二〇〇四年二月二十日）
『雁の声』創刊号（一九八二年）「暗い動物達」水野
るり子、「動物哀歌の色彩」北畑光男
『路上』十四号「原初・終末の抒情」佐藤通雅
（一九七二年一月）
『首輪』一号（一九五一年七月一日）～十一号
（一九五六年三月）
『Là』一号（一九五五年五月三十日）～八号
（一九六〇年九月二十五日）
『地球』60創刊25周年記念号（一九七五年五月
二十五日）
『トピックス』二〇一二年四月二日　岡澤敏男（歌
人・小泉とし夫）、赤澤征夫、仲村重明の三名によ
る、岩手中学の同窓生であり、元盛岡郵便局の職
場で同僚の、石井徹氏（盛岡市在住）の合同イン
タビュー（メモ）から
『日鋳』（日本鋳造社内報）創立80周年記念特集号
（二〇〇〇年九月二十八日）
『盛岡市立図書館婦人学級資料』（盛岡市立図書館）
一九七六年十月十一日
『わがゲートルの青春』岩手中学第十五回生（岩手
中学第十五回卒紫雲会）一九九四年
『動物哀歌』原稿　村上昭夫
『浮情』原稿　村上昭夫
村上昭夫ノート「荒野とポプラ」
岩泉晶夫詩ノート「闇へのサイクロイド」

や

ら

わ

な

は

ま

さ

た

人名索引

あ

か

北畑 光男（きたばたけ　みつお）略歴

1946 年（昭和 21 年）岩手県岩泉町生まれ。
「歴程」「撃竹」同人。村上昭夫研究「雁の声」主宰。日本現代詩人会、日本文藝家協会、埼玉詩人会、埼玉文芸家集団、岩手県詩人クラブ各会員。詩集に『死火山に立つ』、『とべない蛍』、『足うらの冬』、『飢饉考』、『救沢まで』（第 3 回富田砕花賞）、『文明ののど』（第 35 回埼玉文芸賞）、『死はふりつもるか』（第 13 回埼玉詩人賞）、『北の蜻蛉』（第 19 回丸山薫賞）。共著に『資料・現代の詩』、『「日本の詩」100 年』、『《現代詩》の 50 年』、『埼玉文芸風土記』、『荒川流域の文学』、『岩手の詩』、『少年少女に希望を届ける詩集』ほか。

現住所　〒 369-0306　埼玉県児玉郡上里町七本木 3473-16

石炭袋

北畑光男評論集
『村上昭夫の宇宙哀歌』

2017 年 5 月 26 日　初版発行
著者　　　　　北畑光男
編集・発行者　鈴木比佐雄
発行所　　株式会社 コールサック社
〒 173-0004　東京都板橋区板橋 2-63-4-209
電話 03-5944-3258　FAX 03-5944-3238
suzuki@coal-sack.com　http://www.coal-sack.com

郵便振替　00180-4-741802
印刷管理　（株）コールサック社　製作部

＊装画　大宮政郎　　＊装丁　奥川はるみ

落丁本・乱丁本はお取り替えいたします。
ISBN978-4-86435-289-5　C1095　¥1500E